Qiu Huadong
Collection

邱华栋文集

随笔集

时光漫步

邱华栋 著

江苏凤凰文艺出版社
JIANGSU PHOENIX LITERATURE AND ART PUBLISHING, LTD

图书在版编目（CIP）数据

时光漫步 / 邱华栋著 . -- 南京 : 江苏凤凰文艺出版社 , 2018.6
（邱华栋文集）
ISBN 978-7-5594-0528-9

Ⅰ . ①时… Ⅱ . ①邱… Ⅲ . ①散文集 – 中国 – 当代
Ⅳ . ① I267

中国版本图书馆 CIP 数据核字 (2017) 第 126247 号

书　　名	时光漫步
著　　者	邱华栋
责任编辑	黄孝阳　王　青
出版发行	江苏凤凰文艺出版社
出版社地址	南京市中央路 165 号，邮编：210009
出版社网址	http://www.jswenyi.com
印　　刷	三河市人民印务有限公司
开　　本	690 × 960 毫米　1/16
印　　张	22.75
字　　数	275 千字
版　　次	2018 年 6 月第 1 版　2021 年 6 月第 3 次印刷
标准书号	ISBN　978-7-5594-0528-9
定　　价	49.80 元

目　录

第一辑：靛蓝

002 // 在金汤湖仰望星空

005 // 房展会

007 // 钢笔画

009 // 长生草

011 // 电动剃须刀

012 // 裸体写作

015 // 两片记忆的叶子

018 // 城市中的四个场景

021 // 乐观

024 // 酒吧里的作家

027 // 心为爱而搏动

030 // 酒精中毒

033 // 心理危机

036 // 居无定所

040 // 在路上，在旅途中

043 // 在垃圾中永生

046 // 母亲想变作一只小鸟

049 // 植物性神经功能紊乱

052 // 爱的存在

055 // 铁轨发亮

058 // 匕首爱好者

061 // 新凤霞阿姨

064 // 周介人老师

067 // 练武术

070 // 午夜里的游走

第二辑：蔚蓝

074 // 牢笼里的囚徒

077 // 生生死死的世界

080 // 朋克时代

083 // 连环画

086 // 林中空地

089 // 超现实主义画家们

092 // 最高兴的时刻

095 // 马

098 // 马塞尔·杜尚

101 // 照片

104 // 女人与河流

107 // 消逝的时间渗入沙地

110 // 卢沟桥畔

113 // 埋猫人

116 // 病男人

119 // 人类的时代

122 // 两个邮差

125 // 小武

128 // 王家大院

131 // 陷阱

134 // 父亲山

137 // 情感痛点

140 // 高尚社区

143 // 一筐葡萄

146 // “阿巴拉古”一家

第三辑：青蓝

150 // 艺术家王晋

153 // 硬石餐厅

156 // 伊夫·圣罗兰

159 // 爨底下村的生命秘密

162 // 盗版光盘

165 // 北京，北京

168 // 男女关系

171 // 康斯坦丁·比梅克与阿兰·罗布·格里耶

174 // 朗诵会与演讲会

177 // 达里奥·福与流星雨之夜

180 // 吃鸟人

183 // 太庙的艺术展览

185 // 男人

188 // 铁月亮

191 // 疾病突袭

193 // 毡靴

195 // 先锋的姿势

198 // 无言的斑驳

200 // 持续的抵达

203 // 天山荨麻

205 // 手上的星光

208 // 耍猴人

210 // 对孩子说说农民和井

212 // 百年槐树

214 // 重返草原

216 // 施舍

218 // 年少时立志

220 // 诗人之死

223 // 表层下的生活

226 // 苦难的痕迹

230 // 存在的裸露

233 // 弗洛伊德的情书

236 // 根的谱系

239 // 打假人

242 // 离同居、笑场和借种

244 // 书越读越少

247 // 捡垃圾

250 // 博客

253 // 黄珂的流水席

256 // 人类是外星人圈养的动物

第四辑：黑蓝

260 // 小说的前途

263 // 我的猴年

266 // 北京的出租车

268 // 无私者无畏

271 // 我的食谱

274 // 女人与时尚

279 // 生计与文学

281 // 我的财富观

284 // 博库网

288 // 网络接龙小说

290 // 古来剑客皆寂寞

292 // 北京的风很大

295 // 收藏“文革”

298 // 艺术本真与童年经验

301 // 行走的风景令人心动

304 // 通灵者黎增辉

309 // 奥运会

312 // 木子美

314 // 赵红尘的绘画

319 // 画那看不见的东西

322 // 专制人格

325 // 生态文学

327 // 留有余地

330 // 从《博格达》出发

334 // 彩墨的神采

336 // 他的作品总是在逼视你

339 // 大学时光留影

342 // 消费死亡

345 // 两本书的世界观

348 // 鲁院的回忆

353 // 岁月不是一把杀猪刀，是一坛好酒（代后记）

第一辑：靛蓝

在金汤湖仰望星空

这是一座位于怀柔县黄花城乡的人工水库，它叫金汤湖。一九九二年，是的，是一九九二年七月，我大学毕业后到北京报到，之后，单位就把我安排到那里锻炼。金汤湖是一座不很大的水库，最深处水深达七十米，在一片山谷中，大坝拦住了下泄的山泉与雨水。不远处，长城就在山峦的顶端蜿蜒而去。

我在那里干些什么呢？我所在的单位，要在那里规划一个既是培训中心也是度假村的建筑，正在举行前期的征地、租用水库、盖房的工作，此外，还有各种管理事物，雇用民工、财务管理，等等。我就在那里先当上了出纳，然后是办公室的助理。

那时肯定是孤寂的。我是一个外省青年，星夜兼程，大学毕业，赶赴北京，还没有来得及领略它的丰厚，领略这座我心目中伟大城市的大街小巷，却被放在它的北部山区的长城脚下了。周围是山村，农民，果树，野地。

我肯定是孤寂的。因为，一个人都不认识。我在那里一共待了十个月之久。就是在那些日子里，我注意到了星空，这星空我以后也不曾见到了。它每天在我头顶闪烁，在鸟鸣声的伴奏中，它闪闪烁烁，包围我的是四周异常浓密的黑暗，那种黑属于纯黑，如果没有一点灯光的话，那种黑就像一种黑暗的水一样浸透了我的全身。而且，狗的叫声在我听来很白，月光的白。是的，就是那种感觉，那种很白的感觉。有时候，又静得出奇，在冬天的夜晚，连虫鸣都没有了，大雪下过之后，山村一片枯瑟，没有什么人，湖面也都结冰了。长城还在那里，它盘踞在最险要的地方，它们都很冷。可是，星空不冷。星空繁密，阔大，像一群密码，又像冒着热气的精灵：它应和着我内心的一种节奏在跳跃。没有别人，没有城市，只有我和我的孤独。我品尝到孤独就是在那个时候，在那种星空下。

我还在写诗，其中一首叫作《星光》，就是那时候的体验。我感到了星空之中涌动着十分神秘的力量。但我看不见它：

> 这星光，运行于天庭／这黑夜，展开在深渊／离乡的人／不要握住玫瑰／月亮烫得我胸口疼／目光一跃，如同跃入大海／星移斗转，世界在运动／我仰脸祈望奇迹／夜里没有回声／而我嘴唇上热望的名字／带着香气的星星／我眼睛里飞跃的精灵／今夜我不会睡去／呼唤群鸟，黑雨落在夜空。

另一首，叫《甜蜜的星空》：

> 在金汤湖仰望星空／燕赵大地紫气横生／利剑横空出世，剑光一闪／果实击中英雄／星星以迷乱的阵营／擦痛了我的眼睛／我听到了有巨大的水在流动／那是在无边无际的夜空／铁睡着，而你还没有苏醒／让香草铺满你的梦境／在金汤湖仰望星空／偶遇流星，一道白光

掠过头顶／而我正祝福着你，那么／是谁要让你乘马离去／巨木倒地，洪波复生／我泪水四溢，握住了一枚铁钉。

我不知道诗中的那个“你”是谁。没有任何人，“你”仍是我，是我的双胞胎姊妹，与我一体，但因忍受不了山村中的孤寂，她已离去，只剩下了我一个人。

在整整十个月的时间里，大部分的夜晚，我都要仰望星空。我就是在那一段时间集中地仰望了北京北面的星空。星空的四季变化，不用说出，了然于心。每一颗星，它的运转，它在每个季节的位置都不一样，但我知道，也许其他人也知道，我不说出。它们的运行那么美，那么神秘。那是另外的世界，它离我遥远得就像城市离我那么远，在黑暗的天空中。一颗颗孤寂地晃动着，从我站的地方看去，它们却叠成一个平面，有时候甚至如同一面缀满了钻石的黑披风。

我在仰望星空时，一定体验到了一种神秘的感觉，一种与自然亲和的感情。这种感情后来也没有了，被城市的开阔和喧嚣淹没了。

有一次，那是在夏天，我去湖上驱赶夜晚偷偷下网捕鱼的人。我划着小船追了过去，在湖中央我站起来时，不慎将船弄翻了。小铁船很快就沉下去了。偷鱼者不见了，我跌落在湖水中。一开始，我有些惊慌，后来，仰脸看见了星空，四周是死亡一样的黑暗，和阴险的笑声。我镇定了，调整姿势，一点点地向岸边游去。我知道所有的星星都注视着我，它们希望我不会沉下去。我果然没有沉下去，我后来游上岸了。

房展会

还没有买房子那些年，我每年都要到北京举办的春季和秋季的房展会上看一看。因为，单位不再分房子了。我只好去买商品房，用自己积累的稿费，我在一九九八年买了第一套房子，还保留了这个看房展会的习惯。那是因为居京大不易，能有个安身和落脚的地方，对于谁都是重要的。房展会是城市非常重要的信息发散地，我很喜欢了解北京房地产的信息，于是，就喜欢去参观房展会。

在房展会上，我可以看到各种人，可以看到房价就像是涨水的水位一样不断地升高。从一九九八年到二〇一四年，北京的房价据说普遍增长了十倍，可以说，北京的房价是奇贵的，比上海、广州、深圳三座一线城市的房价还要高。是啊，谁让北京是首都呢？两千多万人，接近一半的人都是没有北京户口的，他们都要为自己的住处打拼。更何况，还有山西煤老板这样的在北京买下很多房子的土豪，推高了房价。没有房子，上无片瓦遮身体，下无一张床休息，那么，你连老婆都娶不到。没有房子就什么都没有吗？在城市里，真的是这样的吗？据说，文怀沙老爷子从来都不买房子，都是租住的。现在他租住在燕莎购物中心后面的一座公寓楼里。央视主持人柴静据说是“最穷的主持人”，长期没有买房子，我不相信。光是她的《看见》带来的版税，足够她买一套大房子了。

挤在熙熙攘攘的房展会的人群中，我看到了各色人等。这些人的目光中，都有着热切的期盼的神情，他们都需要房子，都需要安身立命之所。但房展会上似乎不完全是成交的好地方，接下来还要谈，因为房子是大事，还要实地去看看，才能最后下决心。因此，房展会就是一个展览会，一个预热的窗口，一个供需见面会。因为卖的房子大都是期房，也许最后地产商的资金链断了，就竣工不了了。当然，总会有人接盘，房子总会盖好，被人接着卖。我在绝大部分单位停止了福利分房之后的第一年，就在郊区买了第一套房子，因为，人人几乎都要到市场上买房子了。房展会上全都是这样的人，全是热切的、迷茫的、发疯的、带着瞻望和狂想的目光在楼盘的模型之间流连，那种目光是我难忘的。

钢笔画

钢笔画，它的线条很重要。我画钢笔画的时候都是出于无聊的时候，比如开会的时候画，画在那些随手拿到的纸上。一次我在开会期间上了一次厕所，看到了厕所小便池上方挂着一幅很漂亮的风景画，全部由线条构成，我就用手机拍摄下来，然后，回到了座位上开始画。这是一幅很好的、带有近景和远景，有流云、飞鸟、树林和池塘，以及羊群和房屋的风景画。就是没有人。没有人当然更好。我记得在我刚开始写诗和情书的青春期，我都会在宽阔的纸张上附上钢笔画，一起给我当时喜欢的那个女孩子，以博得她的欢喜和爱恋。可见，钢笔画对于我还有着青春的记忆。

我发现钢笔画的笔触非常有力，非黑即白，不需要更多的颜色。钢笔画的表现力当然比碳笔素描和水彩以及水墨画差远了，但有时候有限制反而会让你更想突破它。似乎钢笔画只剩下了骨头，但我感觉钢笔画对于我更适合画有远有近的风景，山体、云彩、古堡、岩石和树木格外地清晰和硬朗。

有时候，画钢笔画是另外的一种写字的方式，用钢笔描绘现实中的物体比较合适，很难画出梦，梦都是非常丰富和五彩的。因此，钢笔画只是一些阴影和线条，一些飞鸟拉出的弧线，山石的形象和大雁寂静的飞翔。如同有的爱是有形无声的。有线索，你却无迹可寻。

长生草

有一种草叫作长生草，很漂亮，很柔弱，毛茸茸的，是我在北京的莱太花卉中心看到的。我觉得新鲜，就买了下来，但是不久就养死了。我发现它并不长生。也许是我不会养护，浇水太多，它那可爱的绿色小圆球很快变得像受冻了一样蔫巴，渐渐地黯淡了，流出了发黏的液体，类似化脓了一般，然后就枯萎了。

我不知道它得了什么病，养花我是毫无经验，一开始养的草花和花树，很少有活过一年的。我养花最后活下来的全部都是不开花的植物，比如，仙人掌、金琥，一些多肉植物等。都是耐旱的、久经考验的、容易成活的植物，不怎么开花的植物。甚至有些仙人掌和铁树，也因为我浇水过多而涝死了。养花，就如养护一个家庭，如同与一个女人相处。那是绝对需要耐心、技巧和忍让的。任何花都不会像你想象的那样开放，除非你给予了足够的耐心来对待它。你必须去体会花草的性格、特点、质地和心情，因为，每一种花草都是不一样的。但最可怕的结果就是花卉的死亡，对于植物，死亡也会随时到来，死亡，告别，萎灭。你以为你种的是长生草，但它却连几个月都没有活到，这是最让你痛心的。这就如同一个心爱的人离你而去，而你却并不知道是什么原因。

电动剃须刀

男人们也许并不爱使用电动剃须刀，他们更爱用刮胡刀片。刮胡刀的锋利和危险使他们的面部体会到一种痛快的快感。这种快感也许仅次于做爱带来的快感。脸上涂满了泡沫，用刮胡刀一点点地把胡须刮掉，泡沫消失的地方出现了一张光鲜的下巴和脸，这是令人感到兴奋和愉悦的。也是一种意料之中的、可以掌控的喜悦。再喷上须后水和清爽的香水，那种感觉的确是耳目一新。

但是，电动剃须刀破坏了这种愉悦，它简化了整个程序，甚至连刮胡子过程中的小小意外——刮破了脸，出现了一条伤口，沁出鲜血——的机会都不再有了，从而使刮胡子的过程变得安全、快捷，但乏味了。电动剃须器是剃须中的快餐，便捷、迅速、安全、省力，但失去了正餐的复杂、准备、烦恼和别样的乐趣。

裸体写作

在中关村猎奇门酒吧，二十世纪九十年代的某年夏天的某一天，天气太热，我和一些朋友喝啤酒。他们问我在干什么？我开玩笑说，最近，我在裸体写作啊。是的，这个夏天我在屋子里，是裸体写作的。天气热是很重要的原因，期待灵感是另一个原因。也就是说，每当我打算写作的时候，我都会脱光了坐在那里，一件衣服也没有，而我马上挥汗如雨，文思汹涌，下笔如有神。但这不是我的怪癖，不过是天气热罢了。很多作家写作时都有怪癖，比如，我听说席勒一边闻臭苹果一边写作，海明威是站着写，还有些作家因为颈椎的原因是躺着写。

我写作有时候需要喝酒，主要是喝葡萄酒，因为喝白酒容易醉，醉了就什么都不能写了。喝酒不加冰，喝威士忌时一定要加冰，有时候我写作三四个小时后，一瓶葡萄酒也就喝完了。

夏天里裸体写作很好，如果说天气热得让你受不了。赤条条坐在那里，有一种来去无牵挂的感觉。而且，我觉得写作似乎越来越困难了，现在的文句不如过去有才气，现在的词不如过去有灵气，现在一下笔就不如过去有激情。因而，用裸体面对写作，有一种严阵以待或者嬉笑怒骂的心情。当然，也可以从另外一个方面想，裸体可以让我更舒展、更自由，想象更丰富，更没有羁绊。我们面对的是电脑、报纸、电视、电话、杂志、网络中的信息洪流，我担心想象力会在信息社会中渐渐萎缩，因而，裸体写作，是唤醒我的想象力的一种方法？

看过几篇评论文章，论及一些女作家的文字，说她们的写作是“身体写作”。当然，她们有人也喜欢裸体写作，写的也是她们的身体意识。裸体写作更容易唤起一个人的身体意识。实际上，从来没有一个女作家说自己是裸体写作的，我想“身体写作”是指写的是自己身体所感应的一切。总之，身体是美的，裸体坐在那里，人是自恋的，人们很喜欢自己的身体。我也一样，她们也一样。

爱自己的身体是一件很自信的事。一个人连自己的身体都不爱了，他一定对生命没有了兴趣。当然，大多数人对自己的身体是遮蔽的，他们躲在衣服里，洗澡时脱光了，躲在小小的洗澡间里，即使很亲密的人也只会在床上看到一侧或一部分。男人们并不喜欢被女人观察身体，他们是恐惧的，在那种时刻。但男人都爱观看女人们的身体。在这一点上，女权主义者是极力反对的。

裸体写作的另一层意思是我写作的时候才裸体，不写作的时候都是穿着衣服的。即使是睡觉，还会有一个裤衩兜住美好而茁壮的私处。全裸的时刻是不多的。比如，换衣服、洗澡，我们只有很少的时间去观看自己的身体。对于我，裸体写作可能有利于自我观察，因为毕竟不是每时每刻我都文思汹涌，有思维出现空白的时刻，我会看我自己的身体。由于快三十岁了，似乎不如过去强壮与棱角分明，脂肪向全身的发展是漫溢于皮肤之下的。好在我仍旧结实，我是喜欢我的身体的，它也有很多印记。比如，中学时代练习武术，几年时间里让身体留下了一些疤痕。手上、腿上、头上、肚皮上，都是刀枪戳砍的，我的右腿肚上还有一个大疤，那是烫伤的。岁月留痕不光会让脸比心老，也会让身体上有些印痕。

你问我裸体写作会着凉伤风感冒吗？我想不会的。天气太热了，一个经常锻炼身体的人他一般很少得病，我也一样。况且，我大部分时间也是穿着衣服的，魏晋时期的一个诗人以天地为屋，他裸体狂奔，惊世骇俗。我把房间当衣服，穿着整个房间呢。我不喜欢空调，因此，夏天热、冬天又有暖气，这北京的居住环境是很适合裸体写作的。

它的效果是显著的，这个夏天，我写得比过去好多了。

一九九三年，我刚来北京不久，在写作长篇小说《夜晚的诺言》。那时候我的习惯是穿上一双雨靴，只要一开始写，就穿上一双又长又大的雨靴，这使我灵感蜂拥，写得很愉快。写完那部小说之后，我就不再穿那双雨靴了。那是特地为写一部作品才那样干的。

两片记忆的叶子

过往岁月的记忆也许是一棵树，它就站在那里，站在暮色下的大地上，离你不远。它以一棵树的轮廓向你显现出来，但你看不见它的叶子，每一片叶子。有时候，这叶子会自动飘到你的手上来，你才会发现那一整棵记忆之树的存在。

一九九七年，我碰到了一个在武汉的老朋友，他说，他有一次开会遇到了一个女孩，那个女孩问他认识我吗？他说认识呀，她就没说话。后来，她又问了，他说，你也认识他？她说是的，他在大学念书时我曾去找过他，他给过我一本诗集，我很喜欢他的诗。我那时候上高中二年级，我喜欢他的人与诗，他的眼神和声音。但他脸上的皮肤有些粗糙，让我心疼。我那时候天天把他的诗集放在枕头边。他是我过去的偶像。

我记不清楚有这样一个女孩子了，我怎么想也回忆不起来。我肯定和她没有什么交往，当时我在大学里搞文学社，很多人去找过我。她也一样。我后来在家中翻看照片，果然翻出了一张，是一个女孩，一个非常漂亮的、纯净如水的女孩，站在一簇开得异常鲜亮的美人蕉旁。过去我一直想不起来这个女孩是谁。现在，我对上号了。是的，她是找过我，从湖北西南部的某座城市。我陪她逛了一下我们美丽的校园，还在东湖边走了走，当天她就走了。她背的一个书包上吊着一个玩具鼠，总是晃来晃去。我就想起了这些。

这个武汉的朋友又一次见到我，说，你想起来了吗？前一段时间，我在武汉又碰见她了。她问我见过你吗？我告诉她，你已记不得她了。她很失望。她马上要嫁到澳门去了，几年前，她还是那座城市的选美比赛季军呢。后来，她搞服装批发挣了很多钱，她要嫁的那个澳门人也很有钱。你记不得她了有些失望。不过，我看她脾气很倔，性格不好，她认准的事是一定要去做的，她太任性了。

是的，我就想起来了这些。人有时候会成为别人记忆中的一片叶子，是别人成长中的一道痕迹，一道如烟之虹。但你自己不见得知道。我的这个朋友说他有她的电话号码，问我要不要，他说她已去了澳门，但手机是可以打的。我想，我不会给她打电话的。当记忆之中的一片叶子突然闪现，让我猝不及防。但还是让它再慢慢飘走吧。它是永恒的记忆之树的叶子，已经属于过去的时光了。我后来翻看她的照片，看着她笑得无比恬静清纯的样子，知道了我也曾这样被记得过。于是，我变得快乐和年轻了。

另一次，我的一位在新疆读中学时的校友从上海来北京玩，我们约在一间叫红杉树的酒吧见面。她过去曾坐在我的后排，不是同桌，她在上海工作，失恋了，所以心情很不好。我说你怎么会失恋呢？你要珍惜的话，就不会失恋。她说，不，男友得了白血病，虽然她父母同意她嫁给他，但他觉得自己活不长了，坚决果断地提出了分手。她说，她其实并不太懂他的心意，分手了以后经常打电话说他，和他吵架，有一次吵起来，她的言语太激烈，弄得他开了煤气自杀未遂。现在，已经分手半年了，她懂了他的意思。他还有心脏病，白血病也让他常发低烧，每次吵架后他都要去医院。现在不吵了，我只是偶尔问候他一下。他不和我结婚也许真的是为了我好，怕我成了寡妇。可我太爱他了，我很难再爱上别人了，你说我怎么办？这个老同学问我。

我也不知道她该怎么办。但总有办法的，我说，时间会让你忘掉他。你会有新的生活。她看着我，在酒吧里的两个菲律宾歌手不唱歌了。之后她说："我在上中学时还暗恋你好久呢。你当时爱在篮球场上和一个穿红衣服的女孩说话，我在四楼的窗口注视着你们，非常嫉妒。我暗恋了你一年多，后来，自己从那种情绪中出来了。"

这使我很惊讶，我想起来她说的那个穿红衣服的女孩，是我练武术时的师妹，当时，我们都在篮球场上练功，我师妹总向我诉说她身体的各个部位都很疼，她吃好多东西都过敏，年纪轻轻的还痛经，等等。我们那时只有十七岁，还什么都不太懂呢。我没想到我那时候是一个女孩子情感世界中的一片叶子。这一切我是不知情的，直到十几年后的今天，才由她说出来。

曾经被人记恋而你又不知道，是美好的。最近几天，我的心被这记忆温暖着，虽然它是岁月中飘落的叶子，很快，又让时间之河远远地带走了。

城市中的四个场景

过去有一段时间，我感到在夜间，城市是颤抖的，我不知道是我的眼球在颤抖还是城市夜晚的灯光在动。一九九二年十二月的一天，那时候，我刚来北京几个月，从锻炼地回城里取东西，我住在什刹海岸边，坐几站公共汽车就到德胜门了。那应该是下雪的季节，却是一个无雪的冬天。但天气很冷，我在德胜门箭楼前溜达，一个很小的姑娘走过来问我，要不要把她带回家，只要给她五十元钱就行。还不到二十岁，我当然不会干和野姑娘乱搞的事，我很胆怯，但我还是搜遍了口袋，发现我一共只有十七元钱。我对她说，你看，我只有这么多钱，你都拿去吧，但是不用和我走的。

她看着我，脸上的表情生动了一些，她伸出手拿了一张十元的，说，谢谢你啦，我陪你聊会儿天吧。她告诉我，她刚从东北一个小县城来，没有办法，只有先这样去挣点儿钱。她说她高中毕业在家待了两年都找不到工作，只好出来了。我们就站在德胜门立交桥上聊天，那时候，我感到在夜间城市是颤抖的，后来我明白了，我们站在立交桥上，在汽车经过的时候立交桥在颤抖。我和她各自聊自己感到最快乐的事儿，每人说一件，另一个人接着说。后来，我们各自沿着相反的方向走了。我想，我给她的十块钱就算是她今天来到这座城市的收获吧。现在，她还在这座城市中寻觅机遇吗？

另一天，在另一个地方，我在深夜坐公共汽车回家，不，不是深夜，是夜晚十点钟，汽车从白纸坊南街向南，在上右安门桥时，公共汽车猛地刹住了。公共汽车司机用唤猪的声音冲着车窗外大叫“猪，唠唠唠唠唠唠……”我也从车窗向外看去，发现一个捡破烂的，用一架平板车带着一个女人，正不知所措地横在路口。他既想让开公共汽车，却又怕被撞着，但看见公交车停了，才赶紧推车走过十字路口。我吃惊的并不是看见了城市下层的流浪汉，我吃惊的是这辆公共汽车的司机用呼唤家畜的声音呼唤他们。他们当然也是人，但是，他们有时是没有尊严的。一个公交车司机，就可以把他们看成猪猡，真是狗眼看人啊。我想那个中年流浪汉一定不会拾起一块砖来砸这辆车。他只会慢慢地走开，保持了黑夜一样的沉默。我想，那一刻我是愤怒的，但我也没有说什么。是的，在夜车上，城市是颤抖的，没有尊严的人正陷入黑夜。重新开动汽车的司机，他哈哈大笑。

还有一次，是在亮马河大厦边的河上小桥上，我打车刚在那里下车，就看见几个城管打扮的人把一个卖烤红薯的人的车推翻，把轮胎卸下来在烧。另一个人把生红薯一个个地投向不远处的湖面，还有一个人使劲儿拿脚踩卖红薯的人的杆称，那个卖红薯的小伙子一看就知道是个农村孩子，他满脸通红，但是毫无办法。有几个人在围观。这真是光天化日之下的暴行，不过是国家机器的人在对付一个城市边缘的无证摊贩。

我拦住了他们：“我是记者，你们也可以了，把车烧了，把称砸了，怎么还不依不饶的？”他们看着我，来势汹汹，一边叫骂着，一边就上车走了：“他都让我们撞见三回了，还不滚！”我知道很多无证摊贩，都是被这样对待的。他们是沉默的。没有任何人替他们说话，他们人很多，但面对穿制服的，他们是沉默的。

又有一天，是一个深夜，是在冬天里，我回家的路上看见有一个黑乎乎的影子伏在人行道上。走近了，我才看见那是一个人伏在井盖上，因为井盖的孔上有热气冒出来。这是北京的严冬，是可以冻死人的冬天，我把这个人捅醒了，掏出五十元钱递给她，这是一个中年女人，脸非常脏，但眼睛的黑白却很分明。她有些戒备地摇着头，不要。我却执意要给她，但她仍不要。我不知道是不是我嘴里的酒气让她感到害怕，或者，她是有尊严的，她的眼神里流露出了十分冰冷的戒备，她坚持不要，后来，我只好站起来一摇一晃地离开了那里。从远处看去，她重新趴在那里的样子，真的很像一具尸体。

有时候，城市在夜晚是颤抖的，我每次想到以上的四个场景时，就会感到城市仍在颤抖着。

乐 观

那天报社来了一些实习生，我也带了一个。是个小女孩，新闻学院快毕业的姑娘。我给她出的题目是，去找一个建筑工地，和打工的外地民工生活一天。我给自己的任务是，和一个捡垃圾的人生活一天。此外，其他的同事有和菜贩子生活一天的，还有和急救中心工作人员、火葬场殡仪工人工作一天的，我们要策划四个大版的“普通人的一天”这样一个选题。

后来证明这个策划的收获是很大的。在大城市生活久了，我总是有一些焦虑。那种情绪是非常恶劣的，即使有写作作为支撑，我还是常常酗酒，或以其他方式去抵抗这种焦虑。但是没有用，焦虑像肿瘤一样长在我体内，它除不了了。

第二天，各路人马都回到了报社，大家似乎都有收获。尤其是那些年青的实习生，都非常兴奋。我想她们一定都捕捉到了好新闻。果然，其中有的人讲得非常感人。其中，我带的那个实习生讲得最感人。

她说，她在一个建筑工地上碰见了一个小姑娘，那个小姑娘是工地上用手工弯铁丝织网的，这种东西编织起来，被水泥浇筑成预制件，装配起来，大楼就盖起来了。这种钢筋是大楼的筋骨。那个小姑娘一天要干十三个小时，她是一个多月以前来北京的，为的是取回她哥哥的骨灰盒。她哥哥在北京贩毒，被判死刑后枪毙了。她是内蒙古人，她只有一个老母亲卧病在床，所以，这个才初中毕业的小姑娘来北京就是为了取回她那已被枪毙的哥哥的骨灰盒。但是，她只有来的路费，拿到骨灰盒以后，她却没有回去的路费了，因此，她就来到那家离市中心十公里的工地上做工，打算干满三个月，凑足了路费，再给母亲买些东西就回家去，带着哥哥的骨灰盒回家去。

她给我带的实习生讲，她最大的愿望，就是看看天安门。她从小就从课本上知道首都北京有个天安门，但她来了，也没有时间去看，因为她在工地上要从早上八点一直干到晚上七点，太累了，工头也不让她晚上走出工地，说是不安全。没有一个休息日，因为要赶工期。她说，她最大的愿望就是再过一个多月，干完了这个短工，去天安门看一看，她就可以心满意足地抱着哥哥的骨灰盒回家了。

一个人一生最大的愿望就是去看一看天安门，而为此她要付出在一家工地里工作三个月的代价。我们很多人每天都在经过天安门，但已熟视无睹了。有时候路过天安门附近，刚好碰见升旗仪式或者降旗仪式，我们会从内心中升起一股崇高感，但大部分日常生活中，我们是麻木的。实习生讲的这个故事让大家都有些震动。在这座城市中，有很多小草一样卑微的生命，有很多卑微的愿望，平日我们看不见它，但这次，我们看见了。

我是跟一个从河南来的捡垃圾的老头生活了一天。早晨七点钟，天刚亮，在朝阳区一个郊区空地中，几百个捡垃圾的人在交易头一天捡来的垃圾，那种场景让我想起狄更斯笔下的十九世纪的伦敦。几百个衣衫褴褛的人在卖垃圾，收垃圾的人把垃圾收走。然后，他们就提着空蛇皮袋，四散而去了。

这是一些活动在城市夹缝中的外乡人，以中老年人为主。我和河南老人一边沿着他固定的路线走，一边听他说话。他熟悉他的活动区的每一只垃圾桶，每一个垃圾堆。他就给我讲他的老家，他的儿孙的故事。他讲了很多，那种感觉很像余华的小说《活着》中一个老人给一个青年讲活着的故事，非常像。讲人的生生死死，恩恩怨怨。他的故事写出来是一部很好的小说。最后，到了晚上，我和他一起回到郊区他租住的一间小平房，那是一间只有 7 平方米左右的小房子，他给我看了一样东西。他拉开了墙上的一个小布帘，在墙上有一面木架子，从上到下摆满了各种各样的空香水瓶。那些都是他的收藏。香水瓶的造型大都很好看，老人搜集的足有二百多个，一刹那，它们的美让我震惊，也让这个老人的小屋和他的人生存在发亮了。

这两个人的故事都是真实的。他们是生活中的乐观者，卑微愿望的期盼者，也是热爱生活的人。

我想，我和那些活力四射的实习记者们都会记住那一天，以及那一天他们看见的人生。

酒吧里的作家

一九九五年，整整一年，我是一个酒吧里的作家。那一年，我在酒吧里写了十四篇短篇小说，成了一个三里屯的酒吧写作者。

一般在夜晚九点钟左右，我会来到三里屯一家酒吧，我一个人坐在高高的吧台上开始写作，用手写，我随身带一沓稿纸，有时候，我带一个笔记本，写些文字以后，回到家里，再改一遍。那一年，我非常喜欢在酒吧里写作。因为，酒吧的气氛与嘈杂的音乐适合我写作时的缭乱心情。很奇怪的是，我在酒吧里可以很好地集中精力与精神，而不被那躁乱的音乐所干扰。同时，也没有人打扰我，我在那时候不如这几年认识的人多，很少在酒吧里碰到熟人。况且我在酒吧呈现的大多是一个背影，很多人都看不见我的脸。我的脸在一片晶光闪动、大头冲下的玻璃酒杯的映照下，反而是破碎的。除去最常喝的扎啤和“黑方”，我还爱喝另一种酒，一种叫“体K啦——嘣”的酒，这是一种墨西哥龙舌兰烈酒：来一盎司龙舌兰烈酒，我左手虎口夹一片柠檬，右手掌心处撒一层细盐，我咬一口柠檬，再舔一下掌心的盐，口中高喊一声：“体K啦——”然后，将杯底往吧台上重重地一墩，只听一声“嘣”的响声，我一口喝掉了它。要的就是这个派。喝这种酒的酒杯又长又细，底部却是非常厚的。

据说，这种叫“体K啦——嘣”的酒是以一种类似蚕的虫子浸泡后酿造勾兑的，而这种虫子专门以吃龙舌兰的根部为生。

还有一种鸡尾酒是在“斯米尔诺夫”牌的正宗伏特加中，加入红色的马蒂尼酒，这种系列的酒叫作“007男人”酒，它的魅力与口味是大多数男人所无法抗拒的。我的一个朋友喜欢在“醉太白”中加入一些绿薄荷酒，给这种酒起了一个我认为是最好听的名字——“李太白在绿色的阿拉斯加”。这个名字比“B52轰炸机”“红粉佳人”要更带劲儿。

其实，对于我来说，喝这些酒不是重要的，重要的是写作。我从晚上九点写到凌晨两点，一般就可以将一个短篇小说草稿完成了。这是我那一年比较多产的原因。

在酒吧中，我感到自己反而是非常孤独的。有时候，甚至感到自己仿佛是在深海中写作，非常的安静，那种深海中的感觉是幽深无比的，我周围的一切嘈杂与音乐的跳跃，于我来说，都是不存在的，我就像坐在夜之深处，坐在深海中，没有人能够打扰我。这是一种很奇怪的感觉。如果用摄影机来拍我那时的情景，则是我一个人坐在那里没有动，而我周围的很多人，都在我的身后流动，他们来来去去，倏隐倏现，像水流一样重现又迅速消失了。最后，镜头定格下来，仍是我一个人，酒吧都打烊了，我拿起纸和笔，收了工，走回家去。

“无论睡在哪里，都是睡在夜里”，而我无论什么时候写，即使是白天写作，我也要拉起窗帘，打开灯，营造出夜晚的气氛。音乐则是必不可少的，全是古典音乐或者是欧美二十世纪六十年代以来的爵士和摇滚音乐，对于我来说，音乐在响着，但这音乐反而是不存在的。只有我，以及我的笔是存在的，像是在所有的夜晚里。所以，我是“无论什么时候写作，都是在夜里写作。”对于我而言，写作时没有白昼和夜晚的区分。

有时候，在酒吧里我会停下笔，开始观察周围的人。我在很短的时间里为我所看到的人编故事，猜测他们的经历，把他们变成我的一篇即兴小说的主人公。另外的时候，我主要是去辨认吧台内酒柜中的各种酒名，那像蝌蚪一样的文字锻炼了我的眼力。

但后来，我无法再在酒吧中写作了。因为，在酒吧碰到的熟人越来越多了。先是碰到了一个从上海来的女孩，她是一个书籍发行商，她一高兴喜欢往我的头上倒矿泉水。所以有时候我正在写作，忽然头顶上就流下来一堆凉水，把我浇得一惊，写作的思路中断了。干这事儿的肯定是她，不过，后来她回上海嫁人了。但还有别的熟人，他们总要和我说话，我在酒吧写作是不好意思被熟人看见的。被看见几回之后，我便决定不再去酒吧写作了。何况，后来我觉得这么干特别矫情。

而且，今后我也不会在酒吧写作了。因为我重新听到了嘈杂的音乐里的歌词，我也不再有在深海中的宁静感了。在酒吧里，我和朋友们除了慢慢喝醉，不再干别的了。

心为爱而搏动

最近我看了一部叫《秋日传奇》的电影。这是一部描写二十世纪最初二三十年间加拿大一个牧场家族里三兄弟的故事。其中，老二的扮演者是我比较喜欢的美国演员布拉德•皮特，他和三弟一起参加了第一次世界大战，三弟战死了，他按照印第安人的习俗把三弟的心挖了出来，后来他把三弟的心带回了他的家乡牧场。电影镜头中，我看见了那颗滴着血的人心，它那样赤烈、暗红，仿佛仍旧在为青春和爱情而跳动着，它是不死的。

心，是我们身体中最重要的器官，每时每刻，只要你活着，它就在跳动。有时候快，有时候慢。但心为爱而跳得相当快，而且，它还会为爱而搏动，它是人的另一种生殖器官，它完全可以为爱而勃起，我就能够感受到。在爱情中，心是一直搏动的，这种搏动持久而不知疲倦，它充血、肿胀、满溢着，它按一种节奏为恋人跳舞。我就有过这种时期，这心为爱的搏动带动了我的身体的全面苏醒。听觉、触觉、嗅觉、味觉、视觉，这几觉都是全新的，我可以在生活中获得不同于以往任何时刻的新鲜感觉，比如，见到一朵云、一个陌生人、一幢建筑，碰见一桩事、听到一席话，心中有爱和心中无爱，是完全不一样的。

在这种心为爱而搏动的状态中，人可以干很多傻事、做很多美梦。但很多人的心不能永远昂奋，它没有那么大的能量，它总会有疲软的时刻，况且，最重要的是，爱情是一件非常脆弱的东西，它就像是一件精美的瓷器，被两个人的手握着，只要其中一个人一松手，它就会掉下去摔个粉碎，而且再也不会复原了。是的，根本不可能复原了。即使是摔碎的镜子，还有一道很长、很深、将影响以后使用的裂痕，它是去不掉的。很多人不知道珍惜这种感情。

我不太懂女人，在我有限的恋爱经历中，一直到将近三十岁，我还没有决定结婚，就是因为心脏是不经常为爱而搏动的，它的松懈将是长时间的沉寂。没有人在一生中能爱很多次，可能只会有一两次的高峰体验，那是心脏长时间充血、肿胀，并带动浑身的毛细血管都全部扩张的状态，就像一排山峰，总有一座是最高的。每一个人的内心深处，总有一个人是他们最爱的，爱的挫折与遗憾比爱的平和与美满会更长久地占据着一个人的心。在这种意义上讲，男人是靠爱情的挫折而成熟起来。女人的确是一座好的学校，男人在这种学校中经历越曲折，他实际上就越丰富，女人则相反，这方面的经历越多，女人就越接近苍老与凋谢，灰心与失望，在无望的期待中选择最现实的路去走。

爱，即使它变化万千，捉摸不定，它是存在的。至少存在在我们的想象中，存在在刹那间的体验中。爱当然有很多种，狂暴激越的，平和宁静的，如火如荼的，细雨绵绵的。但心为爱的搏动，则总是激烈和夸张的，尽管你从表面上看不出来。内向的人，他们的心脏的勃起从表面上是很难看得出来的，明明心中是爱着你的，嘴上却说不出来，甚至说出相反的话。爱，有时候太复杂，就是因为它的变化与瞬息飞动，因为时空距离与现实种种，爱，有时候又极简单，简单到只要和相爱的人相厮守就行，这唯一的愿望平实质朴。在爱中，对对方的要求会很多，都希望和自己对对方是一样的，恋人们希望有一种平衡的对等感，爱和被爱的程度是一模一样的，可实际上不是这么回事，爱就像个跷跷板，总有人在上面，爱的程度也是不一样的，总有一个人比另一个人爱得深一点，多一点。

爱情是什么？是人们为了占有与繁衍，而向自己的性对象做出的夸张伪饰的行为吗？我的一个朋友说，他最爱看《动物世界》，尤其爱看动物为生殖而进行的残酷角逐。他说，他由此总是想到了人类，人类是最虚伪的、借着爱的名义干了很多坏事的动物。

是的，人类是有动物性，但人与动物是不一样的。人类要更复杂，为了繁衍而做出的努力也更疯狂更多样，但是，人对人有爱，可以为爱而长期的心脏搏动。动物是不一样的，动物在于繁衍，在这种意义上，动物甚至没有心。

酒精中毒

一次喝醉酒就是一次酒精中毒。那我是中毒很多次了。很长时间以来，我都喜欢喝酒，这和我生长在新疆有关，新疆人喜欢喝酒。但我还没有达到酗酒的程度。因为我从来没有在家里一个人喝酒，我都是在饭局上才喝酒，因为喝酒主要是为了聚会和应酬。算起来，酒精中毒是一种病。也许，我有几次在酒精中毒的边缘，但我又离开了这边缘。

诗人艾青说酒有水的性格、火的外形。很多男人都喜欢酒，可为什么酒只是男人的爱物，女人却不喜欢？女人最喜欢的是化妆品。是酒对于男人，实际上更像女人吗？比如它的火辣、多变、温柔和带有后劲儿，它的纯亮与清澈，它的火焰与日晕，它的很多种颜色，它的五光十彩？这种联想是不切实的，是没有道理的。实际上，酒就是酒，酒绝对不像是女人，男人爱酒是因为酒让你飞升、逃脱，进入一种非常态中去。大部分男人，都希望进入这种非常态中去逃避。

在中国，东北人和西北人是最能喝的，尤其是烈性酒。在新疆，我曾看见一个哈萨克牧人将一瓶烧酒倒入一个大碗，然后，从背包中取出一块干饼，掰碎了放入碗中泡酒吃，一下子一个饼和一瓶酒全下肚了。在新疆，很多时候喝酒都要酒过三巡，这三巡是用烟盒的长、宽、高来量三次茶杯，倒三次相同高度的酒，一口喝下去，这才开始正式吃菜与划拳喝酒。因此，我常喝醉，一次吃了很多手抓羊肉后喝醉了，回到家中吐了，我母亲形容我的呕吐是“酒与肉的喷泉”，想来当时的情景一定很恶心而壮观。

一些山区牧人，蒙古人和哈萨克人还有一种对付醉酒的办法，他们喝得醉得快死了，人们让他抱住一头黑山羊，人羊嘴对嘴呼吸一夜，第二天，那头黑羊醉死了，人却活过来了。张承志有篇小说叫《黑山羊谣》，讲的就是这种事。在牧区和天山深处，也有这种事情的。在新疆，经常听说有喝酒喝死人的事。

别人问我，你写作时有什么习惯？为什么不抽烟？你可以一边抽烟一边写作嘛。实际上我是一边喝酒一边写作。在家中，我坐在那里，左手总是拿着一个酒杯的，一个高脚酒杯，那还是在手写时代，不用双手敲击电脑，我就一边手写，一边喝葡萄酒，几个小时后，往往半篇短篇小说完成了，我也喝掉了一瓶葡萄酒，然后，爬到床上昏昏睡去。我在写作长篇小说《城市战车》时就是这样的，在两个月中喝掉了五十多瓶葡萄酒，然后，一部小说写完了，我也就好长时间没再那样喝了，虽然我一闻见酒味就流口水，但我不写作，就不喝了。写作那部小说我很需要靠酒来激发我的想象力，让语言像喷泉一样向外喷，让超现实的句子像项链一样一串又一串地涌出来。酒有时候能帮我做到这一点。

我听说，山东有一种喝法叫喝七杯，第一次一杯，第二次两杯，第七次七杯，一共二十八杯酒下肚。这听上去很可怕，看上去太机械了。

我还记得小时候在新疆，我家附近有一个回族钉鞋匠，酒量很好，他有一天跑到我们家让我妈给他倒了一茶杯白酒，他当开水一样喝了下去。后来，有一年的冬天，他喝醉后回家，躺倒在大街上，被冻死了。

有一段时间，在乌鲁木齐的街头出现了一种赌博游戏：一连喝四十九瓶盖儿白酒，再把一辆崭新的雅玛哈摩托车推着走一百米，那摩托车即可归你，输了的给打赌的人一百元。听说没有人不喝倒的。因为，用瓶盖喝酒，酒直往头上涌，下不去，没有人不倒的。

我上小学时很捣蛋，有时候和伙伴们偷鸡，烧着吃。方法极简单：把用白酒泡过的馒头扔到地上，鸡就自然来吃，很快，鸡就吃醉了，它摇摇晃晃，不一会儿便倒了。我就走过去把它拾起来往书包里一塞，和小伙伴一起找地方，去除内脏，然后用油裹着盐抹鸡肉，肚子里塞上青草，埋到土里烧着吃，然后轮流喝二锅头。以上都是一些与酒有关的旧事。现在，我似乎不胜酒力了。或者，我已厌烦酒这种东西了。

在酒吧，我从没有喝醉过。用一盎司一盎司的喝法，得让我喝一个星期才能醉。此外啤酒也不好，这种类似饮料的东西只会撑肚皮。在酒吧中，人们不是为喝酒来的，人们是为了认识新朋友，见到老朋友才来的。酒吧不是一个喝酒的最好场所，它主要是为了让人们说话和听音乐。喝酒还是要在家里或者在餐厅。

年龄在增长，如果有人管着，我会越来越不能喝了。也许我没有酒精中毒的机会了。当然最好不要酒精中毒。

心理危机

每个人应该都经历过心理危机，我似乎也经历过几次。现代人容易得心病，因为他们面对的环境过于纷纭复杂。人的一生可能都会有几次危机，当危机来临，你首先是寂寞的，你是一个非常孤独的个体，必须去处理自己要面对的一切，如果能挺过来，你就可以继续走下去了。有些人就在危机面前夭折了。

我十三四岁的时候，面临过成长的危机，第一次强烈地感到了自我的存在，这种存在因为青春期的发育而被自我意识所强化。我那时候忽然觉得自己已经是一个不被父母所庇护与理解的生命个体，我就是我。那是一种青春苦闷的心情，其间夹杂着性的觉醒与成长、对未来成人世界的畏惧与向往，对周围人与事的排斥与隔绝。这种心理危机是青春期的危机，这一时期大约要历经好几年，其间还夹杂着和父母的战斗。这一时期的少年男女最容易因为早恋、学习、与父母的冲突而犯罪、自杀、逃学和离家出走。

最近，我看了一部叫《梦幻天堂》的美国电影，它讲的是一对上中学的少女与成人家长的对立，她们俩有一定的同性恋倾向，结尾是其中一个少女用长筒袜裹着石头把与她对抗的母亲打死了。我还记得石头砸在她母亲头上的沉闷的响声。这是一件发生在新西兰的真事儿改编的电影。青春期心理危机度过以后——一般是伴随着中学时代的结束，有的人的心理危机爆发得要晚一些，在上大学才爆发出来——会平静一段时间。我记得我在武汉大学念书时，每年都听说有学生自杀的，似乎每年都会有一两个，这是有比例的。听说现在的大学还是这样，总会有人躲不过危机而自杀，这应该是正常的,但落到了一个具体的个体生命的头上,还是令人扼腕叹息。我记得一九八九年春天，我在大学校园里听见对面有人从楼上跳下来摔死的声音。后来，听说那个人是因为练气功走火入魔了。总之，这都是些心理危机的受害者。我自己度过了青春期危机，没有因早恋自杀，没有因学习成绩不好而逃学，没有因成长而与父母发生大的对抗，没有因性骚动而犯罪。我渡过了那一片危险的水域，继续前行了。

第二次心理危机，大约出现在我的二十五岁前后。这一次的心理危机主要是爱情与价值实现的危机。很多人在这种年龄都要考虑进入家庭生活了，都希望有稳定的婚姻生活，但爱情的寻求是困难的。在大多数的时候，你喜欢的人不一定喜欢你，而喜欢你的人你又不见得喜欢人家。大多数情况都是这样错位的。最要命的是暗恋，这一般会发生在那些内向的人身上，他们喜欢一个人而又从不说，那种爱完全变成了自我折磨，此外，强烈的性欲得不到释放，这一时期的性苦闷比青春期时的性成长要更直接、更严重。如果在情感的挫败和性的成长中挺住的话，如果消除了对异性的恐惧与审美化拒斥，那么你可以战胜这次危机，走入家庭与婚姻。危机解除了，警报没有了，你们进入了围城。此外，价值的实现也很要命，年轻人在城市里找不到生存的空间和价值实现感,很容易陷入危机。富士康员工的自杀，大都因为如此。必须要有价值实现感，人才能在这个世上找到自己的位置和意义，就会为生命的存活找到理由，否则，生命会被自身厌弃。

第三次危机一般发生在三十岁以后，即大多数身处婚姻状态中的人。这时候，大多数人都会发现，自己爱的对象的魅力已然褪去了，你们还是你自己，无论男女，你都是独立的个体，实际上没有任何一个人，包括你的妻子或丈夫都不会真正理解你，这种危机是全面地体会到了生命之中的一种孤独感，一种大孤独，相对于爱人，家庭、社会的孤独。这是一种几乎无援的孤独，在这种孤独感的驱使下，很多人又解除了婚姻。很多艺术家因为体会到这种孤独而转为极端地去生活，都是为了抵抗这一次危机。有的人将希望寄托在孩子身上，有的人伏身于工作，找到了平庸生活中的意义。这是对意义的肯定和发掘的时期，是生命进入庸常状态的自我怀疑时期。过去就过去了，过不去就停在那里了。

当然可能还存在第四次、第五次危机，比如一个人忽然从工作中退休，真正意识到自己已经老了，会有一种从生活中完全被淘汰了的危机，身体在衰朽，意义完全匮乏，价值等于零。但由于大多数人度过几次人生危机后，已经理解了人生本身的苍茫无助，因而，这后来的危机爆发得不会太剧烈。也许，它还算不上一种真正的危机，因为，很少有老年人因为心理危机自杀的，而选择自杀在青年和中年里比比皆是。老年人自杀，往往和孤独与老年人的二次婚姻的不满意有关。比如徐迟老人的自杀，比如有些在养老院里孤独老人的自杀。因为太孤独，而去与永恒的黑暗为伴。

人的成长是复杂而曲折的。人与社会的各种碰撞都是无法预测的，每个人成长的环境也是不一样的，因而，成长的烦恼与危机也千奇百怪。大多数人都将经历内心的风暴，他们虽然经历了危机，但会平静地进入新的生活状态，还有一些人则因为危机而改变了人生的道路，有的则放弃了自己的生命。对于我，我想，我已经过了一些危机，进入青年后期的平稳心态里了。

居无定所

因为在新疆长大，见惯了开阔的远山远地，因而对城市中的钢筋混凝土森林峡谷可能更为敏感，这也是我笔下的城市更像城市的原因。当然，我在新疆也是在城市中长大的，虽然那是一座小城市，一座荒野中扩展着的西部小城市。

前几年，我在北京的生活，很像是一个居无定所的都市牧人，而我的羊群则是我的书。这几年，我已搬了三四次家，换单位、退房子、租房子、分房子都要搬家，而我的书则越搬越多，从最开始时的两千多册，到现在已有八千册图书了。我还记得，我第一次来北京单位报到后，住在西城区北海后门附近的一幢五层楼的办公室里，我的大约十个蛇皮袋子的书，是我一袋袋地自己背上去的，每一袋大概有几十公斤。那种背书上五楼的感觉是我以后再也不愿体验的了，肯定比赶一群羊要累得多。

好在很快我发现，我的住处附近有郭沫若和梅兰芳的故居，还有恭王府花园，以及老辅仁大学的校园可以常常去看看。于是上班之余，我就偷偷溜到郭沫若故居大院子里的小山包上的亭子边读书，或者躺到辅仁大学后花园里的百年槐树下发呆。那是孤寂而又充满热情的日子，我刚刚来北京工作，对未来还没有展开的日子充满了渴望。

接下来日子就严峻多了，我从机关性质的单位调入了一家报社，退掉了原来的宿舍，只好自己租房子了。一开始，托一个老同学孙晓宁帮忙，租住在了劲松小区的一幢靠近三环路劲松桥的居民住宅楼中。那是一套只有一个旧沙发床和一张旧方桌的一居室，而我的财产，除了几千册书，就只有几个皮箱子装了些衣物。我把书一捆捆地摆好，不松绑，贴着墙向上码，码上去有一个人多高。旁边就是一张沙发床，地上铺着地毯。我一般一下班就回到房子里，趴在小方桌上写东西，左手总是要拿着一杯葡萄酒。我的那些书是不松绑的，就像总是处于战斗戒备状态中的士兵，随时准备和我一起远征。

现在想想，那几年，其实是过得是很苦的。可那时候的我甚至比现在还乐观，我在劲松小区租住了一年多，楼下有个神经衰落的女人，怀疑我的屋子里有不法情况，曾经突然袭击，敲开我的门，就往里面闯，结果屋子里就我一个人。后来，因房主要收回房子，劲松这个房子就退租了，我又在方庄西侧的蒲黄榆小区租了一套房子，房主是一个法官。在那边住，距离作家汪曾祺家不远，我常常去一家他赞美过的兔头店吃红烧兔头。我已习惯一个人过了。我的书，或者说我的羊群仍旧是那样贴墙摆放的。

三个月后，因为楼下一家人的举报，在公房不能出租的压力下，法官房东请我再一次搬家离开。这一次，我搬到了城东的八里庄一带，和一个在一家荷兰企业里打工的外企白领共同租住了一套两室一厅，我住在一间只有几平方米的房子里，里面有一张大床一张写字台，两只大箱子。我的那些没有松绑的书，我的羊群又都一直摞着顶到了天花板。在那间屋子里住的时候，我老生病，病重时一个人躺在床上，有一种等死的感觉，我可以看见我的灵魂在小屋里纷飞。

半年后，报社给我借了一套房子，地点是在南二环右安门外，一室一厅，一楼，有阳台。但那套房子总是有一些阴气，黑暗，潮湿。我一个人住在里面，这一次，我终于添置了不少家当，一下子买了三个顶天立地的书柜，我的书几年来终于松了绑，从蛇皮袋中奔跑了出来，整整齐齐地摆放进了书柜，分门别类地排列了，我翻阅起来也方便多了。

一年多以后，我住的这套房子分给了别人，我又搬了一次家，这一次，我搬到了广渠门的一个小区中，是一间新房子。在我搬家时，我对门的一个老大妈告诉帮我搬家的新疆朋友睢安奇——他后来成了一个电影导演，说我住的那套房子里过去死过一个女人，她是被杀的，有一天，丈夫回来后就看见妻子已经死了，是被人杀死的，凶手可能是路过的窃贼。我有些不寒而栗，毕竟，我在那套房子里住了一年多，现在我才明白了，为什么那套房子会那么阴暗潮湿，原来，是一间凶宅。我在晚上睡觉的时候，有一天晚上，似乎感觉到一楼阳台上翻进来一个人，我打开灯，手拿菜刀，大喊一声："谁？"那个人立刻就不见了。我的阳气太足了，贼都怕我。好在这次搬家，就搬到了报社的集体宿舍里，几个记者每个人一间屋子，非常好。

就这样，在刚开始来北京的五年时间里，我一共搬了五次家，在北京城的东、南、西、北、中都住过了。这种城市中的迁徙的确有点像一个游牧民族，居无定所，有时几乎流离失所，让我孤独、焦虑和痛苦，但更多的时候也让我感受到活力、坚强和对未来的憧憬。我发现，几年来我的生活是在一个向上的斜坡上，一直在改变的，越来越好的，每一年都比上一年要好，在各个方面都在进步。因为，北京的机会还是太多了。

我现在还是城市中的牧人，恐怕还要搬家，因为城市的特征就是不停地交往与移动。现在我已安定多了，却经常在深夜惊醒，怀念那些在京城中赶着我的书籍羊群四下奔走、居无定所的日子，那些日子以后不会有了。

一个外乡人，一个新一代的北京人，扎下根来是需要费些时日的。从新疆到武汉，从武汉到北京，以后可能从北京到世界的其他国家，我这个人是越走越远了。

在路上，在旅途中

这些年有很多日子是在旅行中走过的。除去西南、东北几个角上的省份，中国版图中的大部分地方我都去过了。我最熟悉的地方，除了西北，黄河、长江和珠江流域的省份是我每年都要去的。在北京这样的大城市中待一段日子，就会产生一种向外跑的心情。但只要我一离开北京，就会立即怀念起北京来。那种想象是甜蜜的。

在旅行中，我喜欢看窗外移动的一切。很多场景我是会一直铭记的。我还记得一九九二年夏天回新疆探亲，火车经过吐鲁番地区的路段时，我一直贴着窗户向外看，忽然，就在铁轨旁，我看见了一具裸体女尸，她就躺在那里，躺在铁轨边上。火车呼啸着就过去了，但她侧躺在那里的样子，我是不会忘的。我问了列车员，她为什么躺在那里？为什么不挪开？列车员告诉我，她躺在那儿好几天了，但一直没有人去收尸。她是谁？有多大年龄？她为什么会躺在那儿？她是被谁杀死的？我想，我永远也不会知道了。

另外一次，是在长江上的旅行，轮船靠岸的时候。忽然，前面一阵喧哗，有好多人在围着什么东西看热闹。我也走过去，挤进了人群，那是刚从水中捞出来的一堆东西，所有的东西都互相捆着的，有人，一共四个，两个大人，两个孩子，看来是一家人。此外还有猪、鸡、木箱和棉被。人们在旁边议论说，这是一家人，是上游发洪水眼看逃生无望，就一家人全都绑在一起，加上所有的家当，连那些猪、鸡和木箱在内，被洪水冲到了这里。人当然全都死了，但他们一家人死在了一起。

这次旅行见闻，给我的江上旅行增添了悲剧气氛。

对大自然，我内心里一直是敬畏的，可能是由于从小就生活在茫茫大戈壁滩中的城市和天山脚下的缘故，对我们无力抗拒的，无法预测的自然灾害，我总有一种敬畏。最近的一次三峡旅游当中，同行中的一位女同伴对长江说了一些不好的话，我立即到甲板上对长江江水和两侧的峡谷作揖，敬了河伯和山神一道。对一些我们看不见的东西，对大山大河大林中隐藏的东西，我是敬畏的。否则，山神和河伯是要吃人的，他们会把你的肉体留下，只让你的灵魂飞走。

当然，旅行中有很多是感伤的旅行。今年的夏天又去青岛游泳，发现去年我住过的一家小宾馆，一家靠海的宾馆已经改名字了。去年我和相恋的女友在那里住过一个星期，但今年，物是人非，风流云散，人不是去年的人，连景也改变了。

在一些风景区，我受不了那些年龄很小但口齿伶俐的导游小姐，她们对景物的象形解释，令我觉得既好笑又难受。比如，一次是在长江巫山县的小三峡旅游，我们坐着小型机动船沿河而上，一路上，小导游不停地说这片石头像马，它钻进了山里，所以，这一景色就叫“马钻山”，而另一个地方很像一群羊，就叫“羊归圈”，那种极为简单的象形类比十分幼稚，让我感到可笑至极。它们就是些石头，千百年来缓慢地变化着，它们除了是石头，什么也不像。几个小时后，到达终点，终点什么也没有，除了一个厕所，一大群小贩，仍是大山与小河。然后，我们就返回了。两次去小三峡，都让我感到那是一种有趣的旅行，但导游总是在破坏着我面对无上大自然的心情，她们的解说太幼稚，企图引发我们的联想，这个像站着的佛像，那个像个美女在梳妆，都很无聊。因而，我发现，内心的风景最好看、内心的旅行要重要得多。

我最害怕上华山了，华山之险令我腿发软。我见过不少死人，从来也没怕过，可在华山上攀爬，我的腿软了。有一年，那是个秋天，我专门去卢沟桥看“卢沟晓月”，结果，月亮出来了，但并不美，旁边公路上车来车往，大车鸣笛，非常喧闹。我感受不到“卢沟晓月”的那种宁静之美，很失望地发呆，然后走了。

还有一次去北大，是极为愉快的。我的几个大学同学来北京，我带他们去北大找另外一个读研究生的同学周清印，中午吃饭喝醉了就都醉卧在未名湖的石坊上，睡了整整一下午，傍晚醒来后，我们豪气陡增，一块儿在小树丛里撒了一泡尿。那一次的醉卧石坊与谈笑间未名湖畔灌木丛里痛快撒尿，是美好的。

总是在路上，总是在旅行中，却又总是回到出发的地方。

在垃圾中永生

最近一连看了好几部昆丁·塔伦蒂诺的电影:《黑色追缉令》《落水狗》《杀出个黎明》《好莱坞有个怪酒店》。因为他的电影语言叙述有点像是小说叙事,分段,插叙,倒叙用得很多,而且,可能是他的电影总是渲染暴力,我很喜欢,但喜欢之余又有些遗憾。在已变成了商业模式化和垃圾电影制造工厂的好莱坞,昆丁·塔伦蒂诺的电影能获得永久魅力吗?很不好说。这一段时间,我又重新看了一批比较另类的电影,像英国片《猜火车》,美国片《天生杀人犯》,以及王家卫导演的《东邪西毒》《重庆森林》《堕落天使》《春光乍泻》,还看了陈果导演的《香港制造》。加上昆丁·塔伦蒂诺的几部影片,我集中看了这样一些亚文化的电影。这些亚文化电影的共同特征是,它们描写的主人公都是社会中的边缘角色,甚至是一些反主流社会的异类。比如,《黑色追缉令》中的暴徒的世界,比如《天生杀人狂》中的一对被童年阴影笼罩的恋人,比如王家卫电影中的香港边缘人,《香港制造》中的半大的流氓孩子。这些边缘的人物都是反对主流社会的,他们是异类,不容于世界,也毁灭在世界的边缘。他们全都毁灭了。

我很喜欢看电影，电影比电视要好多了。二十世纪九十年代，更多的时候我都是坐在家中看盗版光碟，我一年中就购买了五百多张光碟，几年下来就看了几千部电影。这可真方便。谢谢盗版影碟。电影业，这个由资本运作构筑的梦幻影像艺术工业，它当然是二十世纪的宠儿。小说相比电影来说，在二十一世纪的网络面前是有些暗淡了，知识产权开始缩水了，但流通却快速了。有的艺术电影生存更加困难了，这些电影承担了小说的一部分叙事的功能，并把它平面化、浓缩化、影像化，非常具体地呈现在我们面前。几十年前，面对声像制品的威胁，一些人宣布说小说已经死了，小说在电影、电视、录音带、录像带和报纸杂志的夹击下将要死去。但事实证明，小说并没有死去，相反，一部好的小说，它还会因为现在传播媒介的增多，可以通过电影、电视剧、广播、电子图书、报纸连载无限地延伸出去，反而扩大了影响。小说在文化传播中反而获得了除出版之外的其他求生手段。

但无论如何，现在已是一个文化垃圾大量制造的时代。打开电脑，进入国际互联网络，实际上，面对信息的汪洋大海，有多少信息是我们真正感兴趣的呢？到处都是信息垃圾，而且它甚至还对你造成了一种威压，迫使你不得不接受它。报纸上也是这样，天天看报，和一个月以后再看一个月的报纸，效果是一样的，很多东西都是你不必全都了解的。不了解那些信息与消息，我们实际上也没有任何变化，这些信息垃圾不会对我们产生任何影响。可我们为什么一上班，或者是一回家都要打开电脑和电视？路上我们都要埋头看手机？

电影也是这样，我在二十世纪九十年代里买的几千张光盘中，我细细挑了一下，大约有三分之一是值得保存一段时间的，而这些光盘还是我在更多的光碟垃圾中细心挑选的。当电影变成了工业的时候，它的分门别类、大量复制已是生产原则了。我们可以说电影实际上就是生产出来的，电影中的垃圾要比小说制造中的垃圾多多了。每年全球拍摄的几千部电影中，大部分都是垃圾制造品。同样，在小说写作中，现在每年中国作家写作出版的长篇小说也有几千部，大部分都是垃圾。在音像制品中，更是这样。数不清的歌星，我记住他们是不可能的，因为转眼就又有新的了。在中国，每年也许要生产出上万集的电视剧，它们填满了全天几乎 24 小时的各个电视台的频道。所以我说，必须有大量垃圾，没有垃圾，就没有精品。

所以你看，在文化生产中，我们已面对着一个垃圾遍地的世界。在垃圾中，我们已经形成的美学原则不断地发生着动摇，垃圾把我们包围了。它甚至变成了粉尘和雾霾，进入了我们的呼吸，它变成各种文字、图像、声音，进入我们的现实和我们的梦境，我们逃不开它。这些文化垃圾甚至像是埋葬我们的泥土，细心地、一点点地埋葬掉了我们的生命。

因而，在垃圾中永生是不可能的。本来就不存在永生，只有垃圾和垃圾美学。像昆丁•塔伦蒂诺，他的暴力电影是惊悚的、反好莱坞的，但却在好莱坞电影里变成了璀璨的极品。

母亲想变作一只小鸟

我是爱我母亲的，一九八八年我离开家去远方求学，到今天的一九九四年，期间和母亲的见面次数不超过五回，加起来大约只有几个月，还不到半年的时间。她一直在新疆居住，已经在那里住习惯了，我在内地学习和工作，来到北京也没有成家，这是我母亲最为惦记的事。记得有一次春节回家，发现她一下子变老了，似乎也胖了一些，只是白发、那种像霜染了一样的白发爬满了她的鬓角。在家中，她每一顿饭都要叫我多吃，仿佛吃是世界上最大的事，最让母亲担心的事。她不知道儿子遍游海内，早已吃遍五湖四海、山珍海味。当然，仍是母亲做的手工面条和炒土豆丝最好吃了。

我小时候穿的都是母亲做的千层底的布鞋，她一针一针地纳好的，鞋底密密的全是针脚。母亲为做鞋子用坏了好几个顶针。前几年，有一次我非常想念母亲，打电话叫她为我再做一双千层底的布鞋。我也许不会再穿它，但我想母亲很快就老了，她会连用针穿透鞋底的力气都没有了，我要赶在她没力气了之前，珍藏一双她亲手做的布鞋。

后来，她寄给了我。鞋小了点，但仍旧精致、结实、质朴亲切，一如母亲看我的目光。

由于我这个游子常年在外，一旦回家，总被她盯得很紧。我记得我有时候和妹妹一同回家，母亲一般目光都是随着我转，只要我一出门，母亲就开始盯上我妹妹了，因此我妹妹总是抱怨，她希望我多在家里待着，母亲就会只注意我而不会注意她了。我一旦回家，总是不爱在家里待着，总是要出去，远远地一回头，即发现母亲还站在阳台上看着我。我想她觉得即使是在阳台上目送我远去的机会，都是不多的缘故吧。

天下所有的母亲都是爱孩子的，因而，我母亲对我的爱深沉质朴，却实际上也平淡无奇。除了逼我早日娶妻生子，她一般从不干涉我的生活。有一年春节回家，在家中待了一段日子，要离开家中的时候，母亲一边给我整理行囊，一边突然说："要是我变成一只小鸟就好了，这样我就可以飞起来，跟着你坐的飞机一块儿飞，也飞到北京去，在那里租个房子住下来，可以天天照顾你了。"

她的这句话让我有一种深深的震动。她想变作一只鸟儿，和儿子一起在天上飞。可她已经快六十岁了呀。她是不可能变成一只鸟儿的，这是她的一个愿望，这是不可能的。但她想了。

母亲很喜欢鸟，童年的时候她带着我在河南西峡伏牛山的老家山村里住过几年。我很小，每次她上山泉中挑水下山，害怕我被狼叼去，总要我走在她前面，我人小，又走得慢，害得她每一挑水要比别人累得多。我总要跟着她，即使是她上厕所，也把我放在她的膝盖上。后来，她跟我父亲去了新疆，在那里一待就是三十几年了。在我和妹妹小的时候，母亲也干了很多补贴家用的苦活儿、累活儿，比如在河道里筛沙子、背水泥。我上初中后，每年暑假，她都要逼我去一些建筑工地上当小工，去砌砖递瓦，让我体验劳动和挣钱的辛苦,现在,快三十岁的我终于懂得了她的良苦用心。

我当然盼望母亲可以变作一只鸟儿，那么我一生下来就是鸟儿，我们可以自由地飞。飞翔一直是母亲的愿望，只是今天，她还没有在天上飞过。我们要是能一起飞，该多好呀，我们可以飞遍江河湖泊。但那样也许我就长不大了。不能离开母亲的孩子总是长不大的。人是动物，一到年龄必须要独自面对世界。即使是老鹰也还把小鹰硬是推向悬崖，让它学会飞行呢。人也是一样的。当一个母亲鼓励孩子离开她时，她是深爱孩子的。

后来，我在旅行中，常常盯着和火车一起飞翔的鸟。我想，如果我母亲可以变成一只鸟，她就在和我一起走遍大地。在旅行中看见飞鸟我总是容易眼眶湿润,因为离家的人只有一个母亲,也只有一个母亲可以让他去想。

植物性神经功能紊乱

一九九五年的某一天，我一觉醒来发现自己呼吸十分困难，胸闷、多汗，胸口就像压了一块石头，而且，那种胸闷还不是像心脏受压的胸闷，心脏出问题一般在左胸，可我的胸闷是在前胸，那里像堵了一个什么东西一样，会随着我的吞咽动作而略有变化，在吞咽中，这种胸闷会减轻，随即就更加严重了。

我到了医院检查，大夫查了心电图、验了血，告诉我不是心脏的问题，不是心肌炎也不是别的问题，而是植物性神经紊乱。她给我解释了什么是植物神经，植物神经就像是一棵枝繁叶茂的树一样长在人的体内，可以调节和控制心肺功能和肠胃、肝肾等。植物性神经功能紊乱大多是在一种外在精神压力下造成的，一个人的性格抑郁，也是可以得这种病的。这种病只能吃一些维生素和谷维素，慢慢调养，慢慢就会好。

一晃都三年了，我的植物性神经功能紊乱还没有完全好，只是已经减轻了许多。我有时候常会想，我为什么会得这个病呢？是什么原因促使我得了这个病呢？在一九九四年到一九九五年间，我的生活出现了什么样的问题？我透过时间的烟尘向那一年看去，我看见，我在这座城市中奔忙，焦虑，不安。是的，那一年中，我被一种非常焦虑的情绪给笼罩着，这是这座城市给我带来的压力。当一个人面对一整座城市的时候，他的压力当然是巨大的。对于我而言，大学毕业，来到京城，首先就面临着一个生存和发展的问题。解决基本生存问题是好办的，但是发展则是重要的。

一九九三年，我调入一家报社，白天进行新闻采访，晚上则写作。我退掉了原单位的房子，因为我已经调走了，再占着房子是不好的，因此我租住了一套房子。由于我一个人生活，到了夜晚，各种焦虑纷至沓来。性焦虑、成功焦虑、金钱的焦虑，使我像夜晚的孤魂野鬼一样无法自拔。那是浮躁的年月，我和城市一起变得浮躁。焦虑不是痛苦，焦虑是一种慢火烧烤的感觉。在人的一生中，都有生存的需要，安全感的需要，在这些基础之上，还会有成功和发展的需要。对于我来说，成功和发展是迫在眉睫的事，因而，某一天早上我醒来，发现自己胸闷异常，得了植物性神经紊乱了。

植物性神经紊乱可以让你的内脏器官，比如肺和心脏都受到压抑，受到情绪的挤压。对于我，就是心和肺受到压抑。一年中有几次，我在做身体的剧烈运动时，会突然发生心动过速。那种窦性心动过速十分奇妙，就好像心脏不是我的，它是我体外悬挂着的一个东西，它在那里疯狂地跳着，我在一边是个局外人，却非常平静。我没有计算过心动过快时的跳动频率，我想大约在每分钟一百八十左右。它是相当快的了，可这心动过速一般持续时间都不长，大约几十秒，或者只要我做一个完全的深呼吸，那急速跳动的心脏就立即安静了，又重新变成我的了。这个时候我的身上会冒出一层虚汗，感到刚才那一刻是真的发生在自己身上的。

我去到医院找大夫看，大夫说这种毛病是不要紧的，只要平时掌握好情绪，就不会发生。我在想着这件事的时候，发现自己的性格中有十分忧郁的一面。是的，是这样的，我的性格是外向的，越是人多，我就越快活，往往我成了主角，话语锋利，言谈机智，我的话语按摩是朋友们最开心的，他们都喜欢和我在一起，因为我坦诚幽默，把他们逗得哈哈大笑，情不自禁露出了自己率真的一面，而在平时，他们已经异化了，被面具压得透不过气来。激发别人成为一个和他们平时不一样的人，是我的一个本领。但只要我一个人待着，或者热闹场面行将结束，我就会不由自主地忧郁下去。那种忧郁是从童年时期就有的，它敏感、多疑、孤独，它是我的另一个影子，它在我快乐的同时，也带给我忧郁的阴暗，使我有时还有自杀幻象。

我不知道我的植物性神经功能紊乱什么时候会完全好。也许永不会好了，那么就让我胸口堵着一块东西，快乐和忧郁地满世界乱跑吧。

爱的存在

看到一篇文章，说是两个湖北著名女作家到江汉大学演讲，在谈到爱情时，两个中年女作家都先后但步调一致地认为——爱情，是不存在的。在婚姻中只存在一种习惯，存在一种双方的适应，一方一个眼神，一个动作，另一方立即心领神会，只存在男女之间的一种默契，但爱，在婚姻中是不存在的。她们的观点让很多男女大学生都吃惊不已，灰心丧气。

这是两个中年女人的看法，何况她们刚好生活在武汉这样一个标准的市民城市。在武汉，由于它是长江和汉江的交汇处，因此，它的形成就是码头文化，从北部和南部蜂拥而来的流民和商贩聚集而成大码头，流民聚成了河南棚子，商贩聚成了汉正街。这座城市现在还是这样。汉口、武昌和汉阳像三块大饼，在长江和汉江分隔开的三个地区漫无边际地延伸着。武汉人大多都是从湖北各个地县千方百计钻进来的，这些人的生存能力极强，似乎人人都有两把刷子，否则是无法在武汉待下去的。因而，在这座城市中，精神的空气是稀薄的，出现方方、池莉这样的优秀作家是个奇迹。爱情，可能也是一样，你看，池莉的《不谈爱情》中，不是把市民对待浪漫爱情的态度表露得一览无余吗？

爱情和婚姻是不一样的，爱情可以导致婚姻，没有爱情，有交换也可以导致婚姻，婚姻却不一定能锁住爱情，因为爱情和婚姻是不一样的。婚姻是繁衍与责任的保证，它不能保证爱情，但爱情，当然是存在的。爱是一种精灵。爱情它一直在飞，一直在运动。它是空气和水流，它是变化的。绝对没有永恒的爱，但有短暂的爱，电光火石的爱，和久远的爱情。很多人，尤其是已进入中年的人，他们很多人都没有体验过爱，很多只是占有之爱，是交换和实利之关系。不是爱导致的婚姻，对于许多女人来讲，主要是安全感的实现，要求这个男人必须忠诚可靠，经济能力强大。但爱有时候与这些都没有关系，它是精灵，我说过它是一种变化的感觉。爱是汽油，是风，是一种权力和能量，它可以让一个人变成不是他自己，可以让他焕然一新。当爱来临的时候，房倒屋塌，你的每时每刻都在为另一个人而度过，这世界上没有其他人，这是一种满溢的生命感觉。是的，爱，仅仅是一种感觉，一种燃烧，一种付出，一种期待。

爱是存在的。在今天，我的朋友中，很多人都离婚了，而我还一直没有结婚，就是因为爱它溜走了。在婚姻中，当爱溜走后，两个人只变成了一种习惯的时候，爱已弃这对男女而去。爱本身是可恨的，关键就在于它的多变和短暂。因而中年女作家池莉《不谈爱情》，实际上也表达了一种对爱的缥缈和多变，不是在大地上、房子里，而是在心灵的天空中不能牢牢抓住的一种无奈。

但爱毫无疑问是存在的。即使你经历了爱的激情，爱的背叛，爱的折磨而觉得看破了红尘，觉得天下的女人都是婊子或者是宠物狗，即使你觉得所有的男人都是嫖客和野驴，但爱已经在你心中产生过，这就够了。爱它在你身上待了一会儿，又飞走了。就是这样的。在它飞走时我们有挫折感，我们要大叫后悔付出太多，我们又在计算钱袋了。我们觉得患得患失又大叫没有爱情。但这时爱早已离去了。

实际上爱就是心灵的动弹。它像露珠在一片草叶上的流动，你的心也为一个人在动，这时，就有爱了。你恨一个你爱过的人时，你心中仍有爱。没有爱的生活是可怕的。很多时候都是单恋与暗恋，这时候，你是孤独的。爱的多变和短暂导致了它不可能一直占据着一个人的身心。人们在很长时间里，产生爱的冲动和感觉都是很少的，相对于大部分庸常的时光来看，爱就近乎不存在。因为它总是在流动，在飞。

中年女人已经不谈爱情了，但我们是要有的。更年轻的人，你们也要去发现爱，尽管它仍将弃你们而去。

铁轨发亮

在北京，二十世纪九十年代里我住过的三处地方都靠近铁路，因而我经常在睡梦中听见火车的鸣叫，它像一道亮光一样擦过了我的睡梦，留下了一道发亮的痕迹。

因而我有时候会在火车的轨道上走。火车，工业时代最令人惊喜的庞然大物，它把多少人与物运到了远方，在我的求学时光中，总是在火车车轮与铁轨的摩擦中度过。坐在火车上，我总是喜欢凝视飞速而过的窗外风景，它们的颜色与层次总在我的心里停留好久。

这几年已很少坐绿皮火车了，因为航空已越来越发达，高铁也在迅速延伸。但我对绿皮火车总是怀有一种莫名其妙的感情。比如铁轨，它没完没了地伸向远处，穿越田野、城市、山林、江河，它就那样一直发亮地消失在苍茫中。浪漫一点的话，我甚至张口就说“我愿意做一条铁轨”了呢。但是不，铁轨实际上是非常冰冷的，我摸过它，冷得令你心痛。同样，它也有热的时候，在滚烫的骄阳之下，你摸一下，能烫坏你的手。正是因为它的寒冷和热烈，因为它的坚硬，一些人选择了把头放在铁轨上去自杀。

诗人海子是卧轨自杀的一个典型的例子。一九八九年三月二十六日，也许这个日子以后应该被定为诗人或者诗歌节。海子带着几本书，梭罗的《瓦尔登湖》和康拉德的小说集，在山海关附近的一条慢车道上卧轨自杀了。因此，我想生和死不是对立的，他的自杀结束了他的肉体生命，但这样一个事件，使他的死具有了永恒性，使得他的人和诗都停留在了那个年龄。他因此而不死了。

我有一个搞摇滚乐的朋友，他有一个很好看的女朋友，就住在北京蒲黄榆一带，有一天她戴着随身听，大约是放着非常激烈的摇滚乐。可能就是他男朋友的音乐。火车来了，火车鸣笛她听不见，她被火车撞碎了。

他们后来在她出事的铁轨处盘桓了好久，空气中仍散布着一种血腥气，还可以找到人体的一些碎片，他们沉默不语，在铁轨上走来走去。乐手们背着乐器，那个男人没有哭，他的女朋友死了他也没有哭。他可能是一个人独处时哭的，这个坚强的流浪歌手那天没有说话也没有哭。后来，他好像为此写了一首歌，在使馆区的酒吧演唱了。但我没有去听，听说他每一次唱这首歌，都撕心裂肺，在狂乱的节奏中把吉他给砸了。

一九九五年的某一天夜里，我和另外三个朋友在亚运村一个酒吧喝醉了，后来，没有喝酒的朋友开着车拉着几个醉汉出来兜风，在东便门立交桥下，汽车出了点故障，我们把车扔在那里，爬上了附近的一处坡地，在那里，有几条铁轨经过，在夜晚月光的照射下闪闪发亮，不时有火车从那里经过。一个醉了的朋友打赌说，他可以趴在两条铁轨之间的枕木上，让火车经过头顶而不会死。他最先试了试，这种事过去也有人干过，有人因为风吹动起了衬衣，顷刻之间就被火车底部的某个铁钩挂住，被带走了，脑袋碰得稀烂，因而，这个朋友脱去了上衣，趴在了枕木上。火车来了，又走了，他安然无恙，爬起来笑了——他活着。

我记得我们喝醉了酒，借着酒劲儿脱去了上衣，我是仰躺在那里。火车来了。我们没有作声，火车飞快地过去了，我躺在下面时才感到了一种前所未有的恐惧，那是对死亡的真正恐惧。在我的头顶，火车像个巨大的爬虫那样经过，它的腹部就像多节履虫的腹部，在我头顶一点点地过去。那个过程是非常漫长的，至少我是这样感觉的。火车过去了，我半天才站起来。在我们头顶是潮湿闷热的夏季夜空。

我想那是借着酒劲儿才敢那样干的。过了几天，酒醒之后的我仍噤声不语，很少再提那件事。

我的有关铁轨的故事就是这么多了。

如果现在让我再趴到枕木当中去，我是没有那个胆的。失恋的时候我在住处附近的铁轨边走了好久，最终没有勇气再试一回。年龄大了，已没有那种玩命的勇气了。

匕首爱好者

我有关匕首的最早、印象最深的记忆是在新疆，那时候我大约七八岁的样子，还没有去上小学，有一天，我母亲带着我去商店买东西，我拉着母亲的衣襟，我母亲在柜台外站着买东西，这时，我看见从商店外面走进来一个男人，大约四十多岁，他的头上还戴着一顶棉帽子，他大步走到柜台前，隔着柜台一把就把柜台里的一个女人抓住，手中立马多了一把匕首，他一共戳了那个女人四刀，那个女人连叫都没叫，就倒在柜台中了。男人把匕首扔在了柜台上，走了。

我就在那一刻将目光惊魂未定地放在了那把刀上，那是一把一尺多长的匕首，少数民族常用的匕首。它还带着血呢。那是我第一次亲眼看见人的死亡。我母亲很害怕，她带我赶紧离开了商店，并对我哆嗦着说，不要怕不要怕，看来，有母亲总是好的。后来，我母亲协助调查，做了目击证词。听说那个杀人的男人后来被判了死缓，死的那个女人是他妻子，与别人通奸被他发现，他就把她杀了，然后，他就去公安局投案自首了。

新疆是一个粗犷豪迈之地，这里的少数民族腰间大都佩着小刀。因为，小刀的用处很多，平时吃肉，需要用刀去割肉，也有自卫和防身功能。汉民是很少带刀的。我上初中那时候是八十年代初，我们那座城市打架成风，我们的书包中曾装过刀。我上高中时才开始喜欢匕首，我收藏了很多种刀具和匕首，有藏刀、藏式匕首、瑞士军刀、土耳其弯刀、南美尖刀、河南的大片刀，收藏最多的，就是新疆自产的英吉沙小刀了。

英吉沙小刀不长，最长的一尺多，款式模样有一百种。这种小刀的特点主要在刀柄上，用彩色玛瑙和玻璃镶嵌出各种具有伊斯兰风格的传统图案，在阳光下闪着瑰丽的光芒。英吉沙在新疆喀什市西南方向的一个小县。有一年夏天，我和同学曾去过那里玩儿，实际上就是专门到那里买刀的。在英吉沙，大大小小的摊档在白杨的树荫下，沿着街道一字儿排开，卖刀的都看不见。上前问人，这时才看见卖刀的维吾尔人手提小箱子迎上来，一打开，满眼炫目的亮光，其他的商贩也围了上来，我们一下子买了十几把。后来，我们坐上了公共汽车，渐渐远离了英吉沙，在车厢中，我们可以听到小镇街道两边的房屋里，“叮当”打造之声不绝于耳。显然，他们都在锻刀。这里几乎家家户户都造刀、卖刀。

配刀的维吾尔人显得威武、刚强、豪迈。在车上，我们就碰到一个大胡子维吾尔人，他腰间佩有一把镶有人造红蓝宝石的匕首。请他拿上来看一看，他欣然从命，我看见那刀刃灿然生着冷光，青亮至极。用他的刀在我的刀背上轻轻一磕，我的刀背上旋即出现了一个凹陷。我吸了一口冷气。

我们到了喀什，买了飞机票直飞乌鲁木齐，机场工作人员检查时发现了那些匕首，他们告诉我们，按规定，带这么多刀子是不能托运的。同学说要不把这些刀送人吧，我让他坐飞机回去，我说，我坐长途汽车回去，我不会把刀送人的。就这样过了三天，我坐长途车到达了乌鲁木齐，就为了那十几把小刀。我想我应该算是一个爱刀人了吧。

在最多的时候，我一共搜集了两百多把形态各异的刀，这些刀都向我放射寒光。后来离家求学，父母他们也搬了几次家，那些刀渐渐地不见了。有一年，我回家去，发现只剩下几把小匕首和一把我练武术时留下的一把没开刃的单刀了。

今天这个时代，已不是冷兵器时代了，刀已和英雄一起进入了书页发黄的古籍。现在时代的英雄是电脑人才和金融业精英。拿刀的不是歹徒就是凶犯了。后来，我在内地上学，有时候带小刀以期自卫，总是多少有些不自在，感到自己倒像个凶犯。在大城市中，超过一定尺寸的匕首就是凶器，是不允许佩戴的。尤其是，现在还有极端分子搞恐怖事件，匕首这个词汇都不大在人的嘴里出现了。

我想我不喜欢匕首的最终原因，是这东西会喝血，只要是家里有这东西，血就可能会找上它来。所以，最好不要喜欢匕首，也不要在家里收藏刀具。

新凤霞阿姨

新凤霞阿姨去世已经有一段时间了。刚听说她在常州病逝的消息时，我都有些不太相信，怎么身体和精神那么好的人（除了腿在“文革”期间被打残了，走路不便要坐轮椅以外），回一趟老家，怎么人说没就没有了呢？

我翻了翻我平日用于发稿的夹子，里面还有两篇她过去寄给我的稿子没有用。其中一篇叫《读书乐》，有六千多字呢。我认识她要有好几年了，那一年，她丈夫、剧作家吴祖光先生在我所在的报社刊登了一篇文章，叫作《红颜一怒为自尊》，因为那一年有两个姑娘在国贸中心商场买东西，被保安认为可能偷了商场的东西，搜了包，两个姑娘不服气，把这事儿告到了法院，吴老的文章是替那两个姑娘说话的，结果，国贸集团公司当时的法人代表孙锁昌又因这篇文章，状告吴祖光侵犯了他们的名誉权，把吴老送上了被告席。

当时我就是跟踪这桩官司采访的记者，因而去工人体育场东路他们家很多次。每一次去，除了和吴老聊旧闻新事，就是看新凤霞阿姨画画。我叫吴祖光为吴老，叫新凤霞为新阿姨，这是她让那么称呼的。交往多了，对他们都有了个大概的了解。那时候吴老的记性已经不是很好了，可每天到他们家找他们的人特别多，一拨又一拨，铁打的营盘流水的兵。我有时候去也是为了谈点事，被这些来人弄得话老说不完，一到吃饭时间，新阿姨就豪气干云地说："一个都不许走，吃饭！过去我们在戏班子唱戏，碰上吃饭时戏迷都不让走，一块儿吃呢。大家待会儿一块吃饭！"她立即叫小保姆给楼下饭馆打电话。半个小时后，十几个菜就被送上来了，往往七八个客人也就一起留了饭。我吃了好几次，一开始心里还有些不安，后来也习惯了。谁让我是单身呢。我很喜欢新阿姨那句十分豪爽的话："一个都不许走！都在咱家吃饭，这是规矩！"这话现在还回响在我耳边。

她学习写作是吴老鼓励的。十多年来，在家一篇篇地把过去几十年间经历的人与事，写了有四五百万字之多，出了二十多部单行本，前一段时间和吴老先后出了自选集。吴老是著名剧作家，在他鼓励下，新阿姨没事儿时就写作，稿子写好，又让小保姆抄一遍再交给我。在他家，我看到他们和几个保姆的关系十分融洽，保姆都有点儿像他们家的亲戚了。

有一次，我和吴老在一起聊天，吴老从抽屉中抽出一本香港出的禁书，和我聊起敏感话题。新阿姨在一边听着，听了一会儿，说："祖光，我听你们的谈话，说的那些事儿，怎么就那么害怕呢？别说那些事儿了，你别又惹了祸！"

吴老敢说敢写，是非常有名的。他身上有一股二十世纪三四十年代文化人那种热情单纯和刚强耿直，不会为政治迫害所折腰。那一段时间他除了要当被告，准备上法庭外，家中也是多事之秋。他和新阿姨要办一个书画展，他写字，新阿姨画画，新阿姨还算是齐白石的学生呢，齐白石教过新阿姨画国画，她正式拜过师，结果由于当时的某些领导从中作梗，硬是在北京开不起来，还是新华社一个老记者看不下去，通过关系在军事博物馆里展出了吴老和新阿姨的作品展，因为军队是某些领导无法插手的。那次展出非常成功，后来，这个一直干扰他们展出作品的官员因为贪污腐化被判了刑。我当时就想，何必呢，你那么大一个官，跟一个文人过不去，早晚在历史上要倒霉。因为跟文人斗的政客，最终名声都不好，因为，文人活着，靠的就是清誉，就是一杆笔，就是历史上见，而政客往往是现实主义者，能控制现实，但抵抗不了历史和时间，文人是历史和时间的主宰。政客要明白这一点，不要以为你一朝权在手，就什么都能行，你就压制、迫害文人，文人最终秉笔将你留在历史上挨骂。

当时，吴老打官司，声援的人非常多，舆论都在他这一边。后来，这个名誉案以国贸中心撤诉宣告结束，折腾了一年多，官司不了了之，是那个年代里权贵对阵文人的一个典型。

我在他们家赶上好几回电视台采访，做专题片，镜头对着新阿姨，就听见新阿姨娓娓道来，说自己过去唱评剧时的峥嵘岁月。她过去走红的程度，就相当于现在的大腕明星，屋里一下子都静下来，听她一个人说，时间仿佛又回到了过去她所经历过的年代。她和吴老相濡以沫过了几十年，“文革”期间吴老被打成“右派”，有人上门力劝新凤霞和吴祖光离婚，她也坚决不离。那种对婚姻坚决的态度不多见。他们是我见到的最好的一对老夫老妻。我不知道新阿姨走了，就剩吴老一个人，平时会有多伤心，多寂寞。

我翻出了新阿姨那字体有些笨拙、可爱的文章，心想，我再也拿不到她的文章了。愿她老人家安息。

周介人老师

周介人老师去世之前在医院躺了好长时间，我是听说了的，也写信去问候的。我只见过他一次，那还是在一九九六年一月，《上海文学》杂志和《佛山文艺》杂志共同搞了一个“新市民小说奖”，我的一部中篇小说《环境戏剧人》获了奖，我去佛山领奖，第一次见到了他。当时，他主持《上海文学》编务多年了。我记得，在广州白云机场，《上海文学》杂志的几位编辑一起从旅客出口处走出来时，去接人的朋友指着他说：“那个人，就是周介人。”我一看，真没想到他很瘦，穿一件蓝色牛仔裤，一双休闲旅游鞋，上衣是淡褐色的条绒休闲西服，胳膊肘处还带着两个大补丁的时髦款。只是他颧骨很高，两边的脸颊都凹了下去，戴着一副眼镜，但目光却是平和纯净的。

我记得，在那次颁奖会上，作为获奖作者的我发言时用一句调侃的话说：“岁月不饶人啊，转眼我就老了。”结果，我是站着说话不腰疼，才二十六岁就这么说话，引来了举座的文朋师友的善意哂笑，在散会后坐电梯上楼时，满电梯《上海文学》的朋友都笑着说：“岁月不饶人啊，转眼你就老了——那我们怎么办？”

周介人老师忙说：“不要踩（灭）他，不要踩（灭）他，他开玩笑的。”为我打圆场。其实，我说这句话的意思是，我已写了十几年，已是一个年青的老作家了。不知道是不是上海人没有北京人那么幽默。

一九九五年一月，我的中篇小说《手上的星光》由《上海文学》刊出，成了我的一部成名作，这部作品的编辑是厉燕书老师，稿子由周介人老师审定后发表。厉燕书老师现在已经退休了，因为热爱干编辑，返聘在杂志社继续工作了一段时间，我的这部小说由周介人老师在卷首语加了一大段评论后，以头题的形式刊出。自此，我便一发不可收，那几年很快就发表了近二百万字的文学作品。这与周介人先生的推介是有关系的。我走上文坛与《上海文学》杂志有着初始的渊源，正是他们把我推上了文坛，使我的写作成了所谓“新生代”作家中的佼佼者。《上海文学》是新时期以来很重要的一本文学杂志，这么多年来，由它推出的大作家不计其数，已构成了当代文学史的一个景观。当然，上海的几家文学杂志都很好，像《收获》《小说界》《萌芽》《电影电视文学》以及后来没有了的《文汇月刊》，我想，正是有很多敬业懂行的职业文学编辑在支撑着这些杂志。

一家刊物，主编的眼光和趣味是非常重要的。周介人先生是一个善于把握文学潮流并及时推出一文不名作家作品的好主编。一家刊物不在于你推出了多少名家劲作，而在于你发现了多少新人，使他们成为名家。我记得，很多作家都是经由《上海文学》推出的，比如池莉，是《上海文学》推出了她的《烦恼人生》，才为文坛贡献了一个“新学实小说”的主将。这里面，周介人先生是起着重要作用的。

在二十世纪九十年代那个浮躁的时期，一个信息杂陈，越来越商业化的时代正在到来。费尽心机去办一份文学杂志，是相当不易的。在今天的中国，除去几家大型文学双月刊，大多数冠以省名的各省文学杂志都超不过一万份。文学的确有些边缘化了。这使得办文学杂志的人都有一些悲壮感。但任何一个时代，都需要文学去承载和记录一个时代的心灵图景，文学是不死的。即使人类也许会灭亡，除此之外，文学，是不死的。为中国文学的每一分进步付出努力的职业编辑，是让我深深尊敬的。

那次去佛山的颁奖会，一路上和周介人老师聊了好多。他是一个非常温和，但却十分犀利的人。他不客气地指出了我创作中的一些毛病，却又鼓励我继续写下去。与《上海文学》的其他朋友，比如潘向黎聊天，我发现他们都很敬重周介人先生，一个朋友告诉我，周介人的身体很差的，有时候夏天也要穿一件毛衣，他的身体竟单薄到了这种地步。他们对他的眼光都是赞许的，都觉得他是一个好的带头人，使《上海文学》参与到中国当代文学进展的每一步当中。我记得在珠海海滨大道晚上散步时，周介人问我结婚了没有？我说还没有，他说，你快点结婚吧，有个好的家庭，对你的写作是有很大帮助的。

那一次是唯一的一次见面。除此之外，我们通过一些信，多是他对我的作品提出修改意见的。有的我并不见得接受，但他是一个极认真的人，我多半会同意。每一次接到《上海文学》，虽不见人，但我都知道这里面有他的全部心血在里面。他是得肾癌去世的，这种病的疼痛我是听说过的，他那么瘦，不知是怎么熬过的？想到这一点，我的心就一紧。我把他看作恩师，他的去世让我好长时间都无法写出这篇文字。他那么瘦，因而会在天空中越飞越高吗？

练武术

我们中学有一个武术队，总教练叫黄加震，他是江苏扬州人，毕业于扬州师院。他师从过上海武术家蔡鸿祥，蔡鸿祥是著名武术家蔡龙云的师弟。一九九三年年底，我在北京采访中国武术家协会副主席、中国武术研究院院长蔡龙云时，我向他说了我的师傅的师傅是蔡鸿祥，他说，他们俩是师兄弟，于是，我向他行了孙辈的礼，拿着他的龙泉宝剑，站在他的椅子后面，和蔡先生这个“祖师爷”照了一张合影。

我们中学的武术队是受地区体委管辖的，总教练黄加震同时也是语文教师，他文武双全，说话妙语连珠，但脾气非常大，经常揍人，我们加入武术队后，经常被他揍得鼻青脸肿，头上都是包。当然，这主要是我们不刻苦训练的结果。入了那个行，才知道练武术是件非常艰苦的事，除了可以磨炼一个人的筋骨，还可以磨炼一个人的意志，这是我在很多年以后才体会到的。

武术应该从小练起，像我练习武术是在初中，都已算年龄大的了，大约是十三岁开始练起的，没有童子功。但也不算太晚，一开始，要练一年基本功，压腿、劈叉、站桩，练基本的一些拳法和掌法，马步冲拳，弓步推掌。训练很苦，一般早上要训练一个多小时，下午放学后再训练两个多小时，每天训练四个小时左右，其运动量可想而知。不过，我一加入武术队，就再也没有人敢打我了。因为武术队是整个城市里都有名的，不管是大流氓还是小流氓，不管是少数民族流氓还是汉族小痞子，听见黄加震和武术队这几个字，都闻风丧胆，何况我们的师兄弟有不少人在公安局，流氓们是不敢惹武术队的人的。

经过两年的基本功训练，才开始练习套路和器械。武术套路分自选长拳和传统拳，自选长拳是将长拳的几十个基本动作，自己编排，有难有易，要求在一分二十秒打完一套拳，传统拳则包括南拳、螳螂拳、太极拳、八卦拳等几十种套路。器械一般分软器械和硬器械，软器械有九节鞭、绳镖、三节棍等，硬器械则包括单刀、朴刀、长枪、棍等。每个人必须选择一两种学习。自选长拳要求人人都要会的，传统拳每人选一两项，我选的是广东南拳。器械中软器械我练习过绳镖，硬器械我主要练习单刀，此外，我还擅长腿法，我的腿法又刁又快又狠。这一阶段，我练习了三年，和师兄弟们参加了几次自治区和全国的武术比赛，师兄弟中最好的成绩是拿到全国武术比赛的银牌和铜牌，至于新疆的武术比赛，冠军的一半都落到我们武术队了。

高中毕业时我已练了六年武术了，最后一年我们学习了散打、跆拳道和拳击。因为这几项都是时髦的武术运动。但是我一直学不好柔道。每一回摔跤，连我师妹都可以将我摔倒。

我的师傅黄加震是一个奇人，他文武双修，口才很好。高中又教了我两年语文，把我送入大学。他对我青春期的成长起了很大作用，否则我很可能走上歪路。我上大学时还偶尔纠集同学练几下武术，但一年不如一年了。

不过，仍有六年武术运动员的底子在，三个人打我，我也是不怕的。

黄加震老师几年后回到了上海，在一家中学任教师，仍旧教孩子学文习武，后来退休了。他是中学特级教师，到了上海，仍旧大受欢迎，在嘉定和普陀任教，师门已遍布全国。他离过一次婚，后来娶的是我们的一个大师姐，现在，他们的女儿都上大学了。过去挨他揍时，我们都恨不得让他赶紧变老了，也打他一顿，但现在，我无比怀念那六年中挨他老拳的时光，肉体疼痛，但时光怎么变得甜蜜了呢？

午夜里的游走

在北京，我喜欢看城市的夜景。近几年来，北京的夜生活已经大为丰富了。大多数餐馆都要营业到很晚，还有东直门内的簋街等两处集中了24小时营业的几十家餐厅，已经形成昼夜吃喝的美食一条街了。而且，很多酒吧和迪厅，都要营业到凌晨两三点，因而，北京的夜晚早已是灯红酒绿，欢乐无限了。

有一段时间，我最喜欢的事是在夜间兜风，坐在车里或者开着车沿着二环、三环、长安街、北四环不停地走。夜晚的北京和白天的北京是不一样的。白天，它傲慢、僵硬、土气、空气污染。夜晚，城市的空气是新鲜的，快速主干道上没有一处是堵车的，霓虹灯广告牌和各种路灯咬破了黑暗，城市在黑暗的夜空笼罩下，显得阔大、澄澈、清爽和繁华。白天看，北京太大，局部是繁华的，比如王府井，前门外，东单、西单，朝阳门外和建国门外大街，东三环，望京，除此之外，北京像一块不停地向外摊的大饼。这么大的城市，它的夜晚能不比白天美丽吗？

在夜晚，城市带给我一种沉醉的感觉。坐在车内向外看，城市是被灯光衬托起来的场所，城市像是一艘灯光通明的大游艇，它正带着两千多万人的睡梦，向梦的深处，向着黎明漂移。在白天，这座城市有公园、古迹、大饭店和大商场是人们的好去处，到了夜晚，餐厅、酒吧、迪厅是另一些好去处。

在过去，大多数时间我都是在夜晚写作的。夜晚安静，有利于我静心思索，但后来，我很多时候改为白天写作了。因为到了夜晚，我要成为一个游走者，游走在北京醉人的夜色中。

前不久的一天夜里，我从一个地方回家，从一座立交桥下步行抄小路走回我的居所。那是一座与一条护城河相交叉的、通向三个方向的大型立交桥，具体来说，就是东便门立交桥。我走上河边一大片绿化林中被绊倒了，夜里看不清四周，但是白天，我肯定是可以看清楚的，我感觉到自己好像被一张网给兜头罩住了。而且还有鸟叫声在我身边响起，我挣扎了一会儿，才从那网中爬出来，我明白了这是捕鸟人在这里拉的一面黏网，飞鸟只要撞上就跑不了，我给撞上了，但我像一头熊瞎子一样挣脱了。

我划着火柴，黑夜中，我发现黏网被我撞倒了，可恨的捕鸟人！捉飞鸟的人是最可恨的人，因为鸟一直都在自由地飞，它们根本想不到会撞上这种网。据说海中也有这样捕鱼的绝户网，很小的鱼撞上后也被卡在网眼里等死。那种网已被禁止在海上使用，但没有人会禁止夜晚的捕鸟人。我借着手中的火柴光亮，看清了鸟的位置。网上一共有三只鸟，两只麻雀，一只说不上名字的小鸟。我把它们摘了下来，放飞到了空中。我让囚鸟又飞回到自由的空中。

在城市的午夜中，我曾到过这座城市的一些迪厅，我非常喜欢迪斯科音乐的震颤效果，那样一种颤抖就如同这座城市的夜晚。不过，在午夜，无论有多么狂躁的音乐，无论有多少人的面孔在我身边浮动，我都仍旧感到四周是那样的空旷。也许，城市中的每一个人都与别人一样，没有谁在夜晚也是特别的，就如同所有的创伤都使心灵发疼。仿佛在夜晚，乐队已经整齐地离开，我还活着，一个又一个夜晚，坐在一个又一个酒吧里喝“体K啦——嘣”酒和其他酒，我好像在期待着什么。在我眼前，午夜游走者已经全部到来，他们是黑夜里的舞者。这一次，我听到了自己的心跳，也听到了这座城市的心跳，它那么有力，一下又一下地跳着，像一头温柔的巨兽在喘息。这时，我和其他更多的人，一起构成了城市午夜黑暗而又绚烂的森林，午夜游走者的森林。

第二辑：蔚蓝

牢笼里的囚徒

作家的生活难道不像是在牢笼里的囚徒吗？每一个作家，他所需要的不过是一个小房间，一间有书、纸、笔和电脑的房间而已。除此之外，他不再要别的了。他只是坐在房间里，用他的观察、体验和想象来写作，日复一日，昼夜晨昏，大多数时间他都像一个工人一样在干活，从来没有停歇的时候。作家当然首先是一间屋子里的囚徒。

作家是一种特殊行当，在今天的社会中已经越来越奇葩了。作家和演员一样，是一种靠天赋来吃饭的人，这种人是不多的。在今天的中国，作家的名利回报率还是有的，但和演艺界相比却并不算高，成名的作家会好过一些，而大多数无名者，他们的写作是养活不了自己的。我的一个朋友负责一家重要文学刊物，他拟订的新一年的作家约稿名单，只有一百人。在全国，有一百个左右的作家进入了他的视野，而在我看来，这个数字还要再少一些，可能有八十个左右的小说作家，是具有持续创作能力的，其中，可以写作长篇小说是这一群体的基本特征，那些依一时才气冒头，但还需多年时光岁月检验的年轻人，还不在此计算之内。

写作在今天已不是一个显赫的职业，大多数作家实际上都是业余的。很多人都有职业，相反，作家协会中靠发微薄工资的“专业作家”，实际收入也不够用，而且创作能力也在衰落。旧体制内的专业作家制度基本没有了，作家只能步入市场，让读者来养活。在小说作家中，很多人仍栖身于并不太忙、有时间可以用来写作的文化教育单位，像报纸、杂志、学校、出版社等，另一些人，他们早就辞去了工作，专心当上了没有工资收入的职业作家，像余华、残雪、林白、李冯、朱文、韩东等人，对真正热爱写作的人来说，他们期盼的自由写作实际上已经到来了。因为今天，目的不纯、没有写作能力或是把文学当跳板的人已经越来越少了，留下来的都是真心喜欢写作，不管写作的回报率到底有多高都会坚持下去的人。当然，辛勤的劳作，总是会有报偿的，一些较知名的作家，他们的经济收入还不错，要比很多企业高管和外企白领的日子还要好一些。

商业化并不见得会侵蚀文学，相反，它会摧毁旧文学和遵命文学产生的基础。文学首先是一门艺术，它不是请愿书、社会调查报告、邀请函和电视机镜头，文学归根结底还是想象力的东西，由一种特定的语言为母体，构筑一个时代的很多个体心灵的审美世界。在今天，商业化可以冲刷掉很多伪作家。一部分在二十世纪八十年代活跃的代言人一类的作家，在逐渐退出，作家的代际划分已然形成。到今天，新时期文学已经发展了三十多年了，为我们这个时代贡献出了很多的优秀作家，比如，莫言（获得了诺贝尔文学奖）。

但不管一个作家如何风光，作家的状态仍是时光囚室中的囚徒，作家是被三重的牢笼所囚闭的：

第一重牢笼是房间。作家永远也不会像政治家和教授那样在广场和教室里写作，作家一生注定要被囚于一个小房间，这是他的工作室，也是他的囚室，除此之外，他没有别的地方可以工作。作家不可能在旷野上和树林里写作，他可以以旅行的方式穿越很多地方，但是作家必须被封闭在一个房间里。

第二重牢笼是语言带给他的。每一个作家都要面对一个特定的民族语言、地域文化和家庭关系，这是任何一个人、一个作家都无法先天摆脱的。我们无法在出生之前选择出生地、语言和自己的父母，因而，作家是被民族语言以及地域文化、家庭关系所囚禁的。在写作期间，他走来走去，用于反对房间，但在民族语言、地域文化和家庭关系面前，作家即使想反抗也是不可能的。作家应该去反抗那非人性的、对个体心灵造成伤害和打击的其他力量。在这一点上看，作家就是孤独的，只有超越了自我孤独的作家，才可以不断地超越他的母语、地域文化和家庭关系。

第三重牢笼是时代的牢笼，也是时间的牢笼。作家是无法超越一个时代的。对这一个牢笼，大多数作家是认了命的。他们从此时此刻出发，去穿越未来。只能这样了。或许想象力是作家可以搭乘的唯一一艘超时空穿梭机，作家的想象力能够直达未来，作家以想象力去预见未来，书写丰盈的心灵世界，正如科学家可以预见到未来的技术进展。因而，囚禁在家庭和小房间、民族语言、地域文化和家庭关系，以及时光与时代的三重牢笼中，作家是背水一战的，是要奋力去不断挣脱这些牢笼的。

生生死死的世界

人是向死而生的，生下来之后，人的旅程就是在向死亡的进军。人死之后，一切对于这个已死亡的生命个体来说是不存在的，他的记忆与灵魂都消失了。我在大约十几岁的时候就意识到了这个问题。当时，我感受到一种极端的恐惧。那是黑暗中的几年，伴随着我的青春期。是的，上中学的时候我就关注到了死，同伴的死、邻居的死、各种城市中发生的凶案，让我生活在一片对死亡的恐惧当中。那是一种黑暗的地带，没有人真正想进去，我也不想进去。因而，我是怕死的，唯有死，是人所无所超越和面对的。所谓不朽，实际上不存在，即使是很多历史人物，他们死后，事迹传递百年以及千年、万年，他们也早已变形了，在后人的传说、演绎和解释中面目全非了。今天的恺撒、莎士比亚、莫扎特、梵·高和秦始皇、李白，还是当年那个他吗？肯定已经不是了。后人谈论他们的面貌，至少已丧失了百分之五十。没有人可以超越死亡。在死亡面前，人人平等，这是我中学时就感到的生之绝望的原因。

但生可以超越死吗？也许是可能的。人类在不断地死亡，又在不断地降生，在繁衍着。上帝给了人类一条出路：一个个的个体在死亡，但一个个的个体又在出生，这使得人类在繁衍，在通向永生之路。在生与死的链条上，两端之外是虚无，是不存在，两端之内，是人的生命过程。一个人在生之前与死之后，就是一片虚空，什么都没有的，面对死，我们有不尽的生，个体之死是绝望的，但整体的生，以一个个的个体的生命繁衍来对抗死亡。因而，长大了一点，我就又意识到了这一点，意识到死不是生的对立面，而是和生共生在一起的，即所谓生生不息。

我还记得我在十七岁时曾经住院开刀治疗。那是一个并不好的小医院，只有三层楼高。一座县城医院，在此之前，我的同学单菊忽然被汽车撞死了。她一定不会知道，自己就这样突然地被上帝夺走了生命。原来一个人可以这样快就变得冰冷、僵硬的啊！她生前所有的话语、音调和梦想在一刹那也凝固了，我突然感受到了人作为大地上的短暂生灵的悲剧含义。我很长时间都不能从她的死亡中解脱出来。那是一种对生命的悲哀情绪。就是那段时间，我被医生诊断为肿瘤患者，硬性纤维瘤，它存在于我的左边小腹中，平时，我是可以感到它在上下滑动，像个阴险的家伙在我的小腹中时隐时现。被医生诊断之后，我十分沮丧，想到了死，虽然大夫说硬性纤维瘤有很多是良性的，但我仍然想到了死，它可能就在我的身边，就像我的女同学，谁会知道死一直就在她身边呢？

在动手术之前，我想我完了。我被一种死之恐怖所笼罩。但手术之后，大夫告诉我，我小腹内的小型肿瘤是良性的，我又有救了。知道了这一点我非常高兴，感到了由衷的欢欣。几天后，我就可以在傍晚，拖着沉重的身体，忍住腹部没有拆线的刀口疼痛，在已变得安静的走廊中走动。

窗外正在落雪，我这才意识到已是大年三十了，我三天后才能出院，也就是说，我得在医院里过年了。有一种淡淡的哀愁袭上心头，我看见外面的世界已是白皑皑一片。走廊里昏暗的灯光变亮了，我才发现夜幕正在变得深沉。我依旧坐在那里。

忽然，楼梯下响起了杂沓的脚步声，很多人正抬着生命垂危的女人，进了急救室。那是一个表情凄清苍白的年轻女人。十分钟以后，急救室里传出了号啕大哭声。我知道，那个年轻女人死了。我走过去问医生，他告诉我，那个年轻女人的丈夫犯了强奸罪，她受不了打击，喝毒药自杀，没抢救过来。他们还留下了一个三岁的女儿。

在大年三十的晚上，昏暗寂寂的走廊里长久地回响着哭嚎声，十七岁的我十分悲哀。人的生命真的像是一股风吗?

我想不透这个问题，就拖着病体、沿着走廊缓缓行走，我转过了回廊，找了把椅子又坐了下来。在这一瞬间，我听见了一声婴儿的啼哭响了起来，声音倔强、尖利，接着，又有许多婴儿啼哭了起来，奶声奶气的哭声汇成了一条河流。是妇产科育婴室的孩子在哭。他们都刚生下来不久，他们是新的生命。

在那个夜晚，我听到了丧失生命的哀号和新生生命嘹亮的声音，生与死的对立之门一起向我敞开，那一瞬间，我好像明白了很多。至少，我知道了这个世界就是生生不息地充满了灭亡和新生的大循环的。世界，永远都充满了新生的希望，虽然世界同样存在着悲哀。这一切真实地发生过了，那一年我十七岁，我决心好好地活着，去走好自己的路。“死的悲哀孕育着生的希望，它们不是对立的，而是共生在一起的。”

最近，我一位三十岁的同事亚军死于一次车祸，我很难过，使我又想起了十七岁时那个冬夜的一幕。这是一个让生者背负死者期望前行的一刻。

朋克时代

朋克，我们说起这个词，一定会想起那些留怪发型的家伙，主要是光头、阴阳头、染彩色头发，在身上各处戴环：耳朵、鼻子、舌头、嘴唇、乳头、小腹、阴唇上都戴上环的一些人，此外他们中有的人还搞群居、吸毒贩毒，总之，朋克是一些西方社会的边缘人，或者说他们是些反抗社会的人。有时候在北京的一些酒吧中我可以看到几个中国朋克，但就像朋克在西方都已经过时了，这些中国朋克也非常稀少，大部分可能都是假朋克，在中国这样一个勃勃兴起的国家中，当一个朋克未免也太边缘的边缘了。

今天的时代，服饰已是最能体现一个人内心的标志，或者说人也类似罐装食品的推销，是需要衣服包装的。青年人中，现在留短发、光头的多，扎辫子的多，似乎已经形成了一种观念，即扎辫子的人大都是一些艺术家。实际上，艺术家在装束上从来都是不拘一格与散漫的，与公司和金融业白领的西服革履形成了十分鲜明的对照。

我这里谈的不是朋克们，我想说一说朋克音乐。我听过不少朋克音乐，我想我曾经被震动了，我是相当喜欢的。可以说朋克是一种精神，一种在颓废情绪中夹杂着反抗和获取新生的愿望和理想。从这种意义上说，朋克又是积极的，他们只是反其道而行之，从另一条路，一条充满了激越的焚天烈焰的道路来殊途同归。朋克音乐又是摇滚乐中走得最极端的，可以说是摇滚精神的内核，它总在那里破坏、嘲讽和瓦解，朋克音乐首先是严肃和愤怒的，它不同于嬉皮士音乐的嬉皮笑脸和得过且过。在这个方面来说，朋克音乐是有战斗性的。

但一些人说朋克音乐人是悲观的，绝望的，是一些精神虐待狂与被虐狂，是一些无政府主义者、极端自由分子、极端自我主义者，是一些破坏狂，他们还宣扬恨，排斥爱，与黑暗和苦难天生结为一体，冷漠和鲜血与泪是他们音乐的实质，他们摧残与诋毁世界。我想不是这样的。

我非常喜欢PATTI•SMITH和KURE•COBAIN的音乐。他们一个是女人，一个是男人，前者中文译名叫帕蒂•史米斯，后者叫科特•柯本，我是从他们两个人开始进入那种朋克音乐的空间的。在帕蒂的音乐中，我看到了一个女人的行走，只是在音乐中的行走，而面对世俗的社会，她甚至是个幽灵。听她沙哑的歌声总能一下子就触碰到我的灵魂，抚摸到我灵魂深处的各种海草。她是一个教徒、唱诗班领唱、工人，也是妻子、朋克、母亲和寡妇，是诗人、女权主义者、摇滚艺术家、女性摇滚精神领袖。对于她的音乐，有时候我是不舒服的。因为我是一个男人，我从她的音乐中听到了一种纯粹属于女人的、几乎是对抗世界也包括男人的咒语的时候，这种威胁反而又加重了我对她的喜爱，因为她的歌喉中裸露着前所未有的真诚和真实。

而已经自杀了的科特•柯本，则像一团火焰，是的，他总是像一团火焰，一团活火，在那里烧得人们灵魂发烫，他已经死去多年了，可他的音乐，却没有死。他是焦躁的，烦闷的，他是一个穷苦的艺术家，他变成了一个英雄，但实际上他又是反英雄的，他用音乐和天空沟通，和大众说话，是完全个人的，他的歌中在激烈的愤怒、嘲讽、咆哮、倾诉背后，包含的是更大的自由，更多的美和更深的爱。

此外，我还听过第一支朋克乐队 MONKS 的音乐，在北京的几个酒吧中看过北京的两支朋克乐队的演奏，NO 乐队和“苍蝇”乐队。二十世纪六十年代以来的朋克音乐时代已从欧美走向了别的大陆，朋克音乐的手伸向了世界上很多需要它的人。

我非常怀念 MONKS 的那首单曲《混乱》，我记得我在大学快毕业时，不停地听那首歌，我想很多人都有混乱的时候。这支乐队的五个成员是美国法兰克福里军事基地的服役士兵，他们的音乐中充满了对刻板军队生活的厌烦，和青春期自然膨胀的反抗，正是这些，也让我长久地沉湎于他们音乐的情境中。朋克音乐的时代才刚刚运转，它还没有结束。

连环画

连环画的年代已经一去不复返了。连环画不同于现在的卡通画，连环画又叫小人书，是一种巴掌大开本的连环画书，在二十世纪七十年代末期至八十年代中期的一段时间，流行在孩子们的手中。正如一代孩子有一代孩子的玩具，一代人也有一代人的书。

那种巴掌大的连环画非常好看，与现在的卡通画相比，它的艺术性要强很多。每一种连环画的作者都是不一样的。因而，这些有很强的美术功底的专业画家画的连环画，就像是一册册图文并茂，却又能让孩子们看懂的画册。我想，我的文学才能，在上小学时就是这些连环画给激发出来的。那些连环画，大多是成套的，单本的并不多，有上、下册，也有上、中、下册，还有五册、八册、二十册的，就像电视连续剧一样，有很多集。像《三国演义》，就有五十册左右。由于它们不是一下子出版的，需要我一册一册地分着购买，因而，在上小学时我就养成了定期去逛书店的习惯，为的是把那一册一册的连环画都买齐了。这些连环画大都是由多个作者集体完成的，有的作者画好几册，有的就只画一两册，他们的风格因而是不一样的。我基本能够分辨得出来。记得那时候一些主要的古典文学名著，像《西游记》《红楼梦》《水浒传》，都有成套的连环画。

我最喜欢的两套小人书，一套是《三国演义》，另一套就是《红楼梦》。《三国演义》小人书系列一共有五十册，我买了有四十册左右，就是差那么几本凑不齐。我最喜欢做的就是在课堂上看小人书，但总要被老师抓住。我的《三国演义》系列有好几本都被老师没收了，不过，后来他们又都还给了我。我就经常在课堂上临摹这些连环画上的古装将士。因此后来每一个学期开学后，发下来新课本，不久，我就会在封二和封三上，以及其他课本中的空白处画上古装的战争场面。《红楼梦》连环画中的绘画风格是不一样的，它里面全都是线条柔和的女人和男人，服装繁复，里面的女人更多一些。这两套小人书刚好给了我一刚一柔的美学教育。

高峰期的时候我拥有大约四五百册小人书连环画。那种巴掌大的小书排满了我的小书柜，是我珍爱的宝物，这些小画书开启了我想象力的闸门。带我最早走入了一个轻逸的想象世界。一个人最先接触到的东西对他们后来的人生都会有很大的影响，我想那些小画书一定在我的小学时代带给了我敏感的艺术感受力，后来，我再看没有画只有文字的大部头著作，就显得不是那么吃力了。大约五年级的时候，我已经读完了四大名著中的三本：《西游记》《水浒传》《三国演义》，而且全是古文。我半懂不懂，连蒙带猜地读完了它们，有些地方还配合小人书。这样看起来就更好懂一些了。而《红楼梦》和《金瓶梅》，则是高中时代才读完了全文，不删节的《金瓶梅》，更是到了大学时代才读到的。

最近这几年有些人在说读图时代来临了。他们推出了国外摄影记者拍摄的各种惊心动魄的获奖照片，推出了《老照片》与《老漫画》丛刊，推出了把哲学著作漫画化的画集，推出了有关足球和卡通的漫画系列，还推出了西方现代文化理论流派和重要人物的漫画，日本漫画和游戏漫画大行其道。这成了近年的 个风潮。但只要人类还使用语言，文字就不会死，由文字引发的人的想象力也会更丰富，所谓的人们只读图不读文字的时代就不会来。因为那样不是又回到了岩画时期?

而来的是大画书，是各种造型充满了商业气息的卡通画书，开本变大了，颜色五彩了，新一代孩子们正在阅读着它们。我说过，一代人有一代人的书。

林中空地

在城市中，要找到一片树林都是困难的，更不要说有那种林中空地了。今年春天我记得我去天坛公园看杏花时，曾经发现过一片林中空地，它美极了。因为是春天，天坛公园中有整片的杏树，杏花纷纭，真的就像是雨一样缤纷地下落，草地上一片淡绿中夹杂着密密的残红。如果林黛玉还活着，一定会荷锄葬花了。我走在那草地上的残红，头上落花纷纷，四周竟没有一个人，仿佛来到了一个世外美景。走出这片落花的杏林，就是一些其他的树木。天坛公园因为它的大，可以种植很多种树木，树木葱郁，显示了它整体的力量。在一片刺柏树林中，有一片空地，什么人也没有，只有我一个人偶然走入，四周全是树围着我，非常密，可树林中央有一大片空地，就像某个神秘的场所在期待着我，我走进去，抬头只看见了一片湛蓝的天空。

那种感觉，就仿佛那片空地是为我一个人准备的，我穿过杏花如雨，踏过落叶与残红，来到了这片林中空地，等着在天空中投下的一束光中疾速上升。

我并不是很喜欢树林的荫翳，相反，我非常喜欢林中的空地。树林因其茂密而幽深，总使人想走出它的围困。我一般不爱在树林中停留太久，但发现了林中空地，我就会在那儿多待一会儿。

还有一回，是在北三环马甸桥旁，因为等一个人，我在福尼特大厦门口待了一会儿，后来向西走了一段，偶然拐入了一片树林公园。这是一个小公园，人很少，树也长得稀疏，一片片的空地都在树与树之间相连，那种感觉相当幽静、美好，我长久地穿梭在那里，过了约定时间才恋恋不舍地从那里走开。后来我做梦就经常梦见林中空地了，我总是一个人在穿越树林，穿越荆棘丛生的茂密的树林，然后，我终于到达了那一片林中空地。

那应该是一片安宁之地，是林中的空旷之地，上面就是天空。树在四周围起来，你走进去，它们就在注视着你，仿佛你不是它们的兄弟，只是偶然来到了这里的陌生人。林中空地，总是有一条小径通向那里，曲径通幽，如同到达一个接受启示的地方。

林中空地一向是神秘的所在。后来我在外出旅游时，经常离开朋友们钻入茂密的树林去发现它。我要走很久才会发现这样一片空地，我想很多远旅的人在迷途中会发现它，他一定也和我一样，眼睛一亮，然后在这片空地上徜徉、翻跟头，大声喊叫，或者静静地一动不动地凝视天空，感受某种天启。是的，那种天启是存在的，如果你沉默着如同祈祷一样把脸朝向天空。

对于我，我后来想，林中空地实际上是一种场，一种树林精神的气场。我们可以想象着这个世界被越来越多的树木充满，因此，去发现和保留林中空地是必要的。在树林中，树的繁殖和生长是快速的，到处都是树，但林中空地却没有多少。

有一段时间我在读海德格尔的《林中路》。我想对于每一个生活在这个世界上的人来说，必要的在于找到那条林中路，就是海德格尔所说的那条路，然后我们才能到达林中空地，从而获得精神上的歇息和圆满。每个人都应该这样。可更多的时候，人们都在树林外徘徊，心为物役，在奔忙，他们甚至连树林都走入不了。他们甚至还看不见树林，更不想走进来。因而也发现不了林中路，他们永远也找不到林中空地。

我想林中空地从现实的存在，于我已上升为一种隐喻了。它是生命获得圆整的一种诉求，穿越树林，找到林中路，才能在漫漫旅途中发现林中空地。

而这个世界上的树已越来越多，从四面八方向林间空地涌来。我站在林中空地，感到我确立了一个中心，那些树，那些城区，那些群山，都向我涌来。我站在那里，一些鸟密集地掠过空地上空，它们不停下来吗？

超现实主义画家们

我最喜爱的画家主要是一些超现实主义画家，这个流派的大部分画家都是我所钟爱的。像达利、玛格丽特、米罗、基里柯、卢梭、德尔沃等。这一批画家的作品水平非常整齐，像是灿烂的群星一样为我留存了一个梦幻般的天空。从根本上来讲，艺术都是超现实的，来自于现实但却有着不同于现实的逻辑，这些画家就是这样。在达利的画中，更是这样，我喜欢他的画中那些瘫软的钟表、大象与天鹅共生，沙漠上没有人的太阳椅以及刺杀金枪鱼的激烈场面，那些全都是梦中的世界，是变形与夸张，荒诞与重新组合。没有达利，超现实主义画派就失去了一半的光彩。此外，看他的传记与谈话录也觉得很有意思，他说的话让你觉得他一会儿是个圣人，一会儿是个疯子，一会儿又变成了一个哲学家。当然，归根结底他是一个艺术家。他的妻子查拉总是被他画进作品，像那幅《哥伦布发现新大陆》中，在大帆船上挂的帆布上的圣母像，就是查拉。这些都是大家知道的。达利应该是西班牙拉丁人，这类人的血液中充满了汽油，是燃烧型的，生命力旺盛的。查拉还是法国诗人艾吕雅的前妻，艾吕雅是我最喜欢的诗人之一，他的诗太美丽了，这些也都是大家公认的。

米罗是永远的米罗。米罗有一些内向，但他到老年还仍旧保持着一颗童心。他的作品风格成熟与定型之后，所有的画几乎都童趣盎然，而且他喜欢给画起一些诗一样的名字，在他的大部分画中，都居然有一个“米”字，这个字实际上是他画的类似星光的符号，但却意外地与中文“米”字相符合，成了他的作品标识。他的画中有着各种星星、太阳、飞动的小精灵，变形的软体动物和繁花似锦的小生物，这些东西繁密，温暖而又充满生气地布满了整个画面。米罗的世界是人类的童年世界，一个自闭而又丰富和充满活力的世界。有人说他和毕加索、马蒂斯并列为二十世纪最伟大的架上画艺术家。我想，应该再加上达利，至少这四个人都是我喜欢的。不过，毕加索多少让人厌烦，他太红了，绯闻太多，他太像一头西班牙公牛了。他的个人魅力似乎已把他的画名都盖过了。

而玛格丽特的画显得要匠气与奇幻一些，他的想象力也是超群的，但我认为有一些生硬。比如《沙漠上的绿洲》中，一些树长在一张桌子上，而桌子则放在沙漠中，另一幅，一个人骑着马穿过树林，但他的身体和马的四肢被树分解成不同维度的空间之物。还有一幅，一些挂着的西装衣袖中有手上拿着枪。另一幅，一双靴子最后变成了脚趾头。他的想象是奇丽的，不过多了些匠气与阴沉。

在基里柯的画中，似乎所有的东西都是增值的。他的有名的画中尽是一些类似变形的蜗牛、珊瑚虫和软体动物构成的世界，这些东西就像繁殖的沙子一样在不停地增加着。一倍又一倍地增加着，直到把这个世界填满。看他的画总让我感到恐惧，因为有朝一日那些东西也会没过我的头顶，最终把我给淹没了。基里柯的画不光阴沉，甚至还有些黑暗和令人恐怖。

卢梭的画中充满了宁静的野兽气息，即使是狮子在丛林中，也让他画得呆滞可爱，像个玩具一样固定在丛林中。此外，大量的热带森林植物遮天蔽日地盖满了他的画，使他的画充满了野蛮之地的宁静，这种宁静却又是野兽扑击之前的宁静，是危险来临前的安宁。

我喜欢德尔沃是因为他的画几乎全是月光下的世界，月光下宁静而神秘的城堡和街道，宁静的月光下到处充满了雕塑一样的裸体女人，以某种固定的姿势站在那里不动，极为动人和神秘。我最喜欢他的一幅叫《访问》的画。在那幅画中，一个少年走进房间和一个裸体的成年女人相遇。这是很多少年成长中的心理事件。我在青春期曾担心被成年的女人所引导，就像他的《访问》，因而，他的画是我没有触碰的梦境。

此外，还有恩斯特，他的画中有很多不可思议和让美痉挛的地方，他用的方法要更多：拼贴、摩拓、移画印花、滴落法等。再加上科内尔、伯拉、加山又造、巴泽欧茨、马瑟维尔，超现实主义的大家族已很繁盛了。我写完这篇文章的时候，脑子里充满了恩斯特的半人半物、半人半兽、半虫半兽、人体怪兽和倒三角脸，这是一个奇丽而又神秘不安的世界，一如超现实这个词本身的所有可能性。

最高兴的时刻

我还记得有一次我住院，曾经问过同室的病友，他是一个农民，我问他，什么时候是你最高兴的时刻，他一下子变得很窘迫，想了半天，回答我说：在种的麦子好长时间都没有雨水的时候，忽然降下了一场大雨，那时候我站在麦地里看天，雨打到我脸上，麦田里雨水渗入土地咕咕地响，我那个高兴哟，就像我也是一棵麦苗！

这基本上是他的原话。一个农民，他可以觉得他也像一棵麦苗。诗人一定会从中发现诗意，但是，这里面有着严酷的生存真实。如果长久不下雨，那么种的麦子都会死，他就交不了公粮了，自己也要饿肚子。所以，最底层的农民，他们最高兴的事就是田地干旱时下雨了。没有雨就没有一切。

人人都有最高兴的时刻，因为，人人都有欲望，都有期盼，也都有愿望满足的时刻，人的愿望是繁多的，因而，每个人最高兴的时刻，心情是一样的，但原因却各不相同。

但我却一下子说不出什么时候是我最高兴的时刻。但我心里却有最害怕的时刻，因为我每一年都要定期做一个噩梦，那就是，我总是在考数学，但我却总是考不及格。高中时代我就有一种数学恐惧症，那时候我的数学成绩每况愈下，有一次考了十四分。这是一个丢人的分数记录。初中考高中，我的数学就已经不行了，刚好我所在的业余体校武术队参加新疆维吾尔族自治区的武术比赛，我参加的集体长拳拿到了金牌，结果考试成绩可以多加几分，我升入了高中。但我从此对数学的兴趣是每况愈下，每次考试我都很紧张。这成了我的一个心理病征，结果后来我就经常做这个噩梦了。现在仍是如此。有时候在梦中我甚至还有些疑惑：我不是已经大学毕业并在北京工作了吗？怎么还在新疆的高中课堂上考数学呢？这个梦像一团阴影一样一直跟着我。当我做这个梦的时候，往往是我最糟糕的时刻。

最高兴的时刻于我当然是有的。那是在一九八六年年初，在此之前我已经在一些报纸上发表了不少散文，一九八五年年底我写了一篇小说，投寄给了《中学生文学》杂志，一九八六年四月，我收到了该期杂志，上面赫然登着我的小说《归宿》，这篇小说写的是一只拟人化的银雕加里拼搏的一生。当时的那种心情应该是我最高兴的时刻了，我拿着杂志在校园里一路狂奔，跑到了一个防空洞的入口处，对着洞里大喊大叫：“我发表啦！我发表啦！”

那是一种狂喜的心情，现在回想起来，仍旧是激动人心的。后来我就确定了我的文学之路，到今天，一路写下来已有很多年了，书也出了很多本，但最初发表小说时的狂喜，是令我难以忘怀的。

后来我又发表了一些作品，但那种高兴劲儿是递减的，直到今天，连很多约稿都不去写了。高中毕业的时候，四川少年儿童出版社的副总编王吉亭先生在火车上读到我的一篇小说，由此他来信促成了我的第一本中短篇小说集《别了，十七岁》的出版。很快，要考大学了。我的数学成绩差，明显是考不上的。这时，我看到一些文学特长生被一些重点大学免试录取的消息，于是在征得学校的同意下，我和父亲拟订了一份自荐材料，分别向北大、复旦、武汉大学和南京大学寄去了。不久，四所学校全都回信了，北大和南大说已招了特长生，没有名额了，武汉大学开始积极调材料去，复旦也很感兴趣，但速度比武大慢一个月。很快武大就决定要我了。学校就决定不再和复旦联系，并回函说已有学校接收。一九八八年八月，我收到录取通知书，告别父母亲踏上了远行的火车。

那一刻肯定是我最高兴的时刻。我的命运从此改变了，并不断向前挺进。不过那种高兴与狂喜在表面上看是平静的，而且想到要离开新疆的父母和妹妹，我还有一些忧伤，但高兴是主要的。我将仗剑走天涯，十八岁出门远行。

后来我越走越远了，却忘不了当时那个坐在火车上的少年，他第一次远离父母，身处最高兴的时刻，却在火车东行中因注视窗外大戈壁的萧瑟而渐渐地变得格外忧伤。他怎么一点也高兴不起来了。

马

“马身上肯定有称之为马的东西，它来到我们中间，是为了寻找骑手……”这是一首诗中的句子。在新疆，从小我就见过很多马，在伊犁大草原，在天山深处的哈萨克牧场。后来，在城市中，我很少见到马了。马这个词也斩渐地失去了诗意。马背上的时代已经离我们非常遥远了。有一天，我从电视上见到了普氏野马又在新疆被放养的消息，在电视屏幕上又见到了野马，它们是多么让人失望啊！矮小、短腿，这种野马还不如一些家养的马高大健硕。不过，也许因为它们的血液是纯正的，它们仍旧有着在大地中奔跑的雄心。

马的时代与马的历史确实离我们越来越远了。有一次我去北京郊县玩儿，那里的风景区有骑马活动，在二百米长的场子中骑一圈就是十元钱，去骑马的人还很多。骑马已经是非常稀奇的事儿了。

马们一开始当然都是野的，起先的时候它们野性难驯，它们游弋在广袤的大森林和大草原中，它们像旋风一样忽然闪现，又在一阵急风暴雨的马蹄翻飞中消失。它们也许是蔑视刚刚进化到使用火的人类的，因为人类追不上它们。但人有大脑，这大脑产生智慧，人们捕获了野马，驯服它，给它钉上铁制的马掌，安上镶银的鞍具，戴上紧紧的马嚼子，使它们成了代步的工具。为了土地，马背上的人们开始互相开战。马背上的历史陪伴了人类很长的一段时间，直到有一天，我们发现，马已经离我们远去了。

在城市中，有时候我在午夜时才能看见马车悄然在大街上穿过。白天不让马车上街。

我们现在有很多东西，汽车、大炮、拖拉机和水磨，我们还有飞机和轮船，无论是战争或是和平生活，都不再大量需要马了，马也不再是力量、速度和快捷的象征，而仅仅以“马力”为单位的计算方法还存在着。

还是在那次郊游中，有一帮人拉着马围上来招揽生意，有不少成年人都骑上去，洋洋自得地拍一张仿佛是在山林中骑马奔驰的照片。轮到一个朋友的女儿上马时，这个7岁的小女孩皱了皱眉头，死活也不愿意骑上马背，问她为什么不愿意骑马，她低着头说：“因为我会骑在人家身上”。

小姑娘的这句话让我一震，一瞬间，一种诗意被发现了。是的，我们骑在了人家身上。她的这句话说得多好啊！

可成年人，所有的成年人都不会这样想，也不会这样说。因为在他们周围，他们日益地被自己制造的东西，像钢材、水泥、硬塑料所包围，白天，他们走在城市楼厦的峡谷中，夜晚为电视上的贫乏无聊的娱乐节目所消耗，所有的成年人都被囚禁在匣子一样的小房子里，只能去想象马和马背上的生活，当然离马越来越远了。

我们不光离马越来越远了，我们离一种诗意的东西也越来越远了。我们在城市中的生活，节奏快捷，琐碎庸常，再也没有马背上的披星戴月和激动人心，我们没有了在星空下的纵马疾驰。总有一天，以后某一天，会有小孩子问已苍老的我，指着画书上的马说：“爷爷，那是什么？我怎么从来也没有见过它？”

肯定会有孩子会这样问的。在不久前的一天，我去沿海一座较为发达的城市中，发现公园中某个地方聚了很多人，那些人都带着孩子，原来他们是排着队带着孩子在看马，几匹参加比赛的赛马，孩子们可以轮流上前去摸一摸它们。“它们就是马吗？”很多还没有上去摸过的孩子兴奋地问着自己的父母亲。

“那是马”我说，“我们的祖先曾经骑着它生活了好长好长时间，有几千年呢！”

这个时候，我又想起了那个小女孩说过的话：“我骑在人家身上。”我知道，在她说出这句话的一瞬间，诗意的天空向我们张开了大门，诗意的马让我们在瞬间的双重洞悉中找到了归皈天空的出口和重返大地的一切归路。

马塞尔·杜尚

很难像杜尚那样去搞艺术和生活，我想，尽管我非常喜欢他。这个艺术家在二十世纪改变了人类艺术，尤其是视觉艺术的走向。他的最有名的作品《喷泉》，是用一个制成品，即陶瓷的小便器命名之后，化名参加美国军械库艺术展览，因为他是评委之一，所以他想化名来看一看评委们的趣味和反应，结果，他的这个举动被认为是胡闹，理所当然地遭到了拒绝。但后来知情的朋友把这件事透露了出去，一下子变成了艺术史上的一件大事。由此，自杜尚开始，人类的绘画艺术由架上绘画走了下来，走向了所有的制成品和现成品，比如各种装置艺术、观念艺术、行为艺术、大地艺术、材料艺术等，而且，至今这种从架上画走下来的艺术多元与分化仍在加剧，出现了视像艺术，多媒体艺术等等。二十世纪六十年代以来最有名的艺术家大都不完全是架上画家了，而是多种材料都可用来制作艺术品的艺术家，像包伊斯、安迪·沃霍尔等。他们搞行为艺术，拍电影等，而这些艺术家的老师，或者说至少从理论上来讲的前辈正是马塞尔·杜尚。

杜尚现在更被看成一个思想家，在他死后，他的影响反而越来越大了。

二十世纪最伟大也最有名的画家毕加索和他相比，也略逊一筹，因为毕加索的艺术实践与革命也仅仅是在画布艺术上的革命，仍是由传统艺术到现代艺术史上的一个阶段性高峰，而到了杜尚这里，他一下子将艺术史有了断裂，由他开始真正开创了一个人类艺术的全新时代。他是一个艺术家，也是一个思想家。他的作品中都蕴藏着很深的观念，这些观念改变了二十世纪很多艺术家的道路。

我喜欢他是因为他具有真正的艺术家魅力，是个禅者。他的一生几乎是完美的，宁静的，完全艺术化的。在年轻的时候，他在欧洲，和超现实主义画家们都相熟，但他并不加入他们的流派。可能那个时候他就敏感地意识到他将进行更彻底的艺术革命。所以，他一直独来独往，不参加任何艺术流派展，为此，超现实主义的理论发言人勃勒东还一直对他不满呢！一直到后来他石破天惊地用一个在商店可以买到的陶瓷小便器来作为展览艺术品，他只是命名了一下，就改变了一件制成品的命运。

在生活中，由于他父亲积累了很多财富，因而鼓励孩子们自由发展，他的两个哥哥都是艺术家。他从来也没有为物质财富，为挣钱发愁过，一生都专门从事艺术的创作与思考。这是令人羡慕的，而且，他很早就意识到作为一个艺术家，家庭、工作、财富、孩子、女人对于他都是可怕的，会影响他的艺术灵魂的自由，所以他一直没有结婚，但在生活中，在社交场合中他又是一个极有魅力的人，哪里有他在，哪里的气氛就十分活跃，喜欢他的女士很多，但他一直没有挑一位结婚。后来他迫于某种压力，和美国一个富翁的女儿结了婚，但婚后他仍旧过着婚前的散淡生活，下棋、漫游、做艺术品，结果妻子友好地和他分手了。这样一直到他晚年，六十多岁的时候，觉得老了需要有人相陪相伴，才和一个富孀结了婚。

这期间，他甚至用十年的时间来下棋，专心致志地下棋。在杜尚的生活中，一切都是举重若轻的。他似乎是不经意，就改变了二十世纪的人类艺术走向，他似乎不经意地处理好了生命与生活中的各种关系，从来没有为柴米油盐发愁，也不为名利所累，一生快乐、平和、宁静却又极富创造力。他的身上体现出了一个东方禅师的气质，这种气质的特征是轻的，透明的，宁静机智的，澄澈的，却又充满了顿悟的活力的。

但很难像他那样去生活，对我而言，家庭是重要的。我喜欢孩子和女人，而且父亲那一辈都是平常人家，没有多少财富可供我专门用来进行艺术创造。衣食住行仍是我要考虑的。这也是时下很多艺术家和作家的处境。但我很向往杜尚的一生，像他那样行云流水，落花无意地去活着会很好。从这个方面来看，艺术家的人格魅力是重要的，什么样的人创作出什么样的东西。我想像杜尚一样去生活，但也许我永远也做不到。你们谁可以去做到，我会羡慕你的。

照 片

在印第安人看来，拍了照片就摄走了人的灵魂。清代末年的中国人也是这么看的。但今天我们每个人，每一家人都已经有很多照片了。很多很多，我自己的照片已有几千张了，记录了我出生以后各个时期的形象。而且，早期的已经发黄了，而这才隔了有十几年，数码技术就打败了胶片，照片多得拍完了就不会再去看。

我记得有一次我从家中的一个大柜子中发现了父亲那个时代的很多照片，觉得异常新奇，因为那些照片所显示的时代是我完全陌生的。陌生的人，陌生的衣着，全在黑白的相片上向我呈现，而且其中有很多人都已经去世了。那么，他们的灵魂还附着在这些照片上吗？

有一张照片，是我外婆的照片，上面也许就附着我外婆的灵魂。在那张发黄的照片上，她已经很老了。她坐在一张木椅上，拄着拐杖，脸上全是皱纹、眼睛眯着，似乎都有些张不开了，还裹着小脚。我出生后体弱多病，好几次都差一点儿死了，因为伤寒，因为肚脐发炎，回到河南伏牛山的老家，是她带着我天天到打谷场上晒太阳，不想反倒好了。十岁那年，因为害怕苏联从新疆入侵，我又随母亲回到河南，母亲带着我和妹妹去给外婆上坟，母亲在坟前哭，我因为害怕那种坟头垒有一个小石门洞的坟——害怕有鬼魂钻出来，在一边放火把坟上的枯草烧了，那一刻，我好像突然感到了外婆的灵魂在我身边飘，她也许有些怕火，所以她用手拍了拍我的头。我从小胆子大，不怕尸体，但我却怕外婆慈祥的鬼魂。后来每到关键时刻，高中上大学，大学毕业分配，我都向天空中许愿，愿外婆保佑我，结果都十分顺利地如愿以偿。

在留下的那些老照片中，我对我自己都是陌生的。过了几年，再看前一段时间的照片，都会觉得那个人真的是我吗？或者说，现在的我并不是我？照片是可以永久长存的吗？照片这种影像，在一瞬间封存了特定岁月的某个时刻，它就由此停止并不再变化。这就是摄影的魅力：定格时光。

因而，照片是可怕的。在生活中，一切都是流动的，生活实际上就是由遗忘构成的。在我不长的生命历史中，遗忘的佐证恰恰是照片，比如我的小学、中学时代，那些顽皮、活泼的凶狠的同学，他们都到了哪里？我甚至连他们的名字都叫不上来了。过去的恋人，和她相处的时候，无论多么好，当时受着多么高亢的情绪支配，但现在，再看到那些照片，却仿佛和她已没有一点关系。我在想，我真的和这个女孩爱过一场吗？我曾经因为她而痛苦过吗？现在，面对照片。我并不能想起得更多，而想起来的恰恰是遗忘。由此可见，遗忘是生活的中心，遗忘构成了历史。没有遗忘，人和历史甚至都不可能生长。

很多照片都会比人存在得更长久。但过了一百年，它们会比一张纸还脆弱，比玻璃还脆，你甚至都无法去触碰它，因为这样的照片，你一碰它就化为乌有了，就像已经有过的时间。我在看到各种各样的照片的时候感到的并不是一种欣喜，而恰恰是一种恐惧的心情，因为对于我来说，我已经遗忘的实在太多了，照片的存在却是一种残酷的提醒，告诉你从哪里来，你是谁，你可能会到中徘徊却是最让我感到无所适从的。照片一边在提醒我的过去，一边却在加速地把我推向遗忘。因为告别者都是走向未来的。

不知道数码时代的照片会怎么样。照片的繁殖已经多到了连照片自己都会厌弃自己的地步了。

女人与河流

女人与河流是一体的。她们和它们一样变化多端，无形、透明、柔媚、喧哗，身体可以改变形状，在黑暗的地带忧伤地穿过。有一段时间我甚至想写一部有关河流与女人的小说，让女人在记忆之河中沐浴。并随着时间亡失而向前涌动。女人如同波浪，她们将冲刷你的过去，并将你引入苍茫的未来。

在河流中，我们的鞋会湿，也会感到水的清凉。水是一种基本的物质形态，它是万物的养分。女人则不同，女人不是男人的养分，女人是她们自己，她们自生自灭，只是和河流一起消失在虚无中。

当那条河向我流来的时候，我看到这条河上的很多女人。她们在向我招手，在各个河段，在那条没有航标的河流上。一些人说女人是一所好的学校，我过去觉得她们是航标，现在我觉得她们连航标也不是了，只是一团团的雾，在你经过河流之后，她们仍旧在那些河段停留，你却更看不清她们了。

对于我来说，谈论女人过早了些，因为我再去看那条河流上的女人，早已远远地变成了一团团的雾气，但是悬停未动，让你恐惧与庆幸。我知道一个人的成长，一个男人的成长都与从母亲开始的女人有关。人的一生爱一个人应该是可能的吗？在今天，已没有多少人相信了。深情的凝视似乎没有了。我想连我这个重感情的人都会畏惧那些已变成雾气的女人，很多人会更不在意的。但在成长之河上，难道我们不是和女人一同成长的吗？

在今天，无法坚定地爱一个人，也许是没有办法的事。因为感情是容易变化的，这方面，只有婚姻和责任可以固定住女人和男人的关系。那种长情大爱在今天的婚姻中，似乎并不多见。男人和女人已变成了敌人，他们都很自私地在互相厮杀，在河流的涌动中自相残杀，并以为由此都经历了成长。

男人可以靠女人成熟的成长吗？就像一个水手只有到河流上才能掌握好驾船的技巧吗？对此我是怀疑的，我发现人是不可以被改变的，即使经过很多磨炼，人是不可被改变的，只存在接受与被接受的关系。我听说一些人为了她爱的人而改变，实际上她们并没有改变，她们变得隐蔽了。

在岁月之河中，女人和一个男人一起成长。但她们更多的时候是见证人，见证你的一部分生命。当一切都成为过去，那种回忆却增添了很多的陌生效果。

为什么女人和河流是共生的？在我的感觉中，她们都易于流动，易于变化，女人是水，这水在涌动，一刻也不停，男人不可能两次跳入同一条河流中。因而，我们不可能两次与一个女人真正相逢，我们相逢，然后我们再也见不着面了。

河流是美的，但它可以淹死人，包括水手，女人大多数却是不美的，美丽的很少。这些很少的女人却淹死了很多男人，因为男人更爱的是一个女人的脸。只有这脸，就像一条河的水质一样让人一目了然。其次才是心灵与声音。

女人与河流在沙漠、乡村和城市中涌动，带来了很多远乡的消息。男人和女人是注定要开战的。因为男人相对于女人来说，要更脆弱，男人是女人的孩子，是她们生了他们。一个男人在妻子面前也是她的一个孩子。可男人却伤害和抛弃女人，女人就要报复了。男人将在劫难逃。谁说水手不是河的子孙，不死在河里呢？

在一个男人的一生中，一条女人的河流将贯穿他的全部生命。或多或少，每个男人都会有自己最爱的女人，如同一个水手总是最了解一条河流。这条河流也许会有很多女人，也许只是一个，伴着你走过一些弯曲地带。这是不由你选择的，是命中注定的。看来男人就是那条河流，男人和女人是一体的，他们互相是对方的养分，绝不自生自灭，而是一起在河流尽头的虚空中消失。

消逝的时间渗入沙地

时间消逝的感觉是近来才有的，仿佛转眼之间，我已逼近了三十岁。三十岁可能是我的一个结束，又是一个新的开端。一时间，我在梦境中交替回到从前。我记得十九岁的时候我迷上了霹雳舞，那种电光火石的律动让我发狂。在新疆街头，我可以看见不少维吾尔族少年，在人行道上放一台录音机就开始跳舞了。他们是天生的舞蹈者，每一个人都是，他们的骨头和关节仿佛是专为跳舞而生的，而汉族人则差得多，汉族人也许更适合在农田里劳动，而不适合在街头跳舞。我大约和伙伴们跳了几个月后，就不跳了，现在想起来那舞动的身影仿佛已不是我了。

在更早一点的时间里，我迷上了集邮，那方寸之地扩充了我的想象力。对一种东西的痴迷原来也可以达到很高的热度，这是我现在也不曾有的。我大约集了有几千枚邮票，以邮养邮，以邮易邮，在初中时代，我就成了我那座小城的小邮票贩子。不过后来却把邮票交给父亲了，他似乎也迷上了这小玩意儿，一年一度，我们翻检这些花花绿绿的东西，仿佛在观赏蝴蝶标本。

生命是向前的，向着消失的地方挺进的。即便是这样，回望过去，我仍旧可以看到一个满怀壮志、骚动不安的少年，和一些朋友骑着自行车穿越古尔班通古特沙漠。那是一次神奇的经历，大戈壁滩上的落日，远处狂奔的野黄羊群，驼马的枯骨，废旧古城墙上空盘旋的千万只野鸽子，草原边缘的古代石人，哈萨克人古老的墓地等。那仅仅是在高中的暑假，我们就敢骑马穿越几百公里宽的沙漠。当然，那一路是有公路的，有时候还能搭上便车，我们把自行车扔上车厢，爬上去坐在里面看天空。

还有几次就是向着天山深处的进军，是徒步的。晚上就躺在睡袋里，睡在一条河边上。这一次是溯河而上，一条由天山冰峰融化的雪水形成的季节河，在夏天水旺，到了春秋就是枯水季节了。我们披星戴月，三个少年向天山深处徒步进发，看到了海拔一点点升高的全部景观，是奇丽无比的。天山至少要分 4 个层次，第一个层次是奇岩巨石的石头山，石缝中生长着一些杂草。再向里面走，则来到了草山。大片大片的山上不长树，却全部都是草，杂草中飞奔着各种生活得惬意热烈的昆虫。它们的翅膀飞舞和大腿弹跳发出的声音奇妙无比。再向山深处走，则是塔松山林。整座山都被塔松覆盖，很少有别的树种。塔松也叫云杉，是一种形状像塔的松树，整整齐齐，无边无际，就像是一支满山遍野的军队，静默地站立在那里。这个海拔是云雨充沛的地带，一不留神就要下一场阵雨，浇得我们透心凉。再往山里走，最后我们就开始爬雪山了。

这是天山的最后一个层次，全是裸露的雪，这些雪实际上已变成了介于冰和雪之间的东西，是一层又一层的雪覆盖上去后形成的，雪莲、雪兔和雪狼，熊和雪豹就生长在这个地带。我在这里采过雪莲，还看见了不远处扶着一块石头站立着的熊。但熊一般是不伤人的，何况这种时候我们身边还有哈萨克向导的马，我们可以很快下山的。

现在，时间流逝了，如同渗入了沙地的水，我已经看不见它了，只是总有一些场景是栩栩如生的，它们闪闪烁烁，构成了河滩上光滑的石子儿。我一伸手就可以摸到它们。能摸到它们真是很幸福，因为我在少年时代的豪情与疯狂是美好的，各种痴迷与探险那么真切，这真切使我具有了一颗喷射激情的心，这颗心喷涌着五光十色的文字，这文字就是你现在看到的这些文字。

卢沟桥畔

那次见到一些年轻的日本人，是在中国抗日战争纪念馆里，在卢沟桥畔。那是二十世纪九十年代某年七月的一天，是一个炎热的日子。有一个为“二战”期间受到侵华日军残害的中国慰安妇、劳工、被屠杀者辩护的日本律师代表团，一直在起诉日本政府要求民间赔偿，这个日本律师代表团一行数人，在卢沟桥的抗日战争纪念馆召开一个中日律师研讨会。报社主编头一天打电话给我，说，你对这个会有兴趣吗？要不你去看一看，写点儿什么？

走进卢沟桥抗日纪念馆的一间会议室的时候，我看见里面已经坐了几十个人。除了中日律师界代表、学者和一些记者，在客座后面的第二排，还坐了十几个日本年轻人。他们有二十几岁，像是留学生，又像是旅游者。我问会议主持人他们是一些什么样的人，他说他们是一些留学生，是组织来旁听的。使我吃惊的是他们的装束，他们大都剃光头或是留很短的头发，很像是那种日本武士的头型，因而使我感到了某种气氛异样。

会议开始了。日本律师团的三位律师介绍了几桩在日本开庭审理的中国民间损害赔偿请求的八九个案例，有中国慰安妇案、七三一细菌部队案、南京大屠杀无差别轰炸案、中国劳工案等，并就一些法律问题、学术问题、历史政治问题和中国的律师以及学者进行了交流和研讨。在两三个小时的会议中，那些剃了光头的、让人联想起“二战”中日本士兵的年轻人频繁上厕所，进进出出的，与平时日本人的安分守己讲究会议秩序大相径庭，他们走路的样子令我感觉有些怪异，耸着肩膀，一幅很紧张又生气的样子。后来，有人告诉我，他们走路的步姿是从小进行军事训练时的动作。

会议进行到一大半时，他们集体退场了。原来他们递交了纸条，说不同意几个日本律师的观点，想和他们及在座的人辩论。最终没有获得允许，就退场了。

在会议的最后发言中，白发苍苍的北京市原副市长白介夫情绪激动地说，要辩论，今天不是时候，也不是地方，三天三夜也辩论不完！日本方面要修改教科书，把侵略中国说成进入，那我们进入过日本吗？没有，日本“进入”我国了，却颠倒黑白，说不是侵略，是“进入”，这是什么逻辑？这个道理太简单了……据说白介夫老人是参加过抗日战争的。

我想，这些二十几岁的光头日本年轻人，可能就是不少人现今日本年轻人的缩影，他们和我一样，没有经历过战争年代，但是他们对日本侵华战争却仍旧有固执的看法，认为那不是侵略，他们当年的侵略战争也不是侵略。看到那些帮助“二战”受害者打官司的日本律师，我肃然起敬，我也有一个疑问：帮助中国受害者起诉日本政府的这些日本律师，和那些要求辩论的光头党日本年轻人，哪一种是真正的日本人？

他们当然都是日本人。日本人也有各种各样的。但很多日本人内心里对侵略中国的基本事实都不认同，完全是脑残。在日本律师们看来，这些中国民间索赔案对日本尤其有意义。因为，他们认为这是日本至今未解决的残留问题，也是日本人自己的道德良心和历史遗留问题，日本人对这个问题认识不清楚，对日本在亚洲的形象和在世界上的发展进步，都是有害的，并且，解决这些历史遗留问题，追求国家更高的价值，对日本当前尤其重要。这也是日本律师帮助中国人打官司的原因。而甚嚣尘上的日本右翼势力是不同意这些律师的意见的。那些光头日本年轻人似乎也不同意这些律师的意见。他们退场走了。

那天，在卢沟桥畔的抗日战争纪念馆中，我一个人转了半天。我是第一次参观这个抗日战争纪念馆，为大量的图片、文字和雕塑记载的抗日战争带给中国人的灾难与痛楚所震惊。这是我们国家和民族永不能愈合的创痛记忆，这是我们永不能忘记的历史耻辱。

在我参观几个大展厅的时候，那些剃光头的日本年轻人的形象时时浮现在我的眼前。他们走了，带着古怪的表情和步姿，我后悔没有约他们中的一个打一架，那个时候我很年轻，身强力壮，一定会旗开得胜的。

埋猫人

一个朋友的猫死了，它跟了他十一年，比他任何一个女朋友和他在一起的时间都要长。他告诉我，他把猫送到宠物医院之前，猫实际上已经濒临死亡了，但传说有七条命的那只猫似乎感觉到它来到了一个陌生的环境，在医院里，它就是不愿意咽下最后一口气，还是回到家里后才彻底僵硬死去的。

一只猫跟了一个人十一年，比这个人所有的女友的感情都更牢靠，你想一想，这对他会是什么样的打击？我原来很少留意到动物和人之间的感情，但我从他身上看到了。在那一天，在他的猫死的那一天，他成了一个埋猫人。

在那天早上，他就出发了。而前一天夜里，他的猫变得僵硬的夜晚，他似乎都没有睡着觉。他要去埋猫。搭了两个小时的公共汽车，他来到了北京西北部的香山。他在山上走来走去，选好了地址的时候，时间已是下午了，他开始挖猫的墓穴，他选择的是一处风景优美而略有荫翳的地方，他把猫的尸体放在一个纸盒子里，并用白布包裹了猫的尸体。埋掉猫之前，和猫做最后的诀别，他拿出了一张纸，上面写了很多他想和猫说的话，他念给猫听。

我记得那只猫的身影，我们每次去这个朋友家时，那只猫怕见生人，总是一闪就躲在床下，我从来没见过它的脸。我们走了，它才会从床下爬出来。

他把死猫埋了。等他回到家里，接到我给他打的电话时，已是夜里十二点了。后来，他激动地抨击着北京的宠物医院，他说，十一年的猫相当于人的五六十岁，五六十岁的人难道说死就会死吗？所以，北京的宠物医院简直毫无作为，也毫无用处。他们应该救活这只猫。再说了，猫有好几条命，我的猫，怎么那么容易就死掉呢？

我知道他很伤心，也知道后来他还去祭奠了几次猫坟，在某个他想念猫的日子，他就去香山看看那只猫的墓地。在猫去世一个月后，他的身体一下子垮了，陷入了一种崩溃中。

他没有给我们讲他和那只猫有多深的感情，但他的行动已经说明了一切。

有一天，一个父辈级的作家给我打电话，开口第一句就是："我们家的猫去世了。"他的语调低沉，十分悲痛、沉重。他家的这只猫是一只大波斯猫，我是见过的，有着雪白的毛，蓝色的眼睛，走起路来步态十分高雅，雍容华贵。这只猫在他家生活了好多年。我去他家时，常看到沙发上摆放的这只美丽的波斯猫的照片。而猫则躲起来了。据说，它对来的客人非常敏感，一旦感觉来者不善，会对主人发出警告。好在我每次去，它都表现得很安静，看来，我是个好人。

但是，它也死了。在那一天，这个老作家的一家人都成了埋猫人。他们把猫的尸体在一个盒子里装殓好，驱车几十公里，来到了北京北郊昌平区一处上风上水的、绿油油的农田边，埋下了那只猫。尘归尘，土归土，猫的身体还给了大地。失去这只波斯猫的感伤，好长时间笼罩在他家的气氛中。

我是从两个埋猫人的行为中，体会他们与猫，与动物的感情的。人，作为个体生命，很大程度上是孤独的。他们和动物也许能建立起比人与人的关系还要亲密的关系。平时，我们看不见这种关系，在猫去世的时候，我看见了。

我的一个女同事，她与男友分手，打算独身，她养了一条八哥犬，有一天忧心忡忡地说，“如果狗死了，她真的不知道该怎么办了。那只狗比男人忠诚，对人从来无所求，它只是静静地看着你，它已经成了你生活中的一部分，它死了，你说，我该怎么办？”不信任男人、信任狗的女人这么说。我竟无言以对。

埋猫人埋葬的，也是他们自己生命与感情的一部分，所以，他们悲伤。在人与人的爱之外，我通过埋猫人，看到了更为宽广的爱，更为超我、亲密、无言的爱。

病男人

Dancer 那天来看我的时候脸色涨红，我说，为什么你的脸很红？谁欺负你了？她过了好半天才告诉我，刚才她走在路上，有个骑自行车的男人突然在经过她时说了一句很下流的话，然后很兴奋地跑了。我一听气坏了，立刻拿起一块砖头拉着她出去找那个骑自行车说下流话的男人，但那人早没影了。

不光 Dancer 有过这样的经历，很多漂亮女孩可能都遇到过这样的事。一些男人在她们面前说下流话，露出生殖器，然后突然跑开，借以获得一种刺激和快感。我把这些男人称作病男人。

我上大学时的女友有一天说，她吓坏了，因为有一个男人朝她走过来冲她拉开裤子的拉链，露出生殖器，然后盯着她看，还在淫笑。我问她，你看见什么了？她说，我看见了一个粉红色的东西，就是他的小弟弟，挂在他的裤裆上。当时，她惊叫着逃走了。但我们谈起这个事情来，却当作笑话来谈的。

似乎有不少女孩都有过这样被骚扰的经历。这种男人叫露阴癖，是一种病男人。但露阴癖似乎并不使用暴力，他只是用自己的阴茎去恐吓女人，借以获得一种性满足和性刺激。露阴癖的内心是软弱的，他们没有更强大的力量来征服女人，他们就用自己的阴茎吓唬她们。问题是，他们现在吓唬不了女人了，女人更加强健了。据说，有个女人轻蔑地对露阴癖说：你的小弟弟好小，你还有脸拿出来。那个男人一脸羞愧地逃走了。估计死的心都有了。

在日常生活中，我们不知道谁是病男人。我们看不见他们，作为男人，我知道我们每一个人都有病态的一面，只是大多数没有表现。很少有男人没有病，男人们有各种各样的病，有很多病。露阴癖和喜欢说下流话的男人，只是其中一种，男人们还有别的病。有的人非常自恋，他甚至比传说中自恋的美少年爱上了水中自己的影子忧郁地死去还要自恋。

我有一个朋友就非常自恋，他的房间里挂的，全部都是他自己的照片，没有一张不是他的。他爱他自己的一切，即便他有女友，他也不会去爱他，这一点，我是知道的。

男人们还自大，以为他们就像他们的阴茎勃起那样雄姿英发，实际上，这样的男人都是很脆弱的，很小的力量就能将他们击倒。越是自大的男人就越是不堪一击。

另外，很多男人又很自卑，很少有男人不自卑的。让男人自卑的东西太多，女人都爱比较，和他人比较。男人也爱比较，他们崇尚武力，崇尚力量，对生命外在的东西格外关注，只要有任何东西任何人比他们有力量，他就会陷入自卑的泥潭。在自卑中，男人喜欢自虐，有些男人由自虐转向虐人，他们越来越病态，最后都变成了病男人。

男人和女人像是甜蜜的敌人，他们总在厮杀，他们一刻也停不下来。这时候病男人似乎喜欢从这种厮杀中找寻到快乐。是有些女人让男人变成病男人的，女人使他们得病，并从此再也不会痊愈了。

但是病男人是不能被宽恕的，就像那些向我女友说下流话、露出他那难看的、悲哀的、可怜的生殖器的病男人，是不应该被原谅的。即使他脆弱又自卑，自怜又自责，但是他对女人的这种举动还是充满了攻击性，他们使女人哭，使她们感到害怕。有的女孩第一次碰到这种情况估计要被吓哭，也许，她还太单纯，不能理解人性中卑劣的东西，也许她甚至一瞬间想到所有的男人都是一样的坏，她总是要哭。因为，她觉得她不愿意看到她不想看到的任何东西，有人强迫她，袭击她的目光，这使她深受伤害。

在城市中，在今天，病男人比任何时候都多。你不知道谁会是病男人，因为他们往往单独行动，他们出动的时候只是面对女人，后来更是在当下流行的丝袜诱惑、制服诱惑的各类会所 SM 游戏中找到了安慰。他就在我们身边，但是我找不到他。他消失得比出现得还要快。

也许病男人会自行痊愈。某一天，一个健康的男人变成了一个病男人，但后来他又好了，你再也看不见他了，我的女友再也没看见那个男人，她曾经牢记那人的面孔，但他消失后就再未出现了。

人类的时代

我看到了一份资料，说是人类的发展大体可以分为五个时代：石器时代、农业时代、工业时代、知识经济时代和太空时代。我们现在正处在知识经济时代，而且，已经具有了向太空时代迈进的初步能力。

在我看来，说人类现在已经进入了知识经济时代，还为时过早，只有少数西方发达的富国，才刚进入了以互联网技术为特征的知识经济时代。而在中国，农业时代、工业时代、互联网知识经济时代和太空时代的特征都有，就像一杯鸡尾酒，一层层叠加在一起。比方说，你要是从北京或上海出发，一直向西北或西南的方向开车走，你会发现越走越荒凉，越走越贫困，你就会看到中国这个叠加起来的、鸡尾酒一样的社会现实。刀耕火种、老牛拉车、工业机械作业和电脑互联网经济、太空开发是并存在我们的国家中的。这就是我们的国家现在的图景。

在石器时代，人们的主要财物是狩猎打来的猎物，条件是靠运气，经验是靠口授，生存地点要靠近水源，生活形态大部分是游牧，流动性大，社会组织是部落和氏族，社会首领是最强壮的人和最有经验的人，成功的特质是敏捷，这个时代约在公元前八千年至公元前一万年；在农业时代，人们的主要财富是农作物，条件是靠季节，基础是靠口授历法，地点是田野，生活形态是自给自足，流动性小，社会组织是大家族，社会首领是占有耕地的大地主、小地主，成功要素是家族管理和血缘关系，这个时代，约在公元前八千年至公元一千八百年；在工业时代，人们的主要财富是原料，条件是靠资本，基础是靠学习和训练，地点是在城镇中，生活形态是时制工效，人员流动性小，社会组织主要是家庭，社会首领是资本家和政客，成功的特质是货币和货物流通，约在公元一千八百年至两千年。

而在互联网知识经济时代，人们的主要财富是知识，条件是依靠互联网络与人工智能，基础是信息技术，地点是在城乡之间全球化，生活形态是由信息高速公路和飞机、高铁以及高速公路带动的流动性生活，社会组织则是个人与家庭，社会首领是高知识智能者，成功特质是高科技应用和权力与组织管理，从公元两千零一年起，一直到看得见的未来。

太空时代，人类还没有真正进入，不过是登月和探索了火星外部，以及简单了解了银河系。我们还无法完全预测太空时代里人类是不是要离开地球去别的星球存活。很可能会是那样。星际旅行是一定会发生的。那个时候，人们的财富、条件、基础和生活形态是什么样的。也许，在太空时代，人们的财富会是其他星球上的土地，条件是光速和超光速、反时间宇宙极速飞行，基础是航天飞行器，地点是宇宙（包括地球），生活形态是星际旅行与定居，流动性大，社会组织也是个人与家庭，社会首领是宇宙智能生物议会，成功特质是智慧。

人类的过去和未来都离我们越来越远，未来则更为遥远，因为，未来我们只有一个敌人，那就是时间。

在中国，从整体上说，已经进入了工业时代，但农业时代仍有很大残余，而石器时代的蛛丝马迹在西南、西北的山地荒漠里还有留存，互联网知识经济时代的特征，正在一些城市中凸显，有一些人在为它鼓噪着互联网+，而太空时代的气息在卫星航天发射中心的工作中不断传递开来。对太空时代，我们也许可以从“星球大战”系列电影中窥探到一些端倪。但那是一个被少数人统治、被战争威胁、环境更加恶劣的时代。如果说太空时代就是《星球大战》中的那个样子，人类还要面临更多的挑战。

所以，很难说我们现代人就比古人生活得幸福。在古代，人们有他们生活的乐趣和质量，节奏、压力、环境恶化和心理疾病这些词，都还没有诞生。他们对大自然、对明月、山神和河流、花蕊和花瓣上的凝露、虫鸣和一缕孤烟，都有更多的关注。人们在进步着，人们又丢掉了很多很好的东西。什么样的发展和进步都是要付出代价的，没有失去，就不可能得到。人类在每一次进步中，都失掉了大量的好东西。但也许相对于失去而言，人类的发展与获得仍是值得珍视的，总要比失去得多一些。

尽管对于一个个体生命来讲，他无法选择他所处的时代，但越往后出生，他就越具有观看历史的能力，由此获得了想象未来的能力。石器时代的人是无法想象工业时代的人的，我们在今天，能想象出未来的太空时代的人过的是什么生活吗？想象不出来。

两个邮差

有两部主角是邮差的电影，一直使我难以忘怀。一部是意大利电影，片名就叫作《邮差》，这是一部感人至深的电影，与诗人有关。有一次，我和几个朋友聊天，说到每个人最喜欢的电影，我就举出了这部《邮差》，而当时张艺谋也在场，他沉吟了一下，说："那是一部接近完美的电影。"张艺谋大师这么说，我很兴奋。

这部电影的情节比较简单：智利诗人聂鲁达因受军政府迫害，来到意大利西西里的一个小岛上避难。这个海岛上的一个意大利人是个邮差，每天他都要骑自行车，爬很高的坡地，来到海岬角上的石屋里去给聂鲁达和他的夫人送信，两个人由此建立了深厚的友谊，而且，这个意大利邮差在聂鲁达的影响下，开始学习写诗，并且还在聂鲁达的帮助下向心上人求爱。

后来，聂鲁达回国了，他们仍保持联系，邮差每天去录海浪的声音，录海岛上各种聂鲁达熟悉的声音，把磁带寄给他。这个邮差后来在一次对抗政府的游行示威中丧生。几年以后，聂鲁达又来到了这个小岛，得知那个喜欢诗歌的邮差已经死了，但邮差留下了一个儿子，和他的一些诗篇。

整部电影没有太多炫目的技术痕迹，细节十分感人。扮演邮差的男主角有严重的心脏病，据说，每一次拍摄他推自行车上山坡去给聂鲁达送信的镜头之后，他的心脏病就会加重。后来，在这部电影拍摄完成不久，这个演员就去世了。在我看这部电影的时候，我知道这个邮差角色，因那个已去世的消瘦的演员的生命，而获得了永恒的魅力。

我为什么会喜爱这部电影？因为我喜欢电影里弥漫的浓浓的诗意情怀、海岛风光与质朴的人性之美。一个普通的海岛渔民，因为和一个大诗人的交往而变成了一个真正意义上的诗人，只有意大利现实主义电影才会把它表现得那么了无痕迹，那么深深地打动人而又有着绵长的回味。

另一部关于邮差的电影，是一部日本电影，片名直译应叫作《邮差布鲁斯》，光碟译名叫作《盗信情缘》，这是一部有关青春、死亡与爱情的、具有黑色幽默风格的影片。在一九九六年日本崛起的导演拍摄的一批新电影中，我认为是一部特别好的影片。

这部电影集合了好莱坞模式、侦破片、青春片、黑色幽默电影的众多元素，却又反讽了这些电影模式，解构了很多东西，却又构成了一部与生死有关的爱情故事：主人公、邮差龙一厌倦了邮差生活，受到加入黑社会组织的过去老同学的影响，想当一个不平凡的人。他被警方误认为是贩毒集团中的一员，开始受到跟踪。龙一偶然拆开了一封绝症少女写给亲人的信，就去医院探望她，结果爱上了她。同时，在医院，他又认识了一个得病的冷血杀手。冷血杀手参加了全国杀手比赛，得奖通知后来由龙一送去了。但他要在某一时刻，到医院接患病的少女离开医院。这其中还夹杂着龙一参加黑社会的同学找不到自己一截小指的情节。但警方已认定迅速赶向医院的龙一是个杀人恶魔，在通往医院的关口，射杀了无辜的龙一。

这部片子的结尾美极了，龙一被射杀躺在马路上，这时，时间已到了接患病女孩出院的时刻，只见一大群警察中出现了一个红衣少女，把龙一从地上拉起来（但龙一的尸体仍旧躺在地上），两个人沿着大路甜蜜地手拉手向前走去，笑容十分灿烂。由此暗示患病少女在医院也死了，两个死去的少男少女的灵魂相遇，找到了永生永世的爱。

很多日本片中的青春偶像的形象特别纯美，这部《盗信情缘》也像一首青春与爱情的挽歌，在青春形象的毁灭中又让他们获得了永生，同时，也使这部具有大量黑色幽默和荒诞情节的电影显得合理而抒情，并深深地从生命内部触动了我的青春记忆，使我长久地身陷一种久违了的怅惘。

能够看到这样的关于邮差的电影，里面有这么美的爱情故事，让我为之感动。

小 武

值得谈论这样一部中国地下电影吗？那是当然的——《小武》的出现是一个标志，它标志着有更多的有个性的电影人的出现。贾樟柯是如今的电影体制最终会吸纳的、有才华的导演，和我一样，他一定是在二十世纪九十年代经常看盗版光盘的人，在那个阶段，各种电影都能看到，一些具有创造力的家伙，就隐藏在其中，而不是在旧有的电影体制之中，那个体制正在一点点的改变。

《小武》的导演贾樟柯也是电影学院的毕业生。这部投资据说只有几十万元的电影风格是如此平实、晦暗、简朴，他讲述了山西汾阳市一个小偷小武的故事。这部电影的故事是简单的，小武过去的一个同学成了“企业家”，正准备举行婚礼，却没有邀请小偷名声在外的小武，小武感到很没面子，就偷了一些钱换成百元大钞，去给这个老同学送彩礼，结果，人家不要他的钱。后来，他在歌厅里认识了一个三陪小姐，和她发生了一点感情，再后来这个女孩悄然走了。他又回了一趟父母家，家里为他妹妹的出嫁正在商议各人应出多少钱，小武和父亲发生了冲突，被赶出了家门。

他在县城里再次作案时被警察抓住，影片结尾是他被用手铐铐在了大街边的柱子上，警察去办点儿事，而他蹲在地上，很多人上前围观。

由于是一部低成本的电影，所以，它看上去粗糙、拖沓、松弛的地方很多，但尽管如此，这部一百零七分钟的电影还是给了我们震撼，它为困境中的中国电影提供了新的语言、语汇和想象力元素。这样一部纪录片风格的故事片拙朴但却贴近底层人存在的真实，因而在很多地方可以打动我们的心。

在当今好莱坞电影一统天下，占领全球电影市场份额百分之七八十的情况下，欧洲各国、南美、亚洲电影的处境并不太好，英、德、日、俄、意、印等国的电影生产每况愈下，包括中国台湾和香港地区也不行了。但华人影星近几年都汇聚到中国内地，中国内地的商业电影票房年年递增，现在已经是全球票房第二，直追美国票房。好莱坞的强势电影文化所向披靡，好莱坞的电影模式也越来越为我们所熟悉，它的电影故事叙述影像的公式化、它的大工业生产，它的甚至什么时候让你哭、让你笑的严密时间计算，都已经成了一种高精度的商业运作了。好莱坞电影工厂作为商业时代的大众梦幻工业基地，它的地位与模式很难动摇。

独立制作的艺术电影尽管是边缘的，票房不高，但它是电影的一个希望所在。张艺谋有一次谈到二十世纪的电影时说，“二战”后百废待兴，一片废墟时，人们特别爱思考，所以欧洲美国产生了很多思考型的艺术电影，出现了很多电影大师，创造了各自独特的电影语言。而进入到二十世纪八九十年代后，商业化、娱乐化电影被推到首位，票房第一是全球现象。因而，过去思考型的作家电影、艺术电影就很边缘化了。

在我看来，这是一个可怕的现实。当我们谈论电影时，我记得最牢的人，大都是些作家型电影导演，比如安东尼奥尼、伯格曼、布努埃尔、卓别林、费里尼、黑泽明、让•雷诺阿、伍迪•艾伦……我们还给了他们以大师的封号。但在越来越商业、越来越娱乐的电影趋势中，作家电影，也就是说，深具创造力的、电影语言独特的导演，会不会越来越少，以至于后来全部淹没在好莱坞的电脑虚拟游戏的特技电影下了？

这当然是一个危险的现实。好在我还看到了《小武》，也许，它永远都会是一部小众电影，没有多少人可以观赏它，但这类独立制作，能显示拍摄者、导演的创造力和审美判断力的电影，仍是艺术电影的生命力所在。贾樟柯前途远大。

电影业当然首先是一种产业，一种工业，但这是一种艺术工业，梦幻工业。在一统天下的好莱坞模式之外，在中国主流电影之外，还会有《小武》这样贴近人的生存本体、表达个体生命经验的电影，这是令人兴奋的。《小武》不是没有毛病，它让我想起了不少这几年崛起的伊朗电影。但《小武》是一部中国的电影，这一点又能让人极其兴奋了。

一个县城小偷的生活片段，一个男人和其他的男人，还有一个女人，一些十分贴近现实和二十世纪九十年代小城镇生活的符号，那些卡拉OK、宣传车、电视采访车。所有的这些，都在远去，却又那么栩栩如生。

王家大院

王家大院，一座几代人建立的民居大院，它坐落在山西灵石县境内。干坼的黄土前后簇拥着它，但王家大院已经在那里静静地待了二百年了。我来到这里，穿梭其间，感到了时间的凝固与流动。这王家大院是山西继乔家大院之后，于一九九六年修葺一新的，它像一座城堡，它的主人已经在烟尘中消失了，但它还在，还待在那里，证明着有很多个体生命曾经在那里生活过，然后，他们全都消失了。

时间是可怕的，无论它向前还是向后，它都湮灭掉人的生命。人无法对抗得了时间，但也许未来的太空时代可以，人可以穿越时光隧道，进行星际旅行，但时间仍是存在的，它一点点地一丝不苟地湮灭着人类，让他们归于尘土，像镜子中的一缕烟尘。

王家大院是当地名门王氏家族几代人营造的，从元代开始，一脉相传，到清代中后期才形成了规模的北方民居建筑群。现在，它分高红崖和红门堡两组建筑，东西对峙，一桥相连，背靠一面黄土高坡。远远地看上去，整个城堡式建筑群沿着一个坡地缓缓上升，一间间的灰砖雕梁的院落鳞次栉比地上升，错落有致，气势宏大。这院落从建筑风格与功能上，继承了西周时代就已形成的前堂后室的庭院风格，而在建筑的组织结构上，更具清代民居的色调和规格。

我游走在它中间，有一种时间错位的幻觉。人是大地上的短暂者，人来了，在人世间走一遭，就要在大地上留下一些东西。最可见的，就是人们盖的建筑。中国北方民居整体保存完好的不多见，山西是这类历史文物与历史见证的院落大省。我们去看王家大院的路上，还可以看到近些年开发的齐家大院、祁家大院、平遥古城的指示牌。但这个缺水的北方省份的地理背景是一望就令人哀愁的黄土高坡，煤矿塌陷地，拆裂、令人憋闷。缺水的地方连植物都精神不振，我打听到一些地方的玉米和小麦的产量极低。而就是在这样的地方，在干旱的北方坡地，一代代王家人顽强地生存下来，用他们的一生劳作，建造了这样一座家族式的族群建筑，非常了不起。

山西灵石县有一块从天而降的石头，我们都跑去看了，它的确像是从外太空来的，坑坑洼洼，黑黝黝的一块东西，就待在一座亭子里，沉默着不说话。可能就是它为灵石县带来了灵气，即便这里是如此缺水，但仍有一些有慧根有灵气的人从这里走出去，走向了更远的地方建功立业，最后衣锦还乡，养老于乡里，盖了一座座的院子与大宅子，让这没有水的黄土高坡上充满了人气和豪气。

游览王家大院，除了比较泛泛地了解了它在民居建筑史上的贡献与地位、风格与特点之外，我感触最深的，还是在中国的底层社会，宗族势力是如此巨大。这可能与我们这个民族的特性有关。即便是在二十世纪的中国乡村，无论是日本人还是国民党，无论是清朝还是“中华民国”，无论是“文化大革命”还是“改革开放”的年代，在中国乡村，从南到北，从东到西，这种家族血缘关系的宗族势力是一直存在的，不会被社会力量破坏殆尽。不少地方的宗族势力甚至比乡村政权还有组织和协调能力，这种底层社会结构似乎很难改变，于是，才有了王家的一代代人，无论他们在外面做了多大的官，无论他们走得多远，他们最后都要回到他们出生的地方，并且在故乡盖下他们的宅子和坟墓。

一个王家大院，可以引起我的思考和想象的地方很多，建筑学、民俗学、社会学、经济学、历史、文学，很多角度都可以切入。这个王氏家族有多少故事可以供人们演绎，但我想它的开端和结局就已经足够了：这个家族的第一代人、元朝人王实是个卖豆腐的，经过十多年积累，才由佃户变为自耕农，从此，王家一代代传下来，在明代手工业发展时代，王家出了一些商人，有了钱就在教育上投入很大，到了清代，王家就开始出做官的人了，官阶最高的做了二品官，三品、四品官员也是层出不穷。清代后期，也就是鸦片战争以后，王氏家族从十八世纪后因族人吸食鸦片，逐渐走向衰败，这一代的王氏族人因吸毒，最后把这个大宅子给卖了。

王家大院，时间与时代的一张发黄的照片，两百年中国历史与社会生活的见证与脚注。

陷阱

我碰到了两次陷阱，都在今年，在今年夏天。

有一天晚上，我和几个朋友开车去北京三里屯酒吧一条街找个酒吧喝酒，我们把车停好，我很想找到那家吊着一个巨大的沙袋，可以让我练练拳击的酒吧，我们就沿街一路找了过去。晚上这条街人上很多，红男绿女穿梭其间，一派灯火通明的景象，一些拉生意的女孩会追上你把你拉到她们的酒吧去，这种拉生意的女孩很多，我们不为所动，继续朝前走。

这时，一个看上去很单纯的、学生模样的女孩追了上来，她和我们聊起来，说附近新开了一家酒吧，还能唱卡拉OK。我的朋友问她是不是学生，她说是，是一所外语大学旅游学院学日语的学生，暑期出来打工赚点学费。她竭力表现她的单纯，并说那个新开业的地方如何如何好。可能是我们几个人对这个学生模样的女孩都有些好感，就拉上她开车去她所说的地方了。

汽车在一些小巷道里猛钻了几下，我们来到一个闪着灯的地方。我预感到不是很妙，但里面迎出来了一个小姐，连推带让把我们哄了进去。这里的确是新装修好的，但条件很一般。服务人员说，包间费只收很少的钱，死活留住了我们。我们刚坐下来，那个女学生和陪坐的小姐就点了洋酒，我还开了一句玩笑，“你点的酒我们可不付账”。但她们很快喝了好几杯，这期间我们唱歌、说话、喝了不少茶水。后来结账的时候，那个女学生不见了，另一个酒吧女坚持要付完小费再走，我警觉了，我说付完账再给她小费。

一个经理模样的人进来了，递给我们一张账单，上面写着：2500元。这就是强买强卖啊，这种事儿经常听说，倒是让我们几个老江湖给碰上了，我和朋友多少有些尴尬地相视一笑。经理向我们解释，洋酒每杯多少钱云云。

这当然是陷阱了。我想不用解释太多，说太多都没什么意义。朋友说，身上没带那么多钱，叫我去车里拿钱去，暗示我去打电话叫公安局的朋友来。

我去了，拿了几百块钱上来了。一个跟上来的壮汉说：“他要向外打电话！”我告诉经理，我们就带了这几百块钱，多的没有，他看着办吧。他问了我们几个人的职业和背景，说他决定不了，就走了。一会儿又上来一个看上去像经理的人，他上来先把吧女和服务员骂了一顿，装腔作势地说交个朋友。

我们决心就给他几百块，我说，就这么多钱，让他随便处置。可能是想到我们是北京人，他不能往深里敲诈，和我们聊了十几分钟，就放下了几百块，说，交个朋友吧，就放我们走了。

那天从那里出来，大家都很憋气，都觉得老江湖怎么说栽就栽了呢？那家“黑店”只得到了几百元，也就算了，不和他们计较了，毕竟，人家也放了我们一马，没有收我们2500元，但我想到，那个装纯洁的“女学生”，简直太坏了。怎么现在的小姑娘变得这么狡诈。后来好几天，我们天天在三里屯一带找那个“清纯女孩”，但再也没看见她。我们知道，这种“卡拉OK厅”可能有黑社会背影。不过，因为没太敲诈成功，我们想想也就算了。

另一次，是夏天去湖南一个著名的风景区游玩，奇山异水着实令人激动。同行十几人中有一部分人仍要爬一座大山，我和另外两个朋友不想爬了，就在风景区的出口处等他们，然后逛周围的商店买东西。其间我有些口渴，很想喝水，刚好旁边有一个茶肆，门口坐了好几个妖艳的女人，见我们过来立即迎了上来。她们说这里可以喝茶，还可以进去按摩休息。我们又累又渴，鱼贯而入，大体参观了一下这家茶室。里面曲径通幽，灯光暧昧的小包间很多。我觉得有问题，我们刚进门，那几个女人就想把我们分头拉入各个包间。当时，我们觉得气氛异常，就又走出来了。

我们走开了，远远地看见，那几个女人盯着我们，不停地朝我们招手，但我们都没动。在附近的一家商店买东西时，和店主聊起来，因为熟一点了，女店主小声告诉我们：幸亏你们没进去，不然，进去就出不来了。我问，怎么啦？她说，那是一个黑店，只要进去让小姐按摩了，非把你身上的钱全部榨干不可，不然，你是出不来的。她说她亲眼看见很多人被敲诈成功，而且，最主要的，是这个店的老板和风景区的派出所是勾着的，你要不掏钱，还会把你弄到派出所打个半死。她说，昨天有几个台湾游客算是倒霉了，几乎只剩条裤衩出来。

我不想说这是湖南的哪个风景区了。这种事不光那里有，别处也很多。到处都是陷阱，尤其是一些声色场所的陷阱，有些地方，都是和当地的警察勾结起来的，他们保护着。我举的这两个例子，都是如此。没有人在背后撑腰，这些开店的人不会那么猖狂的。当然，那些上当的男人，被女人所诱惑，也是活该了。

父亲山

必须要谈到天山，它对我来说是一座父亲山。四十年前，我的父亲从内地来到了它的脚下，后来，他几十年都生活在这里。现在他老了，但那座山，天山，它还没有老，而我父亲的儿子，我，却长大了，从此离开了父亲和我们的父亲山。

我当然要把天山称作是我的父亲山，因为父亲的一生与它有关，我的童年、少年和整个中学时代，都与它有关。我就出生在由它的冰雪融水融化而形成的一条季节河边上，在一间土屋子里，我降生了。父亲把分娩后的母亲和我送到医院时，我已经奄奄一息了。

但我后来活下来了，是喝天山的冰雪融水长大的。这种水的水质清澈、纯净，而且还发甜，口感特别好，在我长大的那座西北小城，一抬头就可以看到它的主峰——博格达峰雄伟地矗立在那里，头戴白色的冰雪王冠，沉默地注视着它的脚下。有时候，它被云雾缭绕，那就更增添了它的神秘感。天山是一条蜿蜒而去的黝黑色的山体，它可能有几千公里长，一直向西北方向延伸而去。它的沟壑山谷中，生活着维吾尔人、哈萨克人、乌孜别克人、蒙古人、克尔柯孜等十多个世居民族，上中学的时候，年年暑假我都要和朋友们一起进天山，那是一次次的惊心动魄的野外旅行。在山中，我们采摘到了鸡蛋大的草莓，还看到了不远处扶着树看着我们的棕熊。当然，我没能看到雪豹，它太稀少，在冰上、山上稍纵即逝，你即使看见了它，但它旋即就消失了，这使得你以为你看见的，只是一个梦幻的影子。

天上它并不总是美丽的、阔达的、温和的，它也时常有发脾气的时候，我记得幼年时，我父亲年年冬天都要开着推土机进天山，在发生大面积雪崩的地方推雪，那雪有两米以上的厚度，全部堆积在盘山公路和大坂上。我父亲他们的任务就是必须把这些积雪推掉，以便让后续车辆通行。这是一种十分危险的工作，因为推土机一不小心就会掉入万丈冰川之中。我父亲的同事就有掉入冰川的，那个人连同推土机永远地被铸入了冰川。我曾经在一篇小说中描述过这个场景，在小说中，主人公可以透过冰川隐约看到里面被封存的黑暗的推土机和人。父亲当然也曾经历险境，但从此母亲坚决不让父亲开任何车辆上山了。

在天山脚下长大，到内地见到太多的山，从雄伟角度来讲都不算是山了。无论庐山、泰山、华山、衡山，都像是微缩的、十分有情致的盆景。当然，从惊险和秀美上讲，这些名山都有它们强烈的胜出天山的地方。但天山，这个词意味着连绵不断的一组高原上的山峰，几千里那么延伸下去的一条山的整体。天山是一座山脉，它像屏障那样挡住了一些风、云和雨，使它半山腰和脚下的牧场肥沃、大地滋润，能养活不少人类和动物生灵。

我把它叫作父亲山，意味着我把天山拟人化、人格化，我把它父亲化了。也许，它只是一条山脉，但每当想起它的身影——这是我少年时代常常凝视它的印象，我的内心总是涌起对父亲的感情。有一个诗人把天山命名为“神山”，可在我看来，它不像神，倒更像一个人，一个老父亲，我被他护佑，被他祝福，被他叮嘱，被他激励。父亲一生的使命都与这座山有关，因而，天山就是一座父亲山。

在父亲山脚下长大，使我从气质上吸取了这座土地的开阔和大气，什么样的土地、气质、环境下，就生长什么样的人，在这样庞大的山体下的坡地上长大，我当然获得了这片土地的性格与灵气。后来，我在长江边上生活了几年，又多次去南方，因而也有了一点细腻和柔和，而且后来越来越细腻了。但从内心的气质上讲，父亲山带给我的绝对是一种坚毅、大气、沉稳、成熟的气质，这是跟随一个人一生的东西。

父亲把他的大半生献给了天山，我的父亲山，他们修的公路已经在天山南北连成了网。如今，父亲老了，而这一次，我发现天山也老了。没有不变老的东西，一座山也是这样，也可能仅仅因为是在冬天里，我的目光再次在晴空万里下注视它，它的每一座山头已被白雪皑皑所覆盖，它像一个慈祥的老人，看着儿子们已然长大成人。

情感痛点

我认识一个女人，到了三十岁还没结婚，又过了一年，她结婚了，但半年后她又离婚了，现在她是一个人过，这是为什么？因为她的内心深处有一个痛点，情感的痛点。她过去深爱一个男人，可能这个男人还有家庭，无法和她在一起，但她仍然爱他，出于某种压力，她和并不很爱（但也许对方爱她）的人结了婚，婚后发现她仍摆脱不了她所爱的人的影子。无爱的婚姻是可怕的，因此，她就又离婚了。

很多人，很多男男女女，都有他们的情感痛点。在城市中，在今天大多数人的心目中，都会有一个痛点，这个痛点就是他们的情感伤痛的记忆，它是隐秘的，不可见的。如果那是一道伤口，那么它永远也不会愈合。在今天，大龄男女或离异者，他们都有深受伤害与挫折的情感经历，他们是不轻松的，很难再进入状态。

这是今天人们情感生活的一个特征，就是这种情感痛点，很多人都有，有些人痛的深一些，有的则浅一些，但人，今天的人们更容易为情感而痛，这是我始料不及的发现，不信，你去仔细观察和询问你周围的人，他们某一天就会给你讲述他们的痛点。

人的感情是有限的，它犹如燃料，是会烧完的，等到烈火熄灭了，只剩下了灰烬，那种冷寂之冷与烈火之热是温度中的两极，爱是非常容易过渡到恨的，没有爱就没有恨，有了爱才会有了恨，它们是牢固的磁铁的两极。一个男人，一个女人，生命中总会出现一两个，两三个十年一遇的人，这时候你一定要把握好，当这十年一遇的人出现时，你一定要把握好。当然，常常我们恰恰就把握不好，因而才产生了难以消弭的情感痛点。在过程中，难免不发生一些故事，但这情感事故常常导致恋人们反目成仇，再也不相识了，形同路人。

今天的人们对情感的期望越来越高了。人人都想拥抱爱情，但人人又都很自私，害怕受到爱的伤害。因为爱的情感是要付出的，是无助的，没有爱的人不会死，但有点生不如死，可敢爱的时候，有一天也要知道自己会拥有恨吗?

女性在当今时代更加独立了，年轻的知识女性更是如此。因而，很多知识女性找不到她们的感觉和位置，当她们独立了，获得与男性平等的经济、知识、教育和社会地位的时候，她们迷失了自己。我认识几个三十多岁的女人，我猜她们可能还是老处女，她们大都读到了硕士和博士，有一个还留了洋，她们都自己买了房子和车子，但她们的生活中竟然没有男人，没有那种丰沛的异性之爱，因为，她们一无所有的时候不敢去爱，她们有了太多东西的时候，则害怕与任何一个男人分享，她们已经产生不了爱了。

女人，尤其是城市知识女性们在迷失自己。她们在传统社会和男人对她们的要求，以及自身的发展与独立之间的冲突面前无所适从。尽管她们很多人有情感痛点，她们还是迷失了。这是可悲的。爱，是人存活的营养，没有爱，没有亲情和爱情的滋养，个体生命的生长与存在是可怕的。但因为在爱中人是那么脆弱，不设防，人们又容易被击伤。这就是情感痛点的由来。这时候，你该怎么办？你是不是应该耐心等待你下一个十年一遇的人出现？

有情感痛点的人和没有情感痛点的人是不一样的。有了情感痛点的人对生活会更加谨慎，更加排斥，他们需要从生活中选择，而不再被生活选择了。既然知道痛在哪里，那么就尽量不去触弄它。情感痛点的治疗是可能的，它会在另一场电光火石般的爱情相遇中，得到补偿性治疗。但总的来讲，人的感情是不可再生性资源，你用掉了多少，你就少了多少，很难有不断再生的感情。很多东西，人们感情中的很多东西像罐装气体，你用空了，就没了，你去换的时候，必须连空罐也得交出去。而最后，你痛过了，你就深爱过了，你也就没有什么可遗憾的了。

高尚社区

“高尚社区”里住的都是高尚的人吗？肯定是不见得的，而且甚至可以说，在今天不少城市的“高尚社区”里居住的人，恰恰是不那么高尚的人，土豪占很大比重。在今天，“高尚社区”的另一个含义是，这里是一个富人区，而致富的人，在二十世纪八十年代到九十年代的几次致富浪潮中捞到油水的，如果仅从道德判断上来看，恰恰很多人是不那么高尚的。他们有的能拿到批文，有的则在股市里长袖善舞，有的会搞官商勾结，有的会压榨员工。

但他们都富了，有钱了，而且，还住进了一个叫“高尚社区”的地方，有房有车，脚不沾地。在今天这样一个“成者高尚败者贱”的年代，这些人仅仅因为有钱，就高尚了，这个逻辑已经有相当的市场了。

不过，现在靠倒卖批文致富的人已少了，但权钱交易较多，不过，法制在健全，反腐在深化。而一批通过互联网经济、依靠知识和智力致富的人，也成了中产阶层的中坚力量，他们入住了那些“高尚社区”。这是一群比二十世纪八十年代的暴发户要有文化的人。但是有一天，我看见有几个民工模样的人走过社区工地，中产阶层的人投过去的目光是不屑与冷漠的。我觉得，这些中国的中产阶级，对低一个阶层的人缺乏怜悯和爱，或者说没有爱。其实，中产阶层是脆弱的，地位不稳定的，他们过上了让人称慕的小康生活，他们的内心之中很得意，但又深深地害怕失去这种生活。因为，他们也是负担最重的阶层，上有老下有小，房贷、车子以及子女教育，要求都很高，他们就变得很冷漠，很自恋。

一个朋友说，大城市里的中产阶层的人大都是谦和的，比如，像他认识的不少在大型国企和外企工作的朋友，大多谦和、温文尔雅、懂礼貌、专业，他认为，他们的注意力都投放到了工作、家庭和亲人们当中了。他们之所以是谦和的，因为他们知道自己的好生活来之不易，如果他们松劲儿了，就会从这种生活中滑入社会底层，在外企工作的人大多都有这种危机感，因为裁员可能随时发生的，从而使这些中产阶层的白领们如履薄冰，对人、对事都很谨慎、温和。

当然不排除这种情况。我想，但我们中国的中产阶层没有博爱的说法仍是成立的，比如最近看到的四川成都两个司机开斗气车，男司机暴打女司机等。这种博爱，我指的是一种宽广的爱，去博爱比他们低一个阶层的人，这种博爱是同情心、宽容心，这种博爱是理解不是拒斥，博爱是拥抱不是固守于自我，博爱是看别人的目光中有温情和凝视，博爱还是聆听，博爱不是恐惧与冷漠，而中产阶层们则需要去学习博爱。

在高尚社区中，家庭与家庭之间只要是不认识，即使是邻居也很少来往，城市里每户人家的情况都不一样，家庭与家庭之间、人与人的空间实则更加封闭了，一梯一户、独门独院、防盗门防盗网等各种安全措施，使得他们互相更为封闭。而且，中产阶层认为这恰恰应该是他们所追求的，他们就是不想与太多的人来往，他们尤其不想与邻居、街坊、同一社区的人来往，除非他们过去都是朋友，他们不想让任何人知道他们的生活状态与来历。

高尚社区的物业管理和警卫与保安措施进一步地推动了这种封闭化，从而使整个社区变成了福柯说的那种监禁效果。我这么说毫不为过，一个从伦敦探亲回来的女作家想在北京买一套房子，在朋友们包括我的建议下，看了不少北京的在我看来都属于“高尚社区”的房子，还是没有决定下来要买的房子。她说，她最受不了的，就是这些社区的封闭性、警卫与保安系统，他们身着制服，完全是可见的，这使她联想起监狱，一座隐形的监狱。可我警告她说，这是必要的而且是必需的，因为人的安全感需要这样的保护。

大部分中产阶层的人对他们身处于监视器所监控的社区里，反而感到十分安全。如果他们在没有保安和摄像头的社区里居住，他们的不安全感会迅速上升。因此，他们会赞赏无所不在的物业管理、保安以及摄像头和门禁系统。因为，他们害怕被剥夺，被伤害。中产阶层们是这样一群小动物：在更大的种群中，他们刨食般积累了一些产业，但他们又时时恐惧他们的生活被不可预知的社会大变动、个体盗匪所突然剥夺，于是，他们就心安理得地甘愿被保安和摄像头以及防盗门保护，也就客观上监禁了自己。

高尚社区的人，远不是都被高尚的人所居住，他们只是暂时的高高在上者，他们没有博爱，是因为他们占有了一点财富，便对穷人充满了疑惧与轻蔑。

一筐葡萄

一九八〇年冬天，快过年的时候，我母亲让我去给当时的班主任送一筐葡萄，那一年我还在读小学四年级。我的学习成绩非常不错，但我特别调皮捣蛋，不受班主任老师的喜爱，老师喜欢的，是那种文文静静的、学习又好、又听话的乖女孩，像我，即便是聪明伶俐、成绩又好，但因为过于调皮捣蛋，就不受喜爱。比如，在我的小学时期，三年级以后，好学生可以加入“红小兵”组织——当时，还不叫少先队，就因为我调皮捣蛋，鬼主意多。我的确是过于调皮了，经常在上课时看小画书、在课桌里斗蚂蚱、往女生铅笔盒里放肉虫，逃课去掏鸟蛋等。可我内心之中十分渴望加入“红小兵”，一直到小学四年级，我仍旧无法被班主任批准加入“红小兵”。这成了小小年纪的我的心病。于是，母亲让我在那年冬天快过年的时候，给班主任送去一筐葡萄。

我右手提着那一筐葡萄，是那种吐鲁番产的、可以保存到地窖里放一整个冬天的葡萄，还很新鲜，好吃。我踩着那年吱吱作响的积雪，向老师家走去。我的班主任是一个戴着眼镜、看上去特别严厉的女老师，平时我们都有些怕她，我当时的思想斗争十分激烈。我在想，是不是应该把葡萄给老师送去，这是不是在讨好老师？我为什么要给她送葡萄呢？她并不喜欢我，一直认为我还没有加入红小兵的资格，连很笨但很听话的女生都加入了，我都没有加入，难道我要向她去讨好和投降吗？

我大脑中有两种声音在激烈地斗争着。一个声音认为，如果我这一天成功地把葡萄送了出去，那也许就将获得班主任老师的宠爱，很快就能加入“红小兵”组织了。但另一个声音认为，如果我把葡萄送给了老师，等于从尊严上先矮了一截，我是向老师送了礼才加入了红小兵，这于我的自尊心，是重大打击，我是受不了的。而且，万一老师收下了我的这筐葡萄而最终又不让我加入红小兵呢？这也是一种可能，是那种赔了夫人又折兵的可能，我会在内心之中更加生气，甚至也瞧不起自己。

十岁的我在那年冬天，大脑中进行着十分激烈的斗争，从而使得我去给老师送葡萄的路程显得无比的漫长。我想我从来也没有走过感觉那么漫长的路了，而且那一筐葡萄也显得越来越沉，把我的身子整个拉向了一边。那年冬天天又特别冷，到处都结满了冰，我必须小心翼翼绕过那些很滑的地方。后来，我的目光已经可以看到老师住的房子，我站住了。

我想了又想，最终决定不送了。我躲到校园里一幢房子后边的雪堆旁，决定自己把葡萄吃掉，我足足吃了半个小时，吃得实在太多、太撑了，也只是把筐里的葡萄吃掉了一层。然后，我把它们埋入了一个雪堆。

我把一大筐葡萄埋入了积雪之中，我的内心突然涌起了一丝喜悦，因为我没有向某种东西屈服，我战胜了我自己，也保全了自尊心。因为我无法面对自己向老师送礼以求得额外的好处的自尊心崩溃的现实。把那一筐葡萄埋入雪堆之后，我一下子就轻松了，十岁的我第一次做出了一个重大决定，我愉快地踏上了回家的路。

回到家中，我母亲问我，把葡萄送给班主任家了吗？我撒谎说送到了，她又问我，那你的老师说什么了吗？我说，她没说什么，只是挺高兴的。母亲说，那你明年就可以加入红小兵了。

第二学期，我仍旧没有加入红小兵，因为一个老师对一个学生有成见，是很难改变的。五年级时，我们的班主任换了，新班主任很喜欢我，即使我调皮捣蛋，她也看到了我的其他优点，而且常常在班上朗读我写的作文。不久，我就加入了已改名为“少先队”的组织，还当上了小队长。但在我心中，我有一个小小的情结，我是有些恼恨不让我加入红小兵组织的那个前班主任老师，我一直记得这个事情。

今年冬天，我回新疆探亲，一个人踩着积雪向小学校园方向走去，想看看过去那所小学的样貌。意外碰见了那个老师，我过去的班主任。她已头发花白，步履蹒跚了。她从我身边走过，并没有认出我来，而且也不会知道我是谁。看着她远去的影子，一瞬间，我原谅了她。而我的内心经历的关于那一筐没有送给她的葡萄的风暴，她永远也不会知道。

“阿巴拉古”一家

“阿巴拉古”是印度电影《流浪者》中的主题歌的名字，好像可以译为“到处流浪”，这首“阿巴拉古”非常好听，旋律优美，电影主人公拉兹一唱起来，就能够随着歌声跳舞。阿巴拉古，嗷呜呜呜，阿巴拉古，嗷呜呜呜——非常好听。

我在新疆的邻居是一家维吾尔族人，他们家有四个男孩，最大的原名叫“吐尔洪”，比我小几岁，我们小时候就给他起了一个外号叫“阿巴拉古”。我们上小学、中学时班上有很多少数民族的同学，有时候要多达十几个民族，像哈萨克、维吾尔、塔吉克、蒙古族、克尔克孜族、锡伯族、回族、乌孜别克族等。而我们这些汉族学生的父母也来自全国不同的省份，是不同时期从内地迁往新疆的汉人后代，有的还可以上溯到清代发配到新疆的囚犯。不过，大部分都是二十世纪五六十年代进疆支援边疆建设的后代。这么多民族和来自不同省份的人在一起，文化差异、交流与互补是十分明显和充分的。

汉人对少数民族都会有一种好奇心，小时候我当然也对“阿巴拉古”

一家充满了好奇心。我们那时候住平房，在他家院子里，郁郁葱葱种了一架葡萄，每到夏天，那一串串绿莹莹的葡萄都垂吊下来，十分可人，他家院子里还种了几棵蓖麻，蓖麻能长到一人多高，结的蓖麻子紫黑油亮，也非常好看。此外，他家院子里还有一个羊圈，和一个烤馕用的馕坑。每一次他家杀羊我们都要围着看。只见吐尔洪的父亲，我父亲的同事卡德尔，面对一只阿訇念过经的活羊，沉默而麻利地用刀杀了羊，很快把一整张羊皮给卸下来了。那种应付自如的宰羊技术和《庖丁解牛》中描述的解牛一样。维吾尔族人喜欢吃羊肉，因而对羊也十分了解，把一只羊由宰杀到做熟了端上桌要不了太长时间。

吐尔洪洗手时喜欢用一把黄铜做的手壶，那种手壶很精致，也很漂亮，上面镌刻了一些伊斯兰图案。吐尔洪洗手时就提着这种手壶，用左手倒水洗右手，用右手倒水洗左手，然后再用双手洗脸。吐尔洪的三个弟弟加上他要站成一排，真是错落有致。他最小的弟弟出生后，我是一点点地看着他长大的，尤其是他才五六岁的时候，我读大学暑期回家，他和另外三四个漂亮的维吾尔族小男孩，天天来找我玩儿，每天午睡时就在窗外大喊“华栋叔叔”，叫我带着他们出去，害得我父亲总是睡不好午觉，我就带着他们去捉蜻蜓、捡废铜烂铁、偷地瓜、掰玉米棒子、掏鸟蛋。那是我从小就会干的小坏事，我也传授给了他们。

我家和“阿巴拉古”——吐尔洪一家是邻居，我从小便有了一个接触另一个民族、另一种宗教的渠道，了解了这个伊斯兰民族的生活习惯、宗教信仰、民族性格和历史渊源。吐尔洪教了我很多维语，他们去做礼拜时我也偷偷去看过。我们两家的关系很好，他家打了新馕，都会送我们家不少，馕新烤出来特别香，好吃。吐尔洪的父亲卡德尔是个司机，有时会从外地带回来一些水果和羊肉，都会送给我们家一些。吐尔洪的母亲很漂亮，她生下了他们四个兄弟，身材却少见的没怎么走样，不像很多维吾尔族大妈身材很胖。她头上总是裹着鲜艳的纱巾，穿着丝绸做的颜色非常鲜艳的裙子。有一次，她病了，在医院中输血时，医生把不同血型的血输进了她的体内，差一点儿她就不行了，后来，经过抢救，她脱离了生命危险，用了换血机，一点点又挺了过来。

他们一家人都很朴实、善良，而且，吐尔洪四兄弟一个个都有些腼腆害羞，如果我让他们中的一个教我说维吾尔语“姑娘，我爱你”，他们个个都不好意思。后来，吐尔洪中学毕业，子承父业，也当上了一名司机，常年在外奔波，我偶尔探亲回家，有时候能碰见他——忽然，我会听到身后轰隆隆一阵山响，一辆大卡车会停下来，有人喊我，我回头看，车上下来一个高大俊朗、面带腼腆笑容的维吾尔族小伙子，他就是“阿巴拉古”——吐尔洪，他已经长大了。我们站在那里，说笑着，一起卷一根莫合烟。

有一年，他们回库尔勒老家探亲，叫我爸帮他们看房子，我爸和我每天晚上就睡到他们家去。在他家里，挂着各种颜色鲜艳的壁毯，地上也铺着毛毯。那是一个奇异的世界，美丽中亚家居文化的一个小小的缩影。我很小心，一件件地触摸着他家每一种与汉族人不同的用品，那完全是另一个世界，另一种生活符号，年幼的我在记忆中长久地留下了他家房间中的气氛和气味儿。当我来到了院子里，看到的那一弯新月，我也看到了月亮的阴影部分。

后来，我们都搬入楼房了，很少再见到他们一家人了。而这时，我已远走高飞，在内地到处奔忙，变成了“阿巴拉古”了。

第三辑：青蓝

艺术家王晋

王晋，一个高个子、长发飘然的北京男人，有一天他“娶”了一头骡子。那是在一九九五年的夏天，他在北京朝阳区来广营乡实施的行为——观念艺术作品。拜堂娶亲——娶了骡子之后，骡子和他披红挂彩、脸上还涂脂抹粉，出了门各奔东西。

我们都知道，这骡子是不分公母的、没有生育能力的动物，它是马和驴杂交的产物。而王晋为什么要和一头骡子成亲呢？他娶的是一头马骡子还是驴骡子？既然骡子不分公母，又没有生育能力，他“娶”了一头骡子不是毫无意义吗？

那几年，我隔几个月总能见到他一回，我很喜欢他的作品，在当时比较活跃的艺术家中，我觉得他是相当不错的一个。早年他毕业于中国美术学院，在北京服装学院当过几年老师后，一九九二年离职变成了一个自由的独立艺术家。从一九九三年我开始看到和听到他的作品，那一年他用故宫城墙砖做了一个叫《叩门》的作品，他用手在长城砖的两面绘制了美元图像，把一些砖面变成了巨型的美元砖，然后又将它们重新安置进故宫的城墙中去。这种置换表达了国际化浪潮中对中国传统的审视和沟通的可能性。

王晋在一九九四年的主要作品都与红有关，他用各种红颜料兑成的一种十分奇特的红色，在北京境内的京九线铁路中的一段上，实施了叫《红·北京——九龙》的作品，把那些冰凉的铁轨的一长段刷成了红色。于是，这种红色便一直延伸到了香港的九龙。他在这一年实施的另一件作品叫《抗洪——红旗渠》，在这部作品中，他把红色颜料倒进了在中国当代史上十分有名的红旗渠，使渠水真的变成了红色。

一九九五年，他在北京一家饭店用大锅做了《爆炒人民币》的作品。他用铁铲翻炒着人民币一元、五角、一角的硬币。这一年，他的另一件叫作《冰》的作品，在河南郑州市一家失火的商场门前进行了。他将这家商场中的火灾遗留商品冻入了一面冰墙，那些未被火灾完全损毁的商品在冰墙中清晰可见。这件作品后来引发了成百上千个人参与了它。观众看见了被冰封冻的那些商品，后来用铁锤、刀笫和匕首刺开、砸开冰块，哄抢了冻在里面的还能用的商品，从而达到了奇异的效果——公众的意外参与。

我非常喜欢他的另外两件装置作品，一件是他用某种硬的半透明的塑料做的龙袍，上面的图案和花纹与真龙袍一样，只不过所用的材料变了，变成了塑料，上面的刺绣和繁复的图案全部用针刺而成，十分奇异。他做了好几件，卖出去了一些，价格不菲。我和日本朋友新谷秀明去他家时，我欣赏了这件龙袍有一个小时之久。另一件作品是一九九八年他去日本福冈市参加一个艺术节，在福冈银行门前，用金属制成了几种钱币，有人民币、美元、日元，通过它们尺寸大小的变化，来暗示亚洲金融危机的情况，是一件十分有趣的作品。

我们知道，自从杜尚的《喷泉》之后，当代的美术作品便由架上走向了架下，使用的材料变得非常多元了。这时候，观念艺术、装置艺术、材料和视像艺术便占了上风。但我喜欢王晋的作品，是因为他的作品与人一样，直接、生猛、硬质地、强悍却又带有结构主义的顽皮。他的作品是介入历史、介入现实也介入当下境况的。因而，他的作品又明晰又有厚度，他的作品透露出一种破坏的欲念，但这种破坏力在作品完成之后，又变成了一种被他建设的东西。它有些咄咄逼人，但却又有一种关怀种群历史与文化记忆的皈依与温情。他是挑衅的，但这种挑衅中又包含了一种更大的包容，从而使他的作品显得更加健康明亮和具有幽默感。

王晋，我的朋友，我历数他的作品时总是能看见这些作品本身，它们有的已经消失了，永不再恢复，有的（比如美元城墙砖和龙袍）已卖掉了不少，但它们是生动的。王晋和他的这些作品解释了当下的文化处境与我们的状态，它们是美的、复杂的、明快的和矛盾的，它们一直召唤着我，不曾从他和我的眼前消失。

硬石餐厅

硬石餐厅，“Hard Rock”餐厅，不过是一家西餐厅，它会有什么样的故事？可能是没有故事的，但在这家餐厅，我和一个女友吃过一次饭，又重新开始了我们的情感生活。后来，我常来这里，因为在北京，在硬石餐厅你可以听到乱七八糟的各个时代的摇滚乐，你可以见到各种各样的人，你可以在喧闹中品尝孤独和餐厅烹饪出来的五颜六色的美式餐点，然后在它的各式各样的美国摇滚明星们用过的一些用品，诸如吉他、衣物、装饰品的包围下，沉湎于一种音乐的快感。

关于硬石餐厅，可说的并不多，它门上的那辆红色的跑车，并不值得谈论，值得谈论的是这里的聚会，这里的人。有一次，来自上海的建筑家、画家米丘和他的女友张天艾在那里搞了一个服装设计发布会，结果那天晚上来了北京各路文化界大腕、精英与豪杰，使我产生了一些奇怪的念头，那天来的人也是五花八门，十分热闹。大家聚集一堂，互相说笑，产生了一种奇异的效果。我是黄燎原和张集叫去的，这两个人，一个是乐评人、画评人兼画廊经纪人，另一个是文化记者。我到那里的时候，餐厅里真的已经是人满园、蛆满缸了。我坐下来的时候看见了唱歌的那英、臧天朔，哲学家赵汀阳及其夫人舒可文，还有他们的小孩，看见了纪录片导演吴文光和他的舞蹈演员妻子文慧，看见了电影导演张元，看见了画家方力钧、美术评论家栗宪庭，看见了剧作家吴祖光和他的儿子吴欢，看见了认识或不认识的音乐、美术、电影、文学、舞蹈、戏剧等各个领域的各路豪杰，真的是十分热闹。

画家米丘忙得团团转，四处打招呼，而他的女友，香港著名服装设计师张天艾（听说她的前夫是林青霞的丈夫邢李源）的服装设计展正在举行。一阵阵山炮一样轰隆隆响的音乐声中，模特儿们在T型台上来回走动，服装新颖，令人眼花缭乱，四周的人来回窜动，当真是热闹非凡。

我之所以写到硬石餐厅，写到硬石餐厅的一次热闹非凡的聚会，是因为我大学毕业刚到北京时，有朋友告诉我，在这个文化中心是有好多圈子的，你要想在文化界混，必须挤入那些个小圈子才行。几年下来，我发现，其实这种十分封闭的小圈子，在北京是不存在的。北京的确有各种各样的文化圈子、艺术圈子，但它们是流动的、开放的，就像一个流动的盛宴，永不停歇。它总在举办着盛宴，你什么时候来，你可以加入进去，就有你的吃的喝的，而另一些人，不知什么时候，他们已经离席而去了，有自主离开的，有被动淘汰的。在北京，在各种有名的无名的餐厅，类似硬石餐厅那样的聚会随处可见。但它仍是开放的，不存在特别坚固的文化利益小集团、小圈子，这与北京这座大气的、包容的城市风格有关。就像在张天艾的时装表演会上出现的人一样，转眼之间，第二天，一部分人又将在另一个聚会场所出现。不会有固定的人数，他们是随机的，变化着的。这就是北京的特点，它的文化人像一股股鲜活的水流，自如地汇入不同的、可以被分解的河道，出现在不同的区域。当然，也许永远有很小的圈子和他们的维护者，就是过去时代，或是高干子弟，以及某些小知识分子建立的沙龙，但这类沙龙在今天十分隐秘，表面看几乎消失了。

硬石餐厅的这一次聚会说明北京已经变成了一个国际化都市。在这天晚上，有接近八十岁的老人和二十多岁的年轻人，有来自欧美国家和全世界各地的华人。他们只是在这一天晚上构筑了一个圈子，营造出一个小小的狂欢节，之后他们像深海中的鱼一样消失了。因此，这个流动的盛宴谁也不知道从哪里开始，有哪些人，会在哪里结束。

伊夫·圣罗兰

在上海。我参加了“圣罗兰”品牌的化妆品新产品发布会。我是以记者的身份参加了这个发布会。我闻到了化妆品的香气，它来自法国，我和这个公司的副总裁聊天，我问他，你的孩子用什么化妆品？也用“圣罗兰”的吗？

他告诉我，他有两个女儿，其中一个还没到用化妆品的年龄，而另一个，另一个大一点儿的女孩，用的是美国生产的化妆品，她从不用他公司的产品！而且，他不让自己的女儿在十五岁之前长时间看电视，他认为电视上的信息和电视剧都是垃圾。法国孩子应该从小读书，他对我说，我的女儿喜欢读书。

圣罗兰在二十一岁时就继承了克里斯汀·迪奥的衣钵，并于一九六一年开办自己的时装店……我得到的一本画册里是这么说的。在新锦江大酒店，这个新产品发布会使我进入了另一个领域，周围全是跑时尚的记者和化妆品代理商、经销商们。我听不懂法语，而现场翻译的即时翻译听上去磕磕巴巴，于是，我看到一份有关圣罗兰的画册。这本画册讲述了一个时装大师建立他的“时装帝国”的历程。一个法国人，二十多岁，就开始了他的事业。毫无疑问，他是白手起家的。他和他的朋友合开了一家女士时装店，而这时，第一笔投资花完了，伊夫•圣罗兰几乎身无分文了。一九六二年一月，他和他的伙伴举办了第一场时装表演，他们打赢了第一仗，这是决定性的时刻，伊夫•圣罗兰走上了他的成功之路：伊夫•圣罗兰从一些大画家那里获得了灵感，像蒙德里安、毕加索、沃霍尔、布洛克、韦塞尔曼……从而把时装设计带到了一个全新的领域。他四十年如一日，运用与女性交流的技巧，将现代时尚设计女装的潮流推到了今天。

而且，他还与戏剧结下了不解之缘，他能够从人与衣着的关系上，来领悟衣服带给人的东西。一个人评论他说：“圣罗兰是一个富有想象力的天才诗人，他设计的衣服能让着装者精华尽现。”这是除了从绘画大师那里汲取灵感之外，圣罗兰的又一个特点。他可以从戏剧中发现人的性格如何用时装来表现。就是这样一个法国人，四十年前他还身无分文，后来白手起家，凭借自己的努力，一步步攀上了事业的顶峰。

作家纳博科夫曾这样说他：“我们亲眼看见了艺术家用纸片垒起一座建筑，又亲眼看见这座建筑变成了玻璃和钢的光芒四射的城堡。”

一个人创立了他的时装、化妆品帝国，肯定不是一朝一夕的事。法国，一个以时装、艺术、美食、化妆品为特产的生活品味很高的国度，有一个人——伊夫•圣罗兰，一个和我们一样的曾经一穷二白的年轻人，就是这样，以自己的艺术感觉和智慧，慢慢走向了他的成功。他进行了七十多次个人时装展，开设了很多成衣专卖店，设计了女用及男用香水，为很多戏剧设计服饰，也为不少电影设计服装。一九八三年，在纽约大都会博物馆举行了“圣罗兰二十五周年设计回顾展”，这是该博物馆首次为在世的服装设计师举行展览。

而圣罗兰与中国相遇是在一九八五年，这一年在北京的中国美术馆举办了名为“圣罗兰 1958—1985”的展览。这次，在上海的新产品介绍会上，放映了这个在一九八五年展出的展览的录像，画面上是盛况空前，有几百人排队等候入场。这一年，圣罗兰又荣获了一个时装界的奥斯卡奖。一九八六年，他被中国政府聘为高级顾问。

他的事业是从一九五七年十月三十日开始的，这一天是在举行克里斯汀•迪奥（法国时装化妆品界的大师）的葬礼，簇拥在迪奥灵柩旁的人群当中，有两个不起眼的年轻人，命运很快让他们走在了一起，这两个人就是圣罗兰和他后来坚定的合作者皮埃尔•伯奇。

我参加的这个伊夫•圣罗兰的新产品发布会进行了两天。在上海，在这座已被无数幢玻璃幕墙大厦装点得闪闪发亮的城市里举行的这个发布会上，我想了很多，尤其是一个人的成长，当他认定了一个目标的话，他应该用几十年，也就是说，用他的一生去努力实现目标。目标坚定的人才可以成功。在过去，法国可以成就伊夫•圣罗兰，在今天以及明天，中国也应该成就别的服装大师，成就美的发现者和创造者。在上海这个闪闪发亮的城市，我想到了这些，我通过影像和图片看到了伊夫•圣罗兰的历史，想到了很多很多。

爨底下村的生命秘密

爨底下村，一个小山村，它会有什么样的生命秘密？它不过是北京西部山区中的一座山村，现在有些寂寞地待在那里，它会有多少秘密？

我一开始不知道，我们一些作家去了那里，那个山村还保存着七十多套、五百多间的明清时代的四合院民居，整个村庄没有多少人居住了，如此完整的古代居民建筑群，尚不多见，因而它被人发现后，它的秘密就呈现给我们了。

这个村子是明代开始有人迁入，历经几百年营建，才形成了今天这个规模。我们盘桓其间，发现了时间和时代在这里叠加的痕迹，它们是非常清晰的。我看到了清末这里出的人中举的捷报，还有一八九四年中日甲午战争时期当地一位韩姓家庭立了战功的捷报；有抗日战争期间的一些标语口号，它们隐约出现在墙体上，但已被雨水浸润，看不太清了；还有不远处山梁上一座日本侵略者修建的炮楼遗存。有一些“文革”时期的标语口号，还有改革开放时期计划生育的标语，一百多年来的文字遗迹几乎随处可见，这使我恍若隔世。

后来，自从抗日战争期间这个村子出去了一大批参加抗战的男壮士之后，这个村子的人便一天天减少，现在只有二十几个人住在这里了。为什么它会保存得那么完好？因为过去这里是交通要道，但后来那条要道改到他处了，仿佛一下子被速冻了一样，这个村子就变成了岁月尘光中的一枚渐变的琥珀。

爨底下村从民居建筑学上讲，极具研究价值，它是以清代四合院为主，兼有明代风格的砖瓦结构的房子，大多数房子的砖雕、石雕、木雕十分精细，村子的整体布局分上下两层，并有一道弧形大墙相隔，从远处看错落有致，整个村子形成了一片建筑整体，很像“布达拉宫”。全村形成了一个扇形布局，暗含周易中的八卦图或阴阳鱼图形，别具匠心。

同行的作家们出入其间，为之赞叹，我也在屋舍和巷子里钻来钻去，向懂行的人请教。这时，我看到其中一家四合院里有一个小商店，那里出售一些杂货。我去买口香糖，发现那个女店主长得十分娇俏、泼辣，留了两条又黑又长的大辫子，穿着一条碎花长裙，妆画得很浓，并不像当地人。因为买了她的东西，她又让我看了她在这个村子收藏的东西，其中有一副剃头挑子，十分好玩儿，我没见过那玩意儿。这是个什么女人呢？不像是这里的村民啊，我想。同行的老作家悄悄对我说，这里面有生命秘密。因为，一个模样不错的三十多岁的丰韵少妇，在这荒村野店里住着，一定有一个秘密。

他猜得没错。我问了同行的文化局长。他告诉我，那个女的是一个作家（啊，和我们一样！）她和当地一个农民谈恋爱，每个星期周末都要打车、坐车，驱车一百多公里来到山村里，和那个农民男友相聚。一听说她是个作家，我就回身和她聊了起来，说起不少文坛朋友，她也认识几个。原来，她还真的在这里埋头写作长篇小说，已写完了一部，现在又在写第二部了。

我告诉她，今天来的全是作家，有刘心武，有写《天怒》的陈放。她和我们轻松地聊了起来，并且和每个人合了影。

文化局长和我聊起了她，觉得不可理解：为什么一个女作家，会和一个认不了多少字的农民谈恋爱？我说，那是人家的事，恋爱都是好事情啊。这时，我一回头，发现她正在温和地叫着“× 哥”，她看见了她喜欢的那个当地山民正在走过来。那个男人脸色青黄，行动轻盈，语言很朴实诚恳。

这就是这个村子活着的生命秘密。它过去的秘密，它过去的人，都在明清、民国、抗战、“文革”中消失了，只剩下了这么个村子，但是今天，我发现了另一个生命秘密，它与人的隐秘的热烈的激情有关，与爱情有关。一个城里的丰韵女人，一个女作家，和一个如山羊般敏捷腾跳于山间的当地山民的爱情。这，就是这个村子的新秘密与新情感。

活着的人的故事永远比死去的人的故事更具体、动人，也更鲜活。

盗版光盘

盗版光盘是前几年才有的事了。在我回家的路上，他们向我兜售。卖盗版光盘的人说他们是来北京打工的人、下岗工人和家庭妇女。他们需要生活下去，所以他们卖盗版光盘。他们有很多人，在城市中，他们是游击队员，他们和管理者，城市的管理者捉迷藏。但他们也有被逮住的时候，一般他们的东西就要被没收。如果他们有的和警察熟悉，他们还会再把那些光盘要回来，但大多数时候，他们将两手空空。

有一次，我去南方出差，在一座城市找到了一个在公安局供职的同学，他让我在没收的盗版光盘中挑选一些。我真的见到了盗版光盘的海洋，它们太多了，甚至有几十万张，像一座小山一样堆满了一个巨大的仓库。我眼花缭乱，只随便挑选了十几张。

当时的网络下载还不很顺畅，就有很多盗版光盘。可为什么会有那么多盗版光盘？因为它们便宜，这是极其简单的道理，它一张只卖几块钱，因此，就把昂贵的、价格是盗版的五到十倍的正版光盘打败了。管理者整天围剿盗版光盘的制造者和贩运者，但他们却没有想到把正版光盘的价格降下来，这样治标不治本，根治不了盗版光盘。

我必须说，我也是因为便宜才喜欢买盗版光盘的，而且那几年很快我就购买了四五千种，使我每部只花几块钱就看到了根本无法从电视和影院系统看到的欧美电影，很多还是艺术电影，小众电影，这使我感到方便和快乐。当然，为了牟利，盗版光盘也盗录新电影，是在外国的电影院偷拍后快速制作的，画面低劣，不时夹杂着看电影的人的哄笑、咳嗽和说话声，这种片子令人气恼。对于这一点，贩卖盗版光盘的人绝不说明，而我常常要将这种光盘退掉。而这种光盘，主要局限于新片，比如，上个星期刚在美国首映，这一周你就在国内看到了。为此付出画面不好的代价，也许，仍是值得的。

还有一些看上去像是农村妇女模样的人，一手抱着孩子，站在街边向你兜售盗版光盘。她们一般卖毛片，就是那种“做爱教学片”，欧美的，日本 AV 女主演的都有。如果警察抓住她们，因为她们是女人，又是孩子的母亲，往往不得不从轻发落了事。我问她，谁喜欢买这些毛片？她说，老头和少女。

那个时段，很多人都不得不买盗版光盘，因为很多欧美百年来的艺术电影都有盗版光盘出现，有的名导演的还出了全集，非常值得欣赏。我认识的朋友中，几乎人人都买过几百张，还有的存有几千张。这本来就是一个声像制品泛滥的时代，而我们也被这声像之浪所淹没。盗版光盘让我看到了我想看到的电影大师的经典电影，小国的小众电影，先锋派的晦涩的电影，以及欧美最新商业电影，同时，也打击了国内的电影市场。管理者不打击盗版光盘是不行的，因为盗版光盘冲击了正版影像市场，也挑战了知识产权贸易。可因为它便宜、快捷，我们无法抵制它的诱惑，便成了盗版光盘的可耻消费者。

你要我别买盗版光盘，好吧，现在我不买了，因为，现在电脑上下载更方便了。

北京，北京

北京，我说到她的时候总是觉得百感交集。有两个北京，一个是记忆的北京，一个是现实的北京。这两个北京像两张底片一样叠加在一起，显得十分庞大和复杂。作为记忆的北京，她是我们这个国家的首都，她首先在共和国成立之时，就强化了它的记忆功能。我觉得，能体现北京记忆功能的地方，首先在于她有七八十家国家级博物馆。北京，它有故宫博物院、中国历史博物馆、农业展览馆、美术馆、自然博物馆、军事博物馆……这是促成了北京作为首都最重要的那一部分。因而，北京才显得如此博大与厚重。因为这些博物馆，北京成了国家民族的记忆储藏之地。

很多朋友来北京，我都要带他们去看看博物馆，一个一个地看，这样，作为一个中国人他便拥有了一次全面回忆文化历史的经历。这就是北京的魅力。那些博物馆把时光、记忆与千万个生命创造的文化，都凝聚在那里，展览给我们看，它们就是北京之所以成为首都北京的特点之一。

但还有另一个北京，另一张底片上的北京。这个北京，就是当下的、正在每天变化的北京。这个北京不是记忆中的北京，它是活的，是一个活着的巨大的物体，它正在以吞噬一切的力量，向五环和六环外扩展。大巴黎有八环，大北京据说一共有七环，早晚会京津冀一体化。而今天，北京五环内的近一千平方公里的地方已成为这座城市的中心区。这是另一个看上去几乎与记忆中的历史北京不发生具体关系的北京——它是活的。

正因为它是活的，所以，它的景观才如此鲜亮复杂。在这个现实的北京中，它并不像记忆中的北京那么宁静、深沉和美丽。它是嘈杂的、生动的、大气的、变化的、傲慢的和包容一切的。我看到，它的人民广场人头涌动，国旗每天升起，有时候会被临时管制，因为大会堂正在开会；我看到，曾几何时，一些里面坐着不知哪一位官员的车，鸣响着刺耳的警笛飞驶过被交通管制的街道。但现在则少了很多，“八项规定”对官员的要求越来越具体；我还看见，过去在大街小巷、在城乡接合部，带大盖帽的工商税务人员在和狡猾的民工与商贩做着猫捉老鼠的游戏。现在，更多的人涌入了城市，地铁里却更加拥挤了。想讨口饭吃的商贩们和城管继续捉迷藏，激烈的冲突似乎不常见了。雾霾天成为人们最不喜欢的日子，在这个现实意义上的北京，它的空气污染加剧，很大程度是因为人类活动的加剧，在这座城市里，五百多万辆汽车，每天排出的尾气，构成了雾霾的很大一部分，以至于一些公园的石碑上的文字正在继续消失。孔庙还在，但石碑却在漫漶一片。北京，它房价奇贵，却永远高居不下。它的道路永远在拓展，延伸，却似乎永远都在堵车。这就是这座城市的活生生的形象。现实中的北京和中国大地上所有的城市一样，经历着它的生机、病痛、繁乱和簇新。

这就是两个北京，我印象中的两个北京。一个是静止的，如此完好地保存着文化历史的记忆痕迹。另一个是现实的，她在像一头负重的巨兽一样喘息。我说了它们是叠加在一起的，这才构成了北京足够的宽广与深厚，清晰与朦胧，复杂与单纯，大气与空旷。我不得不爱着这合二为一的北京，因为它们本来就是共生在一起的，不存在割离。

北京就是这样，她的美与复杂在这张底片被我的记忆冲洗、被我的语言描述时，一下子就显得凌乱和片面，因为，两个叠加在一起的北京，你无论如何都很难把她说清。

但我又为什么要说清楚她呢？今天，她的确变得更美、更亮、更大了，而她的记忆那一部分却也仍然古旧如新。这两个北京，都在大地上不停地旋转，永不停歇。

男女关系

男人和女人在今天构成的是一种什么样的关系？除去婚姻关系，他们之间还能建立什么关系？朋友、同事、情人、恋爱、买卖关系？可能就这几种吧。

在娱乐繁盛的年代。夜晚，女人们坐在一长溜沙发上向客人眨着眼睛，等着被挑选一起唱歌，赚取小费。这是很多歌舞厅中的一幕。她们的眼睛像深海中的鱼的眼睛，在灯光昏暗的门厅中向男人闪烁，目光热切中夹杂着强烈的期许，但内心里想的，都是那点小费。这曾经是个供大于求的市场，男人尽可以随便挑选。然而，在最近几年，反腐败使得夜总会的生意一落千丈，繁华不再。

歌厅，是城市夜生活很重要的一种娱乐方法。由日本人发明的卡拉 OK 在亚洲如此盛行，是因为每个人都能成为仿冒的歌手，这改变了我们的生活形态和对自我的塑造，使之变成了一个文化产业。卡拉 OK 厅使得那些鲜亮的、想赚取块钱的女人们向这里聚集，她们本来就是黑暗街区的女人，她们是有价格的。她们陪唱陪跳陪酒，其中，有的还是性工作者，可以跟客人“出台”。但现在更多的，是客人们自己在包间里带着朋友唱歌，不再去找那些女人陪伴，时代风向开始变化了，新的风气在吹拂。

有一篇社会学家的文章说，城市中女人与男人建立婚姻外的经济关系的，一共有七个层次：第一种是“二奶”，是有钱人养的“小老婆”，没有婚姻关系，算是计时收费，提供的主要是性服务而不是家庭生活。第二种女人叫“包婆”，她们只是在一定的时间期限里，向固定的客户提供服务，像好莱坞电影《风月俏佳人》里茱莉娅·罗伯茨演的妓女，和查理·吉尔演的大亨之间的关系，就是这种关系，只不过他们在电影中像童话一样产生了真正的爱情。第三种女人叫作“三厅女”，是指活跃在洗浴大厅、歌厅、舞厅里的女人，她们处于“三陪”和性工作者之间。第四种在南方叫作“叮咚小姐”，如果你住进饭店，她们会不停地给你打电话，按响门铃来拉客。第五种是发廊妹或按摩女，她们和客人一般就在发廊和桑拿浴的狭小空间中与嫖客成交。第六种是“街边妹”，她们也可以称之为“流莺”，在大街上、电影院门口拉客。陪人看电影出售的是抚摸，有“上半场”和“下半场”之分。第七种是住在民工工棚中的乡村女人，她们主要与外地民工交易，有的偶尔为之，有的则向一伙民工提供性服务，大多数这类女人只是为了寻找一口饭吃。

我有一次出差到深圳，当地朋友指给我看，城市中的一个“二奶村”，据说，有些终日无所事事的女人懒洋洋的遛狗，打着哈欠。还有人在这里养了一个女人，用分期付款的形式给女人买了一套房子，散伙后，他就不再付分期款了，也不知他的“二奶”去向如何了。至于“三厅女”和“发廊妹”，到处都有。整个二十世纪九十年代，在北京东三环一带的繁华商业区，在一些酒吧中，街边妹也在行动。有些还是外国来的女人，比如有一段时间，俄罗斯来捞金的女人比较多。在一些大饭店的夜总会中，据说，有学识很高同时出价也很高的漂亮女人，她们英文流利，腰身迷人，给客人提供他们想要的任何服务。至于更高级的，则是某个电视台主持人，演艺界某些女演员和女模特，她们定向为某个达官贵人做情人。这样的情况就更加隐秘了，我们只是后来在被查处的贪官的罪状里知道了这些，而每个贪官污吏的身后，都有这样的女人，她们像苍蝇一样盯着这些握着权柄的人，直到他们倒在自己给自己挖的，以及女人帮助他挖的大坑里。

因此，考虑到在市场经济条件下，婚姻之外出现的这些男人和女人的经济关系的复杂性，谈到妇女解放，仍是一个遥不可及的话题。

今天的中国女性，依靠教育获得独立的社会和经济地位的知识女性越来越多了，我注意到很多大学的人文学院里，女学生往往占七八成。知识女性们开朗，聪慧，她们人格上和经济上希望独立，但却从感情上依赖男人，对男人寄予希望，渴望好的感情和家庭关系。但一些知识女性敏感、自我意识强，不会处理自身、家庭和男人之间的关系，她们自己变了，却又要求男人尽量少变化，有的无法履行传统女性在家庭中应尽的责任。这类知识女性在婚姻中失败的较多，一些知识女性在经济独立后，却变得无所适从，她们中不少人事业成功，个人生活与情感生活却一团糟。

而与这些独立的知识女性选择不一样的女人，就是那些与男人保持经济关系的女人。她们仍旧是依赖男人生活的女人，需要依靠这个隐藏着的男权社会里男人的权力，来获取她们需要的物质条件。在今天，男人和女人的关系还是如此复杂，所以，谈到妇女解放，我觉得仍是遥不可及的事。无论是自强自立、自怨自艾的知识女性，还是依赖男人生活的女人，你们的解放仍是未来的风景。

康斯坦丁·比梅克与阿兰·罗布·格里耶

我在同一天与康斯坦丁·比梅克和阿兰·罗布·格里耶相遇，但不是那种见面式的相遇。对于一个艺术家而言，你和他的作品相遇，就是真相遇，这种相遇甚至比面对面见到人还要来得真实生动。

康斯坦丁·比梅克是一个比利时画家，他的画风粗粝、狂暴，总是能够带给我一种极其不安的视觉感觉，他的画中因而饱含了力量。此外，我可以感觉到他是孤独的。他的内心永远都刮着风，他的画很少有风平浪静的时刻，画面总是被一种动感牢牢地获取并扭曲着。当然，他并不是一个与现代派绘画有深刻联系的画家，他只是他自己，他画他自己感觉到的一切，他似乎与后期印象派的画风有些接近，但来得更加自然，也更客观一些。当我看完他的画，走出美术馆，我的大脑中，仍是他的那幅《有风车的风景》中的乌云翻滚和风中抖动的大树那样激烈的景观，接着，在三联书店，我又遇到了阿兰·罗布·格里耶。

因为我在美术馆附近的三联书店里买到了他的三卷本文集。三大本，厚厚的，是广州的陈侗策划的《实验艺术丛书》中的一种。因此，我在同一天与两个艺术家相遇了。我说与他们相遇，是因为我喜欢他们，否则我们可以以各种方式天天和他人相遇。但这种相遇是不一样的，这是使你可以感到烈焰烧灼的相遇，那是另一个人，一个大师，他用那一团精神的活火烧烤你的相遇。

那一段时间，阿兰·罗布·格里耶刚好因为这套文集的首发来到了广州，来到了中国南方。我后来在报纸上读到了他那些天在中国的情况，我知道了他十分怕冷，总是要围上一条红色的围巾，对中国南方的城市他十分漠然，但他却十分喜欢南方的农村，他会凝视远方水田中的水牛，仔细观察乡下手工制瓦的过程，并且留意每一棵有年岁的古树，只去没有旅游者、没有房子的海滩……我从报道上知道了他的这些轶闻，但我觉得这既无益也无损于我对他的作品的印象。与他的作品相比，他的人早已消失在他设定的文字迷宫和沼泽地了。

我有一段日子十分迷恋法国“新小说派”的作家。我知道，当他们出现在法国的时候，法语文学已经过了它最鼎盛的时候，阿兰·罗布·格里耶和其他几个作家，团结在子夜出版社周围，开始了一次对传统文学的奔袭。他们要做的，似乎比文学更加内倾、更加技术化、更加边缘化了。接连几十年，他们几个人，几个主要的作家——米歇尔·布托、杜拉斯、克洛德·西蒙、萨洛特，加上阿兰·罗布·格里耶，一直埋头于自己要干的事，而并不理会外界与大众对他们的批评和冷落。几十年过去了，在二十世纪后半叶的法语文学中，“新小说派”自然地成了最成熟也最具影响的法语文学流派了。尽管也许他们并没有写出伟大的令人人钦佩的书。

我把能够找得到的有关“新小说派”的各种译本和资料都看了个遍。我主要迷恋他们能够那样专注地静下心来写真正的小说。他们只与文学史，只与自己的内心发生联系。他们一开始的作品只印几百册、一两千册。他们一开始并没有什么读者，其间，他们中的某一个人获了奖，作品的印量才会稍大一些。除此之外，他们的书从来都不是畅销书。像玛格丽特·杜拉斯的《情人》行销成百上千万册的时候是在一九八四年，这个时候她的写作生涯已经持续了三十年的时间了。

这是一群将文学向前推动的人，他们创造了一段法语文学史。这其中阿兰·罗布·格里耶是核心人物，他是组织者、发言人，同时，他还拍电影，把他梦境中的新小说拍下来。我喜欢这种感觉，就是有一群人在散漫但却坚定地干一件事情，把它长久地干下去，直到他们创造的历史变成了记忆。与他们相比，今天的中国文坛过于热闹，少有静心写作、不担心自己的作品一开始只卖几百册的人。作家们尝到了甜头之后，就更加无法坚持有力地写作。当然，一个时代不会有太多好的作家，但总会有那么几个，那么一群人，他们创造了真正的文学历史。

朗诵会与演讲会

今年冬天回乡探亲，新疆的好朋友陈默在乌鲁木齐的一家民营书店，给我举办了一场作品朗诵会，到会的除了几个好友，还有不少人，大约有三四十个读者。朋友们朗诵了我的诗与小说，然后大家提问。什么样的问题都有，他们大约问了我三个小时的问题，仍旧不愿离去。其中有两个人给我的印象最深，一个是师大中文系的大学生，他认为当代文学什么也不是，最伟大的书——《红楼梦》和《金瓶梅》已经写出来了，当代作家无法望其项背，所以当代作家最好不要写作了。

我告诉他，唐代流传下来的好诗也许只有几百首，但这是成千上百万首唐诗中淘洗的结果，没有那几十万首平庸或别致的唐诗，也不会有流传下来的这些最好的诗。所以，每一个作家的作品被评判，被时间和历史评判不是这个作家需要想的，他应该只管去写作。一个时代有一个时代的代表作，不是有了古代经典，我们今天就无法前进了。今天有今天的经典，这么浅显的问题还要提出来，我觉得这很悲哀。再说了，你也别拿古人压我，写作是我们写作人的人权，天赋人权，写作也是如此。

他还问了我很私人的问题，显然，他很信任我。他问我一个女孩如果不是处女了会不会爱她？我说，当然会，是不是处女，在今天难道还会是一个问题吗？重要的是你们是否有互相信赖的爱情。看来，这个不成熟的小伙子一肚子困惑呢！

另一个人是南怀瑾的痴迷者，他劝我去多读南怀瑾，并说佛家有语，写不出一本好书，不如不写，写了坏书的话，比不写书要坏一百倍。他觉得，这个世界上除了南怀瑾的书，别的书甚至很多书都是坏书。

我告诉他，世界是多元的，要有这个基本的观念。人人有写作的权力。而且，恶也是一种美，佛法向善，那么人生的别的方向，恶的东西从美学上考察仍是美的。因此，不要觉得世界上只有你喜欢的风景是风景，你喜欢的书就是好书，标准在每一个人自己的心中。你的专制和排他性是病态的，可怕的，也是滑稽可笑的。

总之，那次朗诵会使我感到有挑战，也感到了交流的快感，这是我中学毕业离开新疆十几年后的一次回乡。我不喜欢和读者直接面对面交流，但由于乡情，这次和读者交流了几个小时。那天晚上乌鲁木齐十分寒冷，但我十分欣快。毕竟，当不同想法的得到了沟通并彼此理解的时候，尽管谁也说服不了谁，但个体生命的独特价值，选择的意义，在现场已然呈现了。

而过了几天，我回到北京的演讲会是在北京语言文化大学（现北京语言大学）举办的。小说家贺奕说，他们有一个校园文化节，想请小说家李冯和我去作一个关于“新生代”作家的演讲对话，我们就去了。李冯后来主要搞电影去了，他很少写小说了，但那时我们的交往还多一些。

那是一个很大的阶梯教室，贺弈作了简短的开场白和说明，我们作了一个关于文学知识的报告。其实，我们就简单地说了半小时，因为大学生很难对付，我们不想说很多，就开始回答问题。不断有条子送上来，涉及文学的问题五花八门，我们分别一一作答。历时一个半小时，气氛是热烈平实的。我觉得，今天的大学生似乎更乖了，他们讲究实际，每一个人都是一个个体，每一个人要独自面对自己的现实问题，面对自己的生命和生活中的一切，他人已很难承担了。他们表面看上去没有太大激情，实则做事全部都有自己的打算和分寸感。他们那天没有提一个刁难我和李冯的问题，讲座结束的时候，指导老师告诉我们，在二十世纪七十年代末，丁玲和曹禺也曾在这里搞过一次讲座，他这么说，是对我们的褒奖。

两次交流活动，使我更加觉得，作家最要紧的还是应该待在书房里写出东西来，而不是经常参加面对面的交流活动。实际上，人与人之间的真正交流，在现场和当面是不可能的。说话的时候和看文字在内心唤起的经验，是不一样的。今天也许是一个自说自话、自行其是的年代，直接交流也许并无效果。我觉得真正的交流是十分艰难的。没有交流也许不行，可我们又能与他人交流多少？你想过这个问题吗？

达里奥·福与流星雨之夜

这一天，北京突然刮起了冷风，气温降到了零下八摄氏度，街上到处都是龟缩在衣领中等车回家的人。和一些朋友早已约好，去儿童剧院看孟京辉导演的一九九七年获诺贝尔文学奖的意大利作家达里奥·福的戏《一个无政府主义者的意外死亡》。同去看这场戏的有李冯、李大卫、李敬泽、冯敏、贺奕等。

这出戏约两个小时，演员一共有五个人，一个“疯子”，其余是警察局长和他的三个下属。其间孟京辉和另一个人担任剧中幕与幕之间的解说，并穿插着对达里奥·福的介绍，甚至还用小投影放了一段关于他的纪录片。剧场左首，挂着一块巨幅白布，印着达里奥·福的那张充满喜剧色彩的巨脸。

这出戏被孟京辉做了很大的“中国化”的努力和改动。戏的情节是单纯的：一个疯子反客为主，诱逼警察局长及其帮凶自招自供出他们刑讯逼供，导致一个无政府主义者跳楼自杀身亡的事实，从而揭露了意大利政府的司法腐败和黑暗。在孟京辉的执导下，这部意大利“左翼”分子的戏仍是充满了激情。两个小时的时间，丝毫不给人以疲惫之感。而且，孟京辉做了很多解构和戏仿的努力。由于他刚刚执导了《坏话一条街》，所以语言作为一种推动剧情的力量，在这出戏中也很突出。他用民谣、顺口溜、黑色幽默和谐趣语不断令观众发出笑声。还戏仿了《茶馆》中的几个著名片段。它是成功的，因为孟京辉的中国化努力保持了原戏的批判和讽刺性，又使这出戏具有了后现代和解构主义特征，再加上对白和戏仿的中国化，这出戏显得十分奇妙。

散场之后，我们意兴阑珊，来到了人艺对面的一个酒吧里去喝酒了。因为天太冷了，我们都被冻坏了。我要了一杯鸡尾酒“B—52轰炸机”将自己的神经轰炸一下。这天晚上，我们一共喝了六瓶干白，每人又要了三份伏特加，还是没有飘飘然感。这说明我们的酒量很大。一直到喝到了凌晨两点钟，我们又喝掉了两扎啤酒，大家才有一种飞起来的感觉。这样的初冬的夜，我们真的很想飞起来。

后来，我一个人坐出租车回家。在路上，车子在立交桥上拐弯时，我看见很多人都在外面走着。难道他们不怕冷吗？我观察了一阵子，明白了，他们是出来看流星雨的。这天晚上，将有璀璨的流星雨出现在北京的上空。我下了车，这时候，冷风十分奇怪的竟然没有一丝了。

我一路向家中走，而很多人正从屋里涌出来，他们都想去看流星，他们全都是关心流星的人。我仰起头看夜空，倒着走路。风停了，大地与天空都异常静谧，我看见了令我眩晕的灿烂星空，而且，我终于看见了几颗流星擦过了天际，流星雨开始了，而我也到家了。

第二天，我从报纸上得知，在朝阳北路京棉三厂的一条小街上，有一个女中学生在晚上出来看流星雨时，一个假冒联防队员的男人企图对她施暴，未遂后那人把女孩杀死了。那天晚上的冷风、孟京辉导演的戏剧、酒吧的喝酒、流星雨和一个生命如流星的少女之死，让我记忆犹新，这是永恒的一日。是的，是永恒的一日，宛如流星。

吃鸟人

父母亲在我探亲归家的时候，说我出生的这座城市里已经很少见到麻雀了。因为，城市人吃掉了它们。我想起来过年的时候，在冬日的晴空中的确看不见小鸟飞过，麻雀也见不到一个，它们全部被人吃掉了。这座城市离乌鲁木齐不远，本来四周都是戈壁滩，十分荒凉，现在，它又几乎变成了一座没有麻雀的城市。这座城市的餐桌上有一道菜叫串烧麻雀，麻雀被串成串，烧烤熟了，变成了很多人的美味佳肴。现在，吃鸟人连麻雀都吃光了。

记忆中过去的清晨，我常在阳台上撒下一些小米粒，然后躲进屋中，隔着窗户可以看到一些麻雀从天而降，它们欢快地翻飞着，吃着食物，发出了清脆的鸟鸣叫。但这一年冬天，我撒在阳台上的米粒却没有麻雀来吃，那种鸟儿来栖的欢快场景永远停留在记忆中了。于是，夏天里很多白杨树上爬满了毛毛虫，毛毛虫将所有的树叶都吃个精光，还不时发出沙沙的响声。因为没有麻雀了，毛毛虫变得十分猖狂。它们吃光树叶，做了白茧，又化蛹为蛾，在树皮上排下很多虫卵后才死去。这一繁殖过程在没有麻雀和其他小鸟的情况下，进行得十分顺利。也许，它们同样也有生存权，但当我看见满树都是成千上万条的毛毛虫在啃食树叶，每一片树叶上都爬了几条毛毛虫时，我绝对不喜欢如此可怖的景象。

麻雀当然是可以吃的，可是，城市吃鸟人的食量如此之大，以至于方圆几十公里的小鸟都被吃光吃净，这也确实叫人匪夷所思了。他们吃掉了大部分鸟，剩下的鸟儿逃得干干净净，它们也许能认出来哪些是吃鸟人，鸟儿们远离了这座城市。

没有麻雀鸟鸣的清晨是没有生机的，我在昏睡中醒来，总觉得这座城市，给了我那么多记忆的城市有些不对劲儿。我决定去看看那些吃鸟人是些什么样的人。在冬日寒冷的晴空下，我看到，不时有几个拿着高压气枪，脖子缩在衣服里的家伙在街巷和树下转悠，他们几乎无所斩获，鸟儿已经被他们打光了。

在这座我出生的城市里，我也渐渐与往昔的岁月相逢。我发现，小时候的我也是一个吃鸟人。那时候的我像猴子一样敏捷，在整个少年时代，我都在树上攀缘。我掏了大量的麻雀蛋，和伙伴们把它们煮了吃，我还把麻雀的幼崽用铁丝串起来烤了吃。这些坏事我都干过。只不过离乡十多年，在大城市里生活，我几乎已丧失了这段记忆，在我看见了那些吃鸟人时，我的眼前叠化出我少年时代的形象，我的形象与这些吃鸟人的形象是一样的。我比他们好不了多少。但现在，这些吃鸟人都是成年人，他们的食欲是如此之强，他们应该知道吃掉鸟儿是不好的，但他们仍在吃，这是我唯一区别于他们的地方，因为，我吃鸟的时候还少不更事，顽皮不堪。

把麻雀吃掉，如同吃掉了天空之中最有灵性的声音和身影。没有麻雀划过树荫，没有鸟鸣的天空，没有鸟的城市像一座干巴巴的死城，如同一间屋里没有音乐，城市本身也丧失了神采。

我恨自己曾经吃过那么多的麻雀，我也厌恶现在正在把整座城市上空的麻雀都吃光的人，当我有一天在没有鸟鸣的清晨醒来的时候，我的脑子里响起了一句诗人严力的诗：还给我那些欢快鸣叫的鸟儿吧，哪怕被你们吃剩成骨头了，也请还给我！

太庙的艺术展览

太庙的艺术聚会，是一次没有如期举办的聚会，那是一次北京各类先锋艺术家，包括架上画艺术家、装置、行为艺术家、影像艺术家的新作品的展示。我收到了一个请柬，那是在冬天，我和一个日本朋友约好在太庙见面，去参观这个展览。那一天，下着大雪，雪极厚，几乎没及膝盖，雪花漫天飞舞。我终于赶到了太庙，却看见那里贴有一个告示，说此次艺术活动被取消了。一些艺术家和一些艺术爱好者龟缩在大屋檐下不愿离去，纷纷攘攘，吵吵闹闹，有几个警察在附近溜达，不说话，但奇迹不会发生，这个艺术展览不会举办了。这是二十世纪九十年代常见的情况。先锋艺术家那个时候是受到注意和监控的。

还有一次是在皇冠假日饭店，我被通知参加几个诗人的诗歌朗诵会。我赶到了那里才被告知，这个朗诵会被取消了，那是四年前的一次。

但这些先锋艺术家和诗人们仍旧在继续创作。他们是中国当代艺术与文学中最具活力、创造力和想象力的一部分。这是一部分最敏感的心灵，他们的本能创造与表达，能够成为时代的心声。他们仍旧在发展。我想，国家越强大，社会管理者的心态也就会越宽容，艺术创作的气氛也就越好，也就能够容纳先锋艺术家了。

果然，时间的车轮进入到了二十一世纪，最近几次的前卫艺术活动都如期举行了。因为，这同样要依赖于观念的变化，依赖于一些人包括那些官员能懂得艺术，懂得它们的作用和意义，艺术创作的发展依赖社会环境的宽松。进入到二十一世纪之后，798 工厂艺术区上升为北京市的文化战略窗口地位，在北京，每天的现代、当代艺术展览层出不穷，诗歌朗诵会也遍地开花。

我依旧记得在二十世纪九十年代某年的那个大雪纷飞的日子里，那次被取消的太庙艺术展览，我想了想，实际上那次展览以另外的方式完成了：很多艺术家和观众穿越了张贴取消展览的告示的走廊，冒着大雪，我看见了簇拥过来的很多人的脸，大家仿佛完成了一次对先锋艺术展览的默哀般的行为艺术。

男 人

如同女人们影响了我们的生活，男人也是这样。每一个男人的生命中还有其他一些男人，他们构成了生命之河中的礁石部分。你看不见他们，但当生命之河的枯水季节来临，他们将显现。

我少年时代有一个邻居大哥是维吾尔族。他叫艾里，是一个聪明帅气的小伙子。他会很多现在称作“酷”的把戏，比如，把燃着的烟头在嘴里翻一个个儿，取出来烟头仍旧是可以继续抽的。他的手上总是晃着自制的九节鞭，那时候打架成风，艾里把一些坏小子打得鬼哭狼嚎。谁要是欺负我了，他会好好收拾他。所以，我尊重他，每天和其他几个小子聚在他周围，听他谈喝酒、抽烟和女人。我父亲怕我跟艾里学坏了，不让我和他在一起。父亲个子矮小，人又很瘦弱，平时很少说话。他的工作是修公路，他所在的单位在天山南北修建了很多条公路。父亲老实巴交，在内心里，我并不怕他。男孩在少年叛逆时期，都有不服从父亲管教的心理。所以，我不怎么听他的话。

有一天，艾里带着我在一处建筑工地上偷拿了几块大理石板，卖掉了之后，艾里给我也分了几块钱。父亲知道了，认为我是偷东西了，他生平第一次生气，用苍蝇拍打了我一顿。苍蝇拍打在我身上，当然是不疼的，但我看到父亲发怒的严重性，似乎懂了一点儿什么。再长大一点，我上了大学，离家去远方，每个月都能够收到父亲邮寄给我的六十元钱，那是在一九八八年，他的工资还剩下一百元，这一百元，是我妹妹和父母三个人一个月的生活费。那个时候，我家的收入就是这么多。我才懂得，原来，这么多年，父亲是坚忍地承受着生活的全部压力。那些年，他的足迹踏遍天山南北，多次历经险境。我有时让他讲给我听，他又一件都不想说。

我上初中的时候加入了业余体校武术队，武术队的教练黄加震同时也是我的语文老师。他是上海人，脾气暴躁、知识渊博、嬉笑怒骂皆成文章。我跟他学了六年武术。他不仅教了我不少刀、枪、棍、剑、拳的套路，还培养了我不怕吃苦的精神，让我做任何事都有了毅力。毅力绝对是可以训练出来的。有了毅力，人可以在劣势中坚持下来，直到达成目的。一个人有了毅力是可喜的，也是很难被战胜的。

这些是几个男人对我的影响。艾里后来从我的视野里消失了，听说，他当了司机，有一年因为酗酒，被冻死在回家的路上，但艾里雄壮、机智、义气的男人形象铭刻在我记忆中。如今，我父亲退休了，也老了，他对他经历的一切都缄默无声，他本来就不爱说话。而黄加震老师回到了上海，仍在中学里当武术和语文老师，现在也退休了。父亲使我看到了生活的本来面目，黄加震老师磨炼了我的毅力。所以，我现在雄壮、机智、坚忍、有毅力。

不过，我可能夸大了他们的影响。也许，他们没有教给我什么，但我却深受影响，是自己逐渐总结出来的。成年以后，我又获得了一些男性之间的友谊，这种男人间的情感，历时多年，却从未改变，比如，十年老友很少联系，但一见面却亲热如兄弟。不像女人，一旦分手，就变成了真正的陌路人。这种男人之间的情谊，使我觉得生活仍是有意义的。

铁月亮

中秋节，一个吃月饼的节日。这个节日使我觉得时光突然变得缓慢而感伤了。在城市中，人们过中秋节的气氛要淡得多。在我所居住的街区，只有购物中心门口卖月饼的告示，和路边小贩花花绿绿的月饼摊，使我意识到这是一个节日。因此，每年中秋我都要照例看一眼天空中那轮满月，站在空旷的街边或是高楼大厦边上，来看这天的月亮。它的明亮与浑圆都不那么真实，就像是一枚铁制的月亮。

是的，这城市上空的月亮就像是一种铁制品，耀眼但却寒冷。我不知道这是不是因为人在城市中的孤独感所致。我也曾有过在乡间田畔看月亮的经历。雾霭泛起，蛙鸣阵阵，因而那天空中的一轮孤月显得十分巨大，毛茸茸的，柔和亲切，而在城市中，当你以城市为背景看月亮时，它真的像是铁质的月亮。

我发现城里的年轻人过中秋节，会收到远方寄来的月饼。这些年轻人离开了亲人，远走他乡，出外闯荡，在这个本该团聚的日子，他们无法和亲人团聚。于是，他们就收到和寄出盒装月饼。这是不少城市年轻人过中秋节的方式。我也一样，连续几年，我都是收到和寄出月饼，盒装的精美的月饼。我很少给自己买月饼吃，我不爱吃甜食，不爱吃月饼。我的父母、妹妹、好友都在远方，我要寄出和收到月饼。

但那种中秋的孤独，是难以忍耐的：一个人坐在阳台上，一边看那枚铁质的月亮，一边孤独地吃月饼，其滋味并不好受。在楼下，城市生活生生不息车水马龙，它是沸腾的、热闹的、五光十色的。所以，在阳台上观赏那铁质月亮，嘴里嚼的月饼也就越来越没味道，甚至在我的味觉中，它已渐渐地变成了铁渣，我把这铁月亮变成的月饼给吃了，咀嚼着铁的渣子。

到底有多少人会喜欢中秋这个节日？游子们肯定是伤感的。在今天这个快节奏的时代，中秋节的感伤气息并不符合生活的欢闹气氛。人们很少有时间去感受感伤了，而且，我们甚至害怕那感伤的情绪袭染我们，也许，我们更喜欢狂欢节，我们需要的是宣泄而不是感伤，我们有感伤，但我们要深埋于心底。在城市，我们不愿被人看到自己的脆弱。因为，中秋节是一些离家的人格外感到脆弱和忧伤的日子。因而，这一天在迪厅和酒吧中仍是人声鼎沸，人气甚旺。年轻人在喧闹中消灭了他们的孤独。

对于离乡的人来说，中秋节也许是不知时宜的，这一天它强迫我们面对故乡、亲人的思念。而正像不少传统节日淡出了一样，我怀疑中秋节会消失或淡出。但后来一些传统节日，清明、端午、中秋、重阳都被强调了，是好事，因为商业社会太痛恨温情了，中秋节它充满了温情，人们坐下来开始思念亲人。远方的亲人也要星夜兼程，赶来团聚。这一天，亲人们都被思念，他们从各处汇聚一地，人们都必须吃一种带馅的饼，它外形看上去像极了月亮。人们在快乐之余，忽然被一种感伤所袭染，这一天与其他的日子都不同，它需要我们一下子停顿下来，安宁地度过一个面对自我和他人的情感的夜晚。

在城市中，这么多年来，我在中秋节看到的月亮都是铁月亮，这一点一直未曾改变。

疾病突袭

在病中，人是很脆弱的。我有一年冬天睡在客厅里，吹了凉风，得了面瘫，半边脸瘫痪了。那是十分难受的病，我的半边脸根本就不能活动，一只眼无法闭合，风一吹就不停地流泪。金庸笔下有一个武功高强的枯荣大师，半边脸是枯骨，半边脸是血肉。得了面瘫，我就很像枯荣大师。这种病俗称“鬼吹风”，后来，我去扎针扎了一个星期，加上烤电，感觉到每一块脸上的肌肉开始活动了，神经在复活，最后，面瘫治好了。

另一次突如其来的小病，是一天夜里我突然感觉浑身奇痒，身上起了大片的疹子，用手一抓，一大片肉疙瘩又疼又痒地鼓起来，不一会儿又消下去了。我开始以为是某种虫子咬的，我在床下和褥子中喷了大量的杀虫剂，结果一晚上差点儿把我自己杀死，那杀虫剂难闻极了。天亮了，我去医院，才得知自己得了荨麻疹，吃了几片治过敏的药，很快就好了。所以，有病最好尽快去医院看。

但也不尽然，不久前，我的后背和腹部十分疼痛，起了一连串的红疙瘩，疙瘩顶上还有一片晶亮的水泡。我以为是胆囊炎，到一家小医院看了一下。

大夫摸了摸，问我是否吃了红色的瘦肉。我说是，她也诊断为胆囊炎，可是，我吃了药仍不见好，反而更疼了。几天后我去了一家更大的医院，大夫诊断为带状疱疹，还说，这种病俗名叫缠腰龙，如果腰上缠了一圈儿红疙瘩，按照传说，你就必死无疑。吃了大夫开的药，几天就好了。

这都是一些小病，但也使我十分困顿。在病中，人是脆弱的，而人人都会得病，这是一种常态，最终，病会吞噬绝大部分人的生命。我们必须要正视各种疾病，不管大病小病。尤其是，要知道这是一种常态，不要过度治疗。

毡 靴

小时候我记得，父亲有一双很大的毡靴，大约有六七十厘米高。每一次父亲开着推土机在冬季进山推雪，都要穿上它，这种毡靴一下子可以没过膝盖，盖过半个大腿，防寒保暖。记忆中我童年时期的冬天多雪而寒冷，父亲就穿着它，带领着十几辆推土机的队伍，向天山深处进发，去危险的天山冰大阪上推雪清障。父亲的胡子像毛刷，在与我和母亲告别时，会狠狠地在我的脸上扎一通，之后，他就穿上那双大毡靴走了。

现在，我能够想象出父亲在天山深处蜿蜒的盘山路上推雪的艰难与惊险。每年的冬天，大雪都要将连通新疆南北疆的大坂切断，积雪往往厚达两米以上。我父亲他们必须在几天之内把三十几公里的翻山公路上的积雪全部推掉。“有时候，我们从雪中推出来死羊，几十只上百只，那都是牧民的财富啊。有时候还推出来死人，那是在遇到雪崩的时候一下子就被雪给埋在里面的，死人的脸被憋得紫青。”父亲说。

每一次回家来，父亲都会脱下那双大毡靴，把它放在炉子上烘干。之后，就让小小的我把腿放进去，结果，毡靴一下子就到了我的腰部。有一年冬天，雪下得很大很大，整块整块地从天空中向下砸，父亲又接到了进天山推雪的任务。他穿戴整齐准备出发。但在穿那双毡靴的时候，忽然迟疑了，仿佛有什么预感，他又放下它，换上了一双大头鞋，说："儿子，你已经十三岁了，这双靴子，就给你留着吧。"

十三岁的我没有说话，感到在父亲的目光中，我已经长大了。我目送父亲的背影离去。那年冬天，他差点死在了天山冰大坂中——推土机坠入了冰川，他在最后一刻跳车逃生了。他安全回来了，在家里等待他的有他的儿子我，还有那双很大很老的毡靴。

后来，我长大了，我的父亲却老了，不再上山推雪，他给我留下了那双靴子。我到北京之后，把它带回了京城。有时候，在夜晚，我会抚摸着似乎还带着父亲温热气息的老靴子，听见父亲在遥远的地方说："孩子，你已经长大啦，可以穿上它远走高飞了。"

想起衰老的父亲，手抚毡靴，在冬天里我无法不怅然若失。

先锋的姿势

一九八五年是中国艺术家难忘的年份，正是在这一年中，文学里出现了“寻根热”、先锋派、魔幻现实主义，音乐中有人开始关注约翰•凯奇，而美术界则迎来了一次全面的爆炸，其前倾的先锋姿态甚至领先于文学、音乐、戏剧、电影等各门类当代艺术。先锋艺术家们高举新创造的旗帜，使实用理性和人本主义成为当代的时尚精神。但这场艺术运动也带着很强烈的文化功利目的，从而成为城市勃兴的改革浪潮背景下的艺术滥觞。一场洪水过后，大部分人已归于死寂，注定成为灰烬与沙砾，只留下了几块巨石，依旧向前不断滚动。

然而，先锋的姿态永远是前倾的。按照艺术评论家栗宪庭的说法，一九八九年以后，先锋美术以“政治波普”和“玩世现实主义”为两条支流，诠释着新的格局下人的艺术精神指向。同时，也将西方在百年内从表现主义、象征主义到波普艺术和后现代主义的艺术潮流所走的路，全部模仿了一遍，人家有的，我们也全有了。从某种意义上说：这显示了新殖民主义文化理论的胜利：作为第三世界的角色，我们的美术家们是多么无可奈何而又有几分悲壮地、亦步亦趋与遥相呼应地走过了西方艺术所走过的道路。

进入二十世纪九址年代，先锋艺术家们在极度地困惑与茫然中开始了重新的定位。先锋艺术家的队列是不断地前进、分化与瓦解的队伍，意志坚定者与逃兵、喧哗的小丑与英雄不得不走在同一条路上。现在，有人出国，有人去了大理定居，有人从商（用画笔包装与复制商品），有人北上南下，四海为家。而前进者依然前行。先锋艺术家们在抽象主义、波普艺术、装置、行动艺术、后现代浪潮、新材料艺术、视像艺术织就的蛛网中左冲右突，寻找着对自身的真正把握。

一九九三年夏天，曾在“八五新潮”中扮演过主角、后来又在“政治波普”派中扮演大将的任戬企图以新的艺术语言来言说商业社会的全面到来：他要把位于王府井的麦当劳快餐店重新包装，在顶棚上贴上一百多个国家和地区的国旗绘画复制品，请社会各界的知名人士在纯艺术的环境中进餐，吃一顿汉堡包。但这次艺术活动却因为非艺术的误解而告流产，被取消了，本来，这也许会成为新的艺术话语的起点。此前，罗丹的作品真迹首次在北京展出，此后，英国艺术家乔治与吉尔伯特，以及苏拉热、加山又造等国际艺术家的画展依旧引起了大众的观摩，而学院写实主义派以靳尚谊、朱乃正为首，也来了一次全面的展示。与此相对应的，则是以“大陆仅存的理想主义”自称的流浪画家秦风所策划的“圆明园职业画家作品大展”鸣锣进行，“中国职业画家作品首届联展”也在京开幕。他们以艺术的浪游精神为圭臬，“以职业画家为群，不与靠艺术发工资的人为伍”成了他们自我标榜的标牌，向我们显示了另一级的骚动。

在这年三月寒风凛冽中，现代主义绘画大师马克·夏加尔画展的北京展出并没有引发如罗丹艺术展的轰动效应，反映了大众对现代艺术的排斥与隔膜。也就是在这个时候，由北京阿芒拿画廊举办的“北京圆明园职业画家作品冬季展”“中国前卫绘画大展”于三月八日至十一日在香港展出，阿芒拿因此被称为“中国前卫艺术的大本营”“中国流浪艺术家之家”“中国现代艺术走向世界的先行者”。显然，这些称谓有些言过其实。但是，令人欣慰的是，当代先锋艺术家们为此又保持了前倾的姿态，固执而又坚韧地寻找与探索着当代艺术话语，从这种意义上说，大陆的先锋艺术浪潮是一场暧昧的运动：注定每一个艺术家都在权力的夹缝里、商业资本的诱惑下、艺术史的压力中成为无所适从者，以前行者的粉碎为代价，获得商业的成功，也成了艺术的叛徒。

所以，先锋艺术仅仅是一种姿态，一种躯壳，一种精神，一个向度，一个箭头符号，一股流水，一团火焰，一次生育过程，一个行动本身。它一直呼唤你的加入，而你将注定被后来者埋没。

无言的斑驳

那一切都是无言的。那落叶、灰墙、片瓦、那台阶、门钉、石墩，那煤堆、白菜、天线，从那古槐和合欢树冠里漏下来的宁静的阳光，无一不散发着像经年陈酒一样的馥郁香气与沧桑感。

你在这些胡同里穿行，可以听见脚下发出的空洞的声音。你可以感觉到，时间在此时甚至是停止的，时间甩出了表盘之外。儿时的欢笑与奔跑，童年和少年时代的阳光，母亲渐渐变老的脸与蹒跚的身影，雨中奔驰的自行车，这一切，合着历史悄悄变迁的足迹，模糊而又清晰。

你渐渐长大了，胡同也变得更老了。你仰脸在胡同里看天空。天空还是那样空寂，胡同上密布的是电线杆子和天线。一些鸟掠过你的眼睛，你沿着那灰墙绿瓦上望去，胡同外，一幢幢漂亮的高楼在崛起。一切都将成为亲切而遥远的怀念。

你知道，胡同终将成为历史，若干年后，就越来越少、难觅其踪了。“雪泥留鸿爪，飞鸿过无声”“繁华事散逐香尘”，胡同承载着那么多人的生命历程，蕴涵了无数感人的旧事，它平易、亲切、真实的氛围，是消失的历史备注，永远崭新而青葱。

在楼群中间，胡同多像一条条老船，靠岸之后不再航行，宁静地诉说历史、记忆和无言的斑驳。

持续的抵达

任戬是我的老师，在武汉大学读书的时候，我选修了他的现代艺术课程，启蒙了我的现代艺术观。但谈论一个当代艺术家是困难的，因为他会一直处于一种不断变化和发展的状态，很难框定和捕捉，你以为你抓到了他的特点，但是他早就绝尘而去。

“八五新潮”中的任戬被同道称为冥想者，因为他是学院派，是鲁迅美术学院的硕士，后来在武汉大学建筑系任教，功底扎实，那一阶段的作品充满了哲学的冥想和玄思。这与一九七二年他十七岁的时候曾被汽车撞过，留下了耽于冥想世界的脑震荡后遗症和牙床损伤的挫折有关。

任戬的艺术创作历程，与中国当代先锋艺术的发展过程息息相关。他的艺术创作历经了四个阶段：第一阶段是他的《天狼星组画》时期，在这一组画中，他的作品主角全是狼，在北方的月光下，那浑身有一种毛茸茸的光芒的北方狼。苍凉、幽僻、凄清是其风格。这基本上还处于传统绘画阶段，有明确的主题，有北方狼的具象，技法熟练，而此时任戬也正在北方冰城哈尔滨，借此成为“八五新潮”艺术群落中的理性画派——北方画派的重要干将，其北方的具体可感的气质随处可见。

他创作的第二个阶段是系列长卷《元化》，这幅计划要画九十米长的国画长卷最后以三十米长而结束了。《元化》在画坛上的出现，引起了震动，与二十世纪八十年代中期对文化寻根与文化批判的社会潮流暗合。这幅抽象的国画长卷，其价值在于把作为大地上的短暂者的人，对宇宙、东方意象、道、神、气与天空的把握相联系，其画面气势磅礴，犹如云层中各种神仙、生物、气团、大鸟以及灵魂的集中。任戬借助《元化》以东方式的直觉与非理性，以国画的形式，将东方文化的状态氤氲地表达了。

一九八六年以后，他又开始走向了对理性的批判，再一次推翻了自己，这一阶段以《抽干》系列作品为代表作，在这一系列作品中，他把一切多余的情感、意象，甚至是抽象的表达都全部去除，在画面上只剩下了他称之为“干体”的点和线，这其中再次强调了他的思考：点与线的结构能大量地、最集中地反映人的思维所走过的路。

他的第四个阶段是和二十世纪九十年代一同来临的。在商业化迅速来临的时代，作为当代先锋派美术家之一，他又做出了迅速反应。他说：“克罗齐说，一切历史都是当代史。”只有像木橛子一样深深地扎进当代，才会与美术史发生关系。这第四个阶段的特征，是他部分地抛弃了艺术的纯粹冥想。形式上采用综合材料，思维上是以综合知识为指导，试图以艺术家的方式介入商业社会。一九九三年，他举行了《新历史：1993 年大消费》艺术活动，并在武汉举行《任戬集邮牛仔服》时装表演，成立了“新历史艺术话语小组”，完成了《太阳 100》电视片的制作。一九九四年他又开始策划《绿色工程》环境艺术系列，作品开始从“红色时期”转入“绿色时期”，在社会现实关怀和技巧上，将东方思想运用而趋向风格的成熟。自此，任戬作为当代最具先锋性的美术家，成了与西方后殖民文化思潮对话的中国艺术家。他的艺术创作活动也收入了《中国现代艺术史》《中国当代美术史》。进入二十一世纪之后，他沉寂了多年，组织了两场大型画展，对弥散在商业社会中的当代艺术的媚俗发出了批判和警告。

任戬是当代艺术家中的少数能够不断反省自己的艺术家，他的艺术探索是一个持续抵达的过程，每一次都到达了终点，而每一次的到达，仍以终点为暂停并再度出发。

天山荨麻

我曾经有过这样的经历：在浩大的天山山脉中游历，骑马奔走在峡谷中的山路上，一不小心，我跌落在路边草丛中，手臂碰上了一丛荨麻，皮肤又疼又痒，立即起了一些疙瘩。天山荨麻是惹不起的，被它扎着了，特别的疼痒难耐。

我突然觉得，生在这里的我已经离这块土地越来越远了。站在山梁上，看见视野所及的莽莽群山中，巨人的云朵投影在山体上，像是绿色锦缎上的暗花。辽远的风在吹着，从来都是如此。我把天山荨麻带来的刺痛，当作是大地对我的提醒。

《唱赞奥义书》中说："此万有之精英为地。地之万有精英为水。水之精英为草木。草木之精英为人。人之精英为语言。语言之精英，为颂祷之诗。"作为大地上的短暂者，我们必须唱赞大地。大地是人类的母亲，是我们超升生命的出口与皈依自然的归路。

而我早已从田野出发，奔向了城市。大都市里，每天涌动着上千万的人，人人都像都市中的老鼠一样被钢筋、水泥、汽车尾气、雾霾和塑料制品包围着。大家住在高高的楼群中，像一只只悬浮的鸟。人们离开了大地，既不上升，也不下降，处境尴尬，可人们也却无能为力。每天，大家像城市的喷涂物一样出入地铁、楼厦、通信社、酒吧、电影院和出租车，像梦境中行走的影子一样飘浮在城市之中。人是城市之中的填充物，是城市中的一枚螺丝、一个角色、一个词，说后旋即就忘记。

有一次路过一条小街，我看见快餐店的玻璃窗上映照的我的影子游移而闪烁。是的，在大饭店、舞厅、各种身份证、卡片、卡通片节目、通俗音乐演唱会的游历与包围中，我是单面的，我消耗着自身。但人是有大地属性的，如同飞机将不断地降临大地，就像母亲回收她废旧的儿子，大地也不断地回收飞机。人的欲望促使人建立城市，与大地疏远和隔离，但人仍无法除去大地的根性。

我从马上跌落下来，被天山荨麻扎中，我的疼与痒，是大地通过天山荨麻传给我的，在人的世界越来越平面化的时代里，大自然需要时时给人以提醒。也许，我们已经无法拥有一个诗性大地了，环境在人的加速繁殖中变得恶化，人在渴望飞翔的梦中遗忘了大地。宙斯手中的权杖已变成了金钱，奥林匹克山上的众神已变成了明星崇拜。人进入了自恋时代，神话时代消亡了，人开始迷恋自己的影子了。

人是大地上的短暂者，人不能忘记这一点。比如我，我想，我是感谢天山荨麻的，它让我重新感受了大地的刺痛。我想我会保持着天山荨麻赠于我的那一份疼痛，保持大地的属性。

手上的星光

我的“成名作”，是发表于《上海文学》一九九五年第一期上的中篇小说《手上的星光》。此前，我最早的作品发表于一九八五年，但那些都是少年时代的习作。《手上的星光》使我被当代文学研究者注意，被读者所留意，成了一个被关注的青年作家。

这部中篇小说写于一九九四年夏天，《上海文学》刊出时很醒目，是头条的位置。小说发表后，华艺出版社马上就决定出版我的新小说集，电影导演夏钢也曾经打算购买版权，改编成他正在拍摄的《城市三部曲》中的一部。写这部小说也是兴之所至。小说中，我写了几个青年人的一些经历，以城市风景为背景，对九十年代的北京作了“光斑”般的扫描。

一九九二年我大学毕业，起先在机关工作，后来，我调入一家报社当记者，那时候我二十三四岁，血气方刚、热情似火，白天为抓新闻而满世界跑，晚上就躲在屋子里写小说。那时候，我正琢磨如何从我所喜爱的大作家的阴影下走出来，去发现一个我自己应该表现的天地，还有我自己的叙述的视角。我苦思冥想，难以突破自己。当时，我住在北京第三使馆区边的一幢塔楼的顶部，这使我可以常常俯瞰城市的一小片繁华区域，在白昼的阳光与夜晚的灯光辉映下，这座城市正在漫无边际地扩展开去，成为我所打量的对象。城市场景，成为很多人的故事演绎处，忽然，有一天我开了窍，我想，我就应该去写与我的生命经验共时空的作品，我很兴奋，主意已定了。

有一天，我去参加一个做生意的朋友策划的商业活动。他从机关里跳槽下海，干了几年就成了千万富翁。在活动进行中，有一个环节是娱乐节目助兴，我看到，出现了一个漂亮的歌女，她为大家唱了一首歌。但是她那天因为感冒，嗓子发炎，没唱完整首歌就下台了。很多人都没注意到她，我坐在很远的地方注意到了她。我打量着她，看见她穿一件虎皮斑纹的超短裙，脸色苍白，神色惶恐而拘谨，为没有完成任务而内疚。忽然，我们的目光相遇了，她朝我笑了笑，她的笑容是那种清亮的、抱歉的笑，我也笑了。后来吃饭时她不见了，我问我的朋友她是谁，他告诉我，她是一个京漂歌女，是为挣五十元来献歌一首的，现在，她已经走了。

我和她的对视打动了我，那是一种漂泊感的呼应。年轻人来到了城市里，都在寻找自我的价值实现，但人人都会有挫折。晚上回家后，我灵感蜂拥，一些我在这座城市里认识的边缘人的故事纷至沓来。我开始写这部小说了，一周后我就写完了，寄给了《上海文学》。该刊的编辑厉燕书很快给我回信，告诉我说，小说将在一九九五年第一期隆重刊出。

一九九五年，我还一口气在杂志上发表了其他十多篇中短篇小说，完成了一部长篇小说。这些小说都是以都市为背景的。那个时候，杂志的影响比较大，还没有互联网分散读者的注意力，我很快被关注，并成了“新生代”作家群的一员。

现在想来，我对都市文学的关注和营造，与我的记者职业有关：我每天都能听到城市里的各种信息，一天之内穿梭城市上百公里，从五星级酒店到“浙江村”，再到古老的胡同，再回到我的小屋，晚上带回家的是一大摞的报纸杂志，北京这座变化着的大都市天天都带给了我新鲜的感受，使我想通过小说来再度呈现。

夜晚来临，城市上空星光昭昭，我写累了，喝得半醉，站在阳台上，竟然用手去触摸星光，就像我小说中的主人公那样，但星光是那么的魔幻而遥远，它们不属于任何一个人。

耍猴人

走在暮色茫茫的大街上，猛一抬头，看见了他——正朝我迎面走来，手里牵着一条绳子，绳子的另一头系着一只猴子。他戴一顶褐色的破棒球帽，目光苍茫而又迟滞，他根本就没有注意到有一个人会停下来看着他，那个人在一瞬间，想对他说些话。

他是一个中年耍猴人。从孩提时代起，我对耍猴这种游戏是很喜欢看、又觉得难受。只要我一听到街上传来耍猴的锣声，我就知道耍猴人来了。我兴奋地挤进人群，兴致勃勃地看那可爱又可怜的小猴子在耍猴人的鞭子指挥下，做着人的动作，心情却变得复杂。耍猴人和猴子演毕节目，猴子托着大铜盘收钱时，围观的人一哄而散。我对那些白看猴不给钱的大人们充满了憎恨，但我只能拿出五分钱，这还是我妈叫我买冰棍的呢。当我把那枚闪亮的五分硬币放入铜盘时，那个有一脸黝黑肤色和深深皱纹的耍猴人弯下腰来，对我鞠了一个躬，说：俺谢谢你了。

我记忆中那猴子并不是每时每刻都听话的。有时候，猴子被耍猴人用鞭子抽得嗷嗷叫，仍拒绝演出，围观的众人报以哄笑。每到这个时候，我都很着急：不争气的小猴呀，你干吗要叫主人难堪呢？还有一次，我看到耍猴人举鞭要打猴子，那猴子跳了起来，用双手揪住耍猴人的头发，耍猴人弯下腰，无法站起身来——这大概是它对付主人的唯一有效的办法，弄得耍猴人疼得不得不挣扎着，用力揪打猴子。耍猴表演结束散场以后，人们尽兴而去，我没有走，躲在大栅栏后头，想看看叫主人出尽洋相的猴子会受到怎样的惩罚。我看见，那个耍猴人靠着墙坐着，吃起了东西，小猴子把自己的那一份吃了，还伸手去抢主人的。这时，我的心又悬了起来，但没想到耍猴人宽厚地拍了拍猴子的脑袋，慈祥地看着它吃，没有一点生气的样子。

我明白了，耍猴人他和猴子，有着同样的命运。后来我长大了，我感觉到，耍猴人之于我，是一种命运的象征。他们四海为家，以天为屋，以地为席，表演着他们的人生悲喜。而这世界上的大多数人都生活得安定、稳固。而耍猴人只拥有今天。明天，就必须得起程，漂泊和表演。

在我看来，耍猴人是人生风雨的承受者，他们比一般人更懂得世态炎凉，更热爱生活，他们生活在最底层，却贡献了欢乐。我忘不了耍猴人那浓厚朴实的中原口音，忘不了耍猴人那经过了风吹雨打的老脸，忘不了他们那种悲天悯人的表情。耍猴人用他的漂泊诠释了一种人生，他们只能抓住今天，不敢期待明天。他经受了苦难和贫困，朝不保夕，却向世界展示了笑声和善意。

对孩子说说农民和井

上个月外出郊游，汽车走了好久，才走出庞大的城市。汽车向郊外山区疾速驶去，一幅幅田野风光出现在车窗外。“爸爸，我看见了农民！”五岁的外甥突然大声地对他父亲、我妹夫说。我循声望去，只见密匝匝绿油油的玉米地边上，坐着不少戴着草帽的男人和包着头巾的女人。是的，我的外甥说得对，他们是农民。在城市的高楼大厦间长大的外甥很少见到农民，他觉得很新鲜，所以才有了发现的惊喜，我的心却不由地一沉。

我想起了不久前的一天，外甥那拿着一本画册问我：“舅舅，什么是井啊？为什么井里会有水？”我想了想，认真地给他讲解。最后，他似乎是听懂了，又好像依旧不懂。因为城市里没有井，他从来也没有见过井。

在汽车上，我想，农民和井这两个词汇离城市的孩子比较远了。孩子们生活在楼厦的夹缝里，生活在笼子一样的房子里，生活在电视机和游戏机旁，土地离他们很远。这些城市的孩子不知道粮食是生长在大地上，被面色黧黑的农民收割、脱粒、晒干、装进袋子里，运往城市。

我记得，小时候吃饭，碗里还有几粒米，我妈就严厉地说：“粮食是农民辛辛苦苦种的呀，一粒也不能浪费！”我就赶紧吃干净了，然后，母亲就告诉我，我祖父祖母是如何种地、收割的，还帮助我回忆我小时候是如何在打谷场上打滚，在桑树上看月亮，在山涧里捉鱼，趴在井口和井里的另一个自己说话。我童年时代有几年是在农村度过的。

现在有人在远离土地之后，忘却了土地，他们在城市里异化，挥金如土，在商战中失去人性，忘记了粮食的温情和井的幽深。他们为了斗富而一掷千金，吃一顿饭的钱是一个贫穷的农民十年的收入。他们忘记的，可能不仅仅是土地，还有自己的故乡和乡愁。

我想，我得抽一次机会，好好地给我的外甥讲一讲农民和井，讲一讲麦粒和玉米粒的由来，讲一讲与土地相关的一切，免得他真的想象不出这些东西来。我会讲一讲井和井中的男孩——另外一个自己，我，我们在成长中，如何保持本真，而不是不断地丧失。

百年槐树

在老辅仁大学的院子里有一棵很老的槐树，有几年我常常到辅仁大学的院子里读书，喜欢在它的后花园里待着。

那时候，一到黄昏，天空中漂浮着一层落日的晖光，我拿着一本《聂鲁达诗选》，默诵着他的诗句，行走在柳荫街的林荫道上，心中的尘嚣飘然落下。那些个年月，城市越发变得热闹和聒噪，物质和金钱突如其来地挤压着我，高大的楼群在北京四下直入云霄，人们好似笼中之鸟。人们在追逐这转瞬即逝的事物，在燃烧的欲望中消耗着即时性的快乐，有的人不再具有历史感，也不再愿意抬头仰望星空，去倾听自己心灵中的回声了。我的心也变得聒噪和凌乱，我感到我像一只轻飘飘的气球一样，浮向半空，失去了重量。

我喜欢聂鲁达，这个在智利的长岬上动情歌唱的、一生坎坷、身体魁梧的拉丁美洲大诗人，教会了我用宽广的胸怀去丈量世界，用激情的喉咙来赞颂生命的蓬勃。聂鲁达的声音是一种精神的提炼和拔高，是一种土地属性的吟唱。我一方面能够听到他粗犷的声音，可同时，在我的四周和头顶，是城市的混合噪音，是摊贩的叫卖声，是不规则的钢铁的铿锵声，是城市日益变得庞大的吱吱声。

在这个黄昏，我坐在辅仁大学后花园里的一片草地上，对面是那棵粗大的古槐，它的枝叶像一把巨伞一样遮蔽了整个天空。我突然有了一种被保护的感觉，仿佛一个浪游在外的少年又回到了家中。我盘着腿，闭上了眼睛，倾听着自己身体里的声音，那声音由嘈杂渐渐变得静谧了。后来，我索性仰躺在草地上，一边嚼着青草，一边仰头看天。天空中，这棵百年老槐的茂密枝叶分割了天空。风吹来，沙沙的巨响深邃欢唱。我把目光移向树旁，只见古槐的树干粗大黝黑，树身上的沟壑纵横，岁月的刀刻在树身上留下了深深的痕迹。辅仁大学所有的历史在我眼前剥落，再现。

那天，我头枕着《聂鲁达诗集》，和这样一棵老槐树对话。我端详着它，它沉默着注视着我。我们用无声的语言和心灵感应交谈。它那样苍老，挺拔、茂密，我猛然懂得了根深叶茂这个词的真正含义了。

就在那一天，那个黄昏里，我在辅仁大学与这样一棵老槐树的相遇中，我明白了人也要像树一样生长。在那个时刻，聂鲁达的岩浆一样的诗句重新从我的心中涌出。我倾听着心中的聂鲁达，端详着朦胧光线中的老树，感到了我是有根的，我正在像这棵根深叶茂的老槐树一样扎根，深深地扎根。我找到了文化历史的归属感，我是有质量和重量的。我的心变得安宁和透明起来。

从那以后，还有好多次我碰见旷野和路边的老树，我都会停下来，倾听一会儿老树的声音，感受一种我们共有的心跳，那一刻我便能让浮躁的自己从半空中重回地面，回到根深叶茂的感觉中，体味到深厚的力量，我想，我是持续地需要这种力量的，犹如我们需要阅读来自大地的老诗人聂鲁达的诗。

重返草原

一个朋友给我讲过这样一件事，那是在去年，在一个小酒馆里发生的。他曾经在内蒙古当了四年“老插”，学会了蒙古话，学会了喝很烈的烧酒、唱沙哑的蒙古歌，也学会了在马背上颠簸。二十世纪七十年代末他回城后，便在向前疾速推进的商业浪潮中摸爬滚打，十几年一晃过去了，他身上的豪气荡然无存，变成了一个精明的商人，赚了很多钱。

一天，他偶然走进街边的一家老店，坐在简陋依旧的店堂里，一种怀旧的思绪不知不觉间笼罩了他。他要了一盘凉粉，慢慢地品尝。过了一会儿，进来一个穿长袍的蒙古族人，他脸上的颜色和皱纹告诉别人，他是在风吹雨打的草原上生活的。但他缘何来到了大都市？我的朋友漠然地看着他，想起了自己的内蒙古插队生活，但他和那个蒙古人没有交流的欲望，他没有说话。因为商场的无情和狡诈已使他难以有任何的感情激动。

那个蒙古族人要了几盘菜和一瓶白酒，一脸愁云地边吃边喝。不一会儿，他的酒已喝下去半瓶，脸上的颜色也变深了，然后，他忽然张口唱起歌来，声音雄浑沙哑，苍凉深沉，他是用蒙语在大声唱着长调。他那粗犷的歌声惊动了小店中的其他人，他们显然对此很不习惯，觉得被打扰了。可他依旧自顾自地大声歌唱，仿佛心中郁积已久的郁闷可以通过歌声一泻而出。

这时，我的朋友愣了一会儿，忽然也激动了起来，有一种东西触动了埋在他心底的某种旋律，他想起了自己的内蒙古知青生活，他张开嘴——这让他自己也有点吃惊，他也用蒙语唱了起来。他们两个人的歌声汇合在了一起，接着，他们坐在了一起，喝酒，吃菜，拥抱，他们用蒙语聊在了一起，在这个漠然的城市之夜里，别人都走了，他们还在那里在沟通着心里留存的话。

原来，那个蒙古人的女儿得了重病，他带她来到大都市的大医院看病，可是钱不够用了。他在这个城市里找不到一个熟人，连马也看不见一匹，心情非常郁闷。没想到，碰见了曾在内蒙古插队的我的朋友。那天，他们聊了很多，畅快地聊起了草原上的日出与日落，聊那些刚刚长大的黑马驹，聊草原狼和草原上的天空，大地和空寂的云与风。他们找到了话语的源泉。我的朋友慷慨地帮新结识的蒙古朋友凑足了钱。钱在这一刻既重要，又不重要。

我的朋友告诉我："那天晚上，是我这么多来很愉快的一大，我突然觉得，我又从物欲的世界回归真纯，找到了让我感动的情感。我和他后来在大街上分手时，我握住他的手，我听见他说：我们的草原！再也没有这句话更能叫我感到快乐的了。'草原，我们的！'我们一起用蒙语，用回忆来这样重构了回忆。"我的朋友动情地说。他后来帮助那个蒙古牧人把他女儿的病治好了。

是的，他们一起返回了寄托着他们全部情感的永恒的草原。

施 舍

久居都市，我常常看见瞎子背着乐器，穿行在茫茫人海中。间或他们像候鸟一样在某个街头逗留与停歇，支起一张小凳，或者干脆依墙而坐，拉动手风琴抑或吹笛吹箫，让旋律在嘈杂的城市中回旋。

从他们面前走过的人大多表情僵硬、麻木，甚至隐现着丝丝轻蔑。城管也驱赶他们，城市新下达了不许乞讨的指令，听说还要罚款。

我也曾听一个朋友愤然地说："骗子，全是骗子！"原因是有一次在火车站，一个领着破烂衣衫的小孩的中年妇女，哀求自己没有一分钱买票回家，向他要钱。他动了恻隐之心，给了那女人几十块钱。但后来他经常在火车站碰到那个女人，还是那一套，利用人的同情心，做出一副非常可怜的样子，继续向好心人要钱。"我受骗了！这年头，就不该有什么善心……但也许，残疾人是例外的。"他又说。

昨天，我在北京的一条大街边看见一个拉手风琴的盲人，一个恳求别人施舍金钱的瞎子。他沉醉于自己所拉的旋律里，似乎在倾听内心。我慢慢地朝他走过去，凝视着他。这时候我忽然觉得他并不可怜，我感到他的心灵广阔宁静。他虽然看不见世界，但他却用自己制造的旋律唤醒了世界。

不久，就有一个城管走过来，强行让他离开这里。盲人收好了凳子，他的旋律中断了。然后，他提着探路棍消失在了人流中。我目送他远去，我明白了，人们施舍给他钱，他把美妙的旋律施舍给了这个世界。这么浪漫的想法，转眼就被一条新闻给破坏了，报纸上说，一个在北京乞讨的人，靠乞讨来的钱，买了两套房子。

我们该如何施舍呢？谁该施舍谁？

年少时立志

总觉得人的一生应该在少年时就大致规定好方向了。很多人在很小的时候，就已表现出他今后有可能从事的职业的才能。像我，十多岁就开始喜爱文学，在语文报社办的《中学生文学》发表了第一个短篇小说《归宿》，到现在我一刻也没有放弃写作，发表了几百万字的作品，也出了几十个单行本。而我后来的职业，也是与文字天天打交道的——记者和编辑，文学出版和教学。我现在的状况实际上在我十多岁拿起笔来的时候，就已经决定了。

回想我的中学时代，有几位语文老师对我的影响很大。我的高中是在新疆昌吉州二中就读的。那是在一九八五年，我的语文老师容理德（女）经常在课堂上念我的作文，鼓励我，而且还将我的名字邱华东念做邱华栋，这一字之改，使我有了强烈的信心——要当中华之栋梁。于是，我便和一些同学成立了“蓝星”文学社，油印不定期文学小报，在课外阅读各类文学作品并展开讨论。我所在的中学虽然不是重点中学，但非常支持学生开展第二课堂活动。校团委也出经费，班主任也支持，所以，我们的文学活动非常有成绩。高中毕业那年，我因为在四川少年儿童出版社出版中短篇小说集《别了，十七岁》而被武汉大学中文系免试录取了。但我的数学成绩不好，有一次只考了十四分。化学、物理也不好，正是第二课堂活动，使我立志从事文学事业，我超常发展，并脱颖而出。

在武汉大学读书的四年期间，我们延续着“珞珈诗社”的诗歌活动，我接手了“浪淘石文学社”担任社长，组成“星期日评论”小组，进行大面积的课外阅读。经常是大家用半个月时间集中读一个大师的全部作品及相关评论，然后，再聚在一起讨论，提交一篇模仿该大师的习作。我们就是这样利用课余爱好，打下坚实的文学功底的。文学社中有的人还按书架读完了几乎所有汉译本的外国作品。加之武汉大学人文传统悠久，从闻一多起，就有出作家的传统，因此，成为这个链条上的一环是一些学生的梦想，于我们也在所难免。

我不知道现在的中学生是什么样子，考大学是否比过去更容易？因为，最新的数字表明，每年要招录超过七百万的大学生了。那么，他们的大学好上了，可第二课堂与本业的学习之间的冲突是否不再激烈？

我想说的是，要想有所作为，就应该从小立志，并用一生去努力实现，不管如何，你终将得到丰厚的回报。这一切，就应该从中学时代开始。成就绝对属于那些从小立志并不断为之奋斗的人，这一点，你从我身上就会看到。虽然，对于我来说，我取得的还非常微薄，还远远没有达到我对自身的设定。

诗人之死

摆在我面前的，是三位已经死去的诗人的诗集：《顾城诗全编》《海子的诗》及戈麦的《彗星》，这三本诗集全都是在诗人死后，由其友人或亲属编订出版的。

诗人之死后来变成了一个哲学话题，因为，诗人是人类之树上最敏感的树枝，一个时代的精神剧变与分崩离析，会在诗人身上及其诗作中体现出来。那么，这几个诗人的死，与这个时代有关吗？有关，也无关，因为他们都是自杀，都是自我选择，顾城更是一个杀害了自己妻子的凶犯。但时代的精神症候，也在他们的行为和作品中打下了鲜明的烙印。在这个意义上说，他们也都是时代的产物。

在全球化、后工业及商业文化笼罩下，物质主义甚嚣尘上，以幻想与美为追寻目标的诗人，处境日益地尴尬起来了，中国正在经历着一个解构的文化狂潮，在巨大的社会变革与社会转型过程中，没有任何一种新的准则被大众普遍接受，浮躁、焦虑，新的文化建构的地平线尚未升起，而诗人之死，则是这种精神现实的表现。

这三位诗人全是新时期颇有名气的诗人，全部死于自杀。海子死于一九八九年三月二十六日，他是卧轨于山海关附近的一条慢车道上自杀的。海子的死，曾经掀起了一个纪念他的浪潮，对当代诗歌影响很大。海子毫无疑问是二十世纪下半叶中国最优秀的诗人之一，他死后留下的七部长诗及几百首短诗，已经成为诗歌宝库中的花簇。海子的意义在于，在一个解构来临的年代，他却孤绝地高擎理想之火，试图在被普遍后现代化的社会中恢复人的史诗梦想，但目标过于庞大而无法实现，最终自戕。他留下的大诗《太阳》，就显现了他的这一点。在这部只完成了七部分的大诗中，他雄心勃勃，以百科全书式的格局，吸收了希伯来《圣经》的结构经验，将想象力的空间扩展为整个人类文化的背景之中，在东方大陆，以敦煌为中心，在两河流域则以金字塔为中心，北至大草原，南及南亚印度次大陆的《摩诃婆罗多》《罗摩衍那》的两大史诗传统，并涉及美洲的阿兹特克神话经验。全诗以诗剧、长诗、合唱剧、仪式诗及诗体小说构成，天才的企图总结与重构人类的新史诗。但他却长期生活在贫困之中，由于现实的压力与他的梦想的完美之间的距离过于遥远，在现实和精神上的双重压力下，他陷入精神分裂的症状与幻觉中，最终自杀，结束了生命，留下了一条未竟的诗歌死胡同。但如此雄心勃勃和热烈似火的诗人在二十世纪八十年代的中国出现，就是一个象征，他的死照亮了更多的诗人。

与海子同样毕业于北京大学的诗人戈麦，投河死于一九九一年。这是一个内省与自我审视性的诗人，与海子不同的是，戈麦被一种叔本华式的怀疑精神所缠绕，他终日被一种放弃与建设的双重诗歌梦想所纠缠，在生活贫困的情况下，留下了几百首与玄学、神秘经验、怀疑主义、缅想式自赎有关的优秀作品，由于承受不了像他的诗作《我们脊背上的污点》的那种先天的厌恶与怀疑，他最终放弃了生命，在一九九一年十月上旬的一天，自沉于北大至清华的一段水渠中。死前，他把诗全部塞进了马桶里，是他的好友、诗人西渡将之抢救出来，并集资出版了它们，才使我们看到了不同于海子的宏伟梦想的、带有怀疑与放弃精神的另一位诗人的内心风景，这种不安的内心图景，同样也是诗人对时代的反应。

而于一九九三年十月杀妻后自缢的顾城，则由于其暴力特征酿成了一桩让人大跌眼镜的新闻事件。顾城同样是一个天才，这个以“黑夜给了我一双黑色的眼睛，我却用它去寻找光明”的诗句激励与影响了一代人的诗人，最终，在新西兰暴死于一个荒岛上。在西方游历的几年间，他以装束上的奇特（头上永远戴着用一块裤腿做成的筒状帽子）及其“天人合一”的东方式谈论，倾倒了很多西方人，成为西方最受欢迎的中国当代诗人之一，但是，广受欢迎并不能解决他内在的精神问题。在一九九二年和一九九三年，他写下了《鬼进城》和《城》组诗，诗中充满了对老北京的怀念，在自杀之前的一个月，他写下了最后一首诗《回家》，说明他是多么渴望回家。但他永远回不来了，在新西兰激流岛上，因为田园牧歌梦的破灭、人性恶的表现、自私和自我的极端性，及建立爱的伊甸园的梦想破灭，顾城杀死妻子谢烨后自缢，结束了出门浪游的旅程。他死后留下了八百多首诗，由其父亲顾工编成了一部厚厚的《顾城诗全编》。

三个诗人以自杀的方式离席，如同神的筵席上的缺位，但我们仍是需要诗歌的，我们在今天尤其需要诗歌，什么样的时代就有什么样的诗人。真正的诗人，应该是在众人冥冥昏昏、逐名追利、贪娱求乐之时，踏遍大地，去追寻神灵隐去的踪迹，追寻人失去的灵性。

诗人的死，虽然是悲剧事件，但开启了道路，预示了后来者的方向，让我们能够另辟蹊径。

表层下的生活

陈染已经很多年没有出版新作了，可是，在当代文学的架构中，陈染的女性主义写作，逐渐突入了当代文学的中心地区。在她的持续不断地写作生涯中，出版了包括《私人生活》在内的十余本小说，以独语人的守望姿态，完成了她为女性、为自我写作的愿景。

她的长篇小说《私人生活》的出版，将她的写作指向与美学态度做了全面表达。这是一部企图发现日常生活之下的女性的真实境况的作品。在今天，声像文化日益发达，信息加速播撒，人的私密空间却越来越狭小，而文化也在日益地异化着人自身，人们已经习惯地戴着面具生活与交谈。由于男人与女人的交往在城市中越来越表面和程序化，外在的、表层的生活如同青苔与污垢一样覆盖了真实的人的心灵，人们在公众生活之外的私密生活，不是被遮蔽了，就是缺乏真实呈现。陈染正是在这一点上顽强突进。当个人的生活空间与情感空间正日益成为碎片并萎缩之后，她却试图扩大这种空间，拼合私密生活中的碎片，这种文学上的努力独特而真诚。

这部十多万字的长篇小说，故事的内核并不比其枝枝蔓蔓的诗性的、琐碎的内心图景的揭示更显在。这当然是一本关于“我”的书。第一人称的选择，使得这部作品具有了自我倾诉的性质。作者说：

> 时间是一个画家，我是一张拓片图画，是山峦的形状，岩洞的轮廓。在我来到人世之前，这幅图画已经被画出。我沿着这条时间的水渠慢慢行走，发现了我与这幅图画的关系，我看见了这幅拓画本身就是一部历史，全部女人的生活都绘在这里……

因此，这部小说是一部站在女性立场与视角来表达的成长题材的作品。成长，是文学永远的母题之一，个人的成长的不断被记述与表达，成为二十世纪文学的一大景观。那么，这部小说的主人公“我”，又是如何成长以及如何在私人空间中不断穿行的呢？小说的故事内核围绕着我与一个男人和一个女人的情感关系而展开。小说的叙述清晰而又杂乱、真实而又虚幻，“我”，禾寡妇和尹楠，三个人的关系如同一株生长的植物、枝与叶的摇动在时间中被梳理。“我”一开始面对的，就是一个成年人的世界，“我”在这个世界中的心灵与肉体的慢慢成熟，“我”与同性和异性，“我”与禾寡妇和成熟的男人尹楠的心灵与肉体的交往，这些循序渐进的发展与“我”的成长叙述紧密相连。“我”显然是双性恋，陷入了对同性与异性爱的迷宫与花丛，最后，作者将禾寡妇的结局处理为死于一场神秘的火灾。小说在“我”给精神病院的大夫的一封信中结束，“我”经历了一次成长、情感、性爱与死亡的探索，走出了迷宫，终于能够成熟地一个人面对今后的生活了。

我这么简单的解读这部长篇小说，显得武断和粗暴，还带有男性的观点。可能我觉得这部小说的魅力正在于它的虚拟性与模棱两可，它似乎写了同性恋与异性恋的交织，却又不完全是，正如陈染自己所说的：

> 我写作这部小说时，始终沉浸在虚构的兴奋当中，我试图深入地表现现代人精神和情感的困境，并想寻求一种出路，还有从我一出生，就已经伴随而来的性别意识，这些思想始终缠绕着我。

这部小说的魅力还在于它的语言和诗化风格，当然，它的诗化是略带阴郁与晦暗色彩的。比如这样的章节题目："我是带菌者""禾寡妇以及更衣室的感觉""一只棺材在寻找一个人""床的光明"等，这些诗意的题目把你不知不觉带入了一个阴沉与明朗、火焰与秋雨交织的世界，它完全是私人的、女性的、隐藏的、表层生活之下的生活。这实际上是一次发现的过程，当你读完这部作品，你会发现，"人，比他对自身的了解要更丰富。"

王蒙在评价陈染的小说时，说道：

> 她其实也挺厉害，一点也不在乎病态和异态，甚至用审美的方式渲染之。她一会儿写精神病，一会儿写准同性恋之类的。她有一种精神分析的极大癖好，有一种对于独特的变态事物的兴趣，她的作品里闺房的、病房的、太平间的气息兼而有之，老辣的、青春的与顽童的手段兼而有之……

王蒙的评价是相当机智准确的，记录在这里，算是读者阅读陈染作品时的一个参考吧。

苦难的痕迹

在老一辈作家中，我和从维熙老师有些交往，有一段时间，我常去他家聊天，吃过师母做的饭。无论在生活中还是在作家圈里，从维熙老师都是一条硬汉子的形象，他当年被打成“右派”后，在劳改农场里前后待了二十多年，却不改性格的直率和淳朴。

一九三三年他生于河北玉田县城北的一个小山村，一九五〇年，他考入了北京师范学校学习，同年开始发表作品，那一年，他才十七岁。大学毕业后，他曾当过教师、报社记者、编辑，一九五六年，二十三岁时就加入了中国作家协会。一九五七年的“反右”斗争中他被错划为“右派”，下乡劳动改造，一去就是二十二年。一九七九年平反改正后，他重返文坛，率先发表了描写劳改生活的中篇小说《大墙下的红玉兰》《远去的白帆》《风泪眼》《雪落黄河静无声》等十余部振聋发聩的小说作品，被称为是中国“大墙文学”的代表作家，借此成了新时期当代文学的主将，为当代文学的迈进开创了一个新的文学空间。他已发表七百多万的作品，出版单行本近百种，八卷本的文集也印行了，被译成外文的著作也有二十余本。这么多的作品大都是他在这二十多年间完成的。

从维熙是一个历经过苦难的人，看了太多的人情冷暖，可他的性格不但没有被岁月与苦难磨去棱角，相反倒更鲜明了。他常说："如果没有这些坎坷，我的生活会如一张白卷，恐怕写不了这些作品了。"现在，他的左肩上，仍有一块突出的肉棱，那是他在劳改营时用背筐挑土时留下的。一次，日本女作家山崎丰子来访，看到他肩上的这道肉棱后，竟当面哭了起来，为他所历经的无法想象的苦难岁月而哭泣。这些都是苦难岁月的见证。

如今，从维熙的生活早已恢复了平静。多年前，他从中国作协党组成员和作家出版社社长、总编辑的位子上退休，少了很多烦琐之事的牵扯，有了更多的时间写作。退休后，接连出了长篇小说《裸雪》《酒魂西行》《逃犯》，他的回忆录《走向混沌》也完成了，六十多岁后能有着旺盛的创作力，不能不归功于他的妻子钟紫兰。

从维熙结过两次婚，他的第一个妻子叫张沪，是《北京日报》的记者、作家，"反右"时和从维熙一起被下放劳动改造，共同经历了非人的岁月，他们互相鼓励，一起活了下来，但平反之后，两个人却离婚了。为什么分手？从维熙说："一个家不能有两个太阳，那样会争着辉煌，日子不会好过的"。他们在最艰难的日子里互相支撑，但两个人都是个性非常强的人，于是他们友好地分手了，没有怨怼。后来，从维熙老师经人介绍，认识了现在的妻子钟紫兰。钟紫兰比他小十几岁，是北京一家五星级酒店的专职医生。她人长得很秀气，待人非常和善、亲切，每次我去他们家，钟师母都要亲自下厨，为我们做一桌子拿手菜，非常贤惠。和从维熙老师结婚后，从老师的生活增加了很多甜蜜与温馨。

钟师母也是一个文学品味很好的人，由于从维熙平时的创作与社会活动都很多，没有太多时间看当代作家的新作品，都是钟紫兰先看，然后把认为不错的推荐给从维熙，两个人的价值判断不谋而合，经常为读到好的作品而欢欣，那份心有灵犀，是非常甜蜜的。从维熙与前妻张沪的关系也不错，张沪离婚后一直是一个人过，也常给他打电话，她和钟紫兰的关系也很好，情同姐妹，这在现在比较少见、也很难做到。张沪写了一部反映劳动营中的妓女改造生活的长篇小说《鸡窝》，从维熙就帮助她修改，热心联系出版。

如今，年过八十的从维熙老师每天的生活都很规律，早晨起床后，上午的时间用来写作，中午一定要睡一个午觉。下午是会客与写作，晚上则与好友打打麻将。他不爱看电视，而烟与酒却是他的两大瘾，抽烟非常凶，一根接一根，根本就不停，一天要抽一两包烟。对于这一点，钟紫兰也没办法，只是苦笑着，用嗔怒的口气责备他积习难改。

从维熙爱喝酒在作家中也是有名的，我几次在他家吃饭，他都是兴致勃勃地亲自开瓶斟酒，大都与客人把瓶中酒喝光了才算了事。有时候接连七八杯下肚，钟紫兰会在一旁冷静地注视着他，目光之中有些规劝和责备，每每此时从老师就会克制一点，少喝一些。有一次，我们单位搞活动请他参加，我记得我们那个桌子上有吴祖光、魏明伦、刘震云和我，几乎是“三代同堂”，我们几个人就干掉了好几瓶五粮液，想一想当时吴祖光吴老已经是接近八十高龄的人了，而从维熙也是六十开外，确实是文人中有豪气的。

从维熙自己也说自己是“嗜酒如命”。二十世纪五十年代，二十岁出头的他和文友刘绍棠经常两人共饮一瓶白酒，饮后文思如泉涌。一九五七年后，长达二十多年的“右派”改造生涯中，他只要有机会走出“大墙”，总是偷偷买上几瓶烧酒揣在怀里，以酒解愁，以酒壮志。正是酒在他劳改生活中给了他生存下去的力量。想想看，在清河劳改农场，在兴凯湖那漫天飞舞着雪花的夜晚，他喝上几两白酒，那刺骨的寒冷就一下子抛到了九霄云外了，就有了活下去的勇气。

酒是有情物，能喝酒的人血液里总是涌动着激情的因子。丛老师说，“酒是形象思维的最高境界，是语言和诗歌意象的催生剂，也是作家“怀胎受孕”的媒介，前有‘宁舍命、不舍酒’的汪曾祺，后有我丛维熙嗜酒如命，怕是板上钉钉的事儿了。”的确，最近几年，他很爱喝山东德州古贝春的酱香白酒，每次喝完了几瓶，就要给我打电话要酒，因为我们杂志与那个酒厂有合作关系。我就会给他送过去几瓶，要知道，现在他八十多岁了，每天还能喝二两白酒，这是多好的福气呢。

在生活中，细腻、体贴的钟紫兰常常打扮丛维熙，她说，仪表也是一种精神。每一次试穿新衣服，丛维熙都表现得很无奈。他认为自己随意性极强，不怎么爱穿戴。丛维熙对足球比赛很痴迷，还痴迷音乐，他年轻的时候曾迷恋过一段时间音乐，学过钢琴《拜耳练习曲》，但老天没成全他，给了他两只短粗的手掌，即使他拼命扯开手掌，大拇指和小拇指也只能刚挨到钢琴键盘上的八度，所以就没做成音乐家，但也常一个人弹弹钢琴，娱乐自己。

他对青年作家的成长非常关注，曾热心地为我的一部长篇小说写了序言。和他在一起，你总是感受到一种深厚的、纯朴的人性力量，那是一种历经苦难之后的洒脱，对家庭、对写作、对人生、对朋友的一种信赖。坐在他家的客厅兼书房里，有时候，我们说完了事儿，片刻间陷入沉默时，你可以从他那浮沉在香烟的烟雾中的沉思的头颅中，从他两鬓斑白的面容上，看到苦难的痕迹，和他深沉思索着的激情。

存在的裸露

张小波，我的老朋友，他是诗人，小说家，政论作者和出版人，现在又是影视投资者。他早年出版过诗集《城市人》（多人合集），后来出版了小说集《每天淹死一个儿童的河》，还参与策划撰写了《中国可以说不》《中国不高兴》，他是凤凰联动出版公司的总裁，去年参与投资了电影《匆匆那年》，制作了话剧《山楂树之恋》，电视剧《父亲的身份》，真是八面来风，一专多能了。

我这篇文章主要谈他的小说集《每天淹死一个儿童的河》。这部小说集的书名一看就能引起一些人的兴趣：这会是一条什么样的河？为什么每天都会淹死一个儿童？没有大人在河边守望吗？当你读完这本小说集，你就明白，这是一部存在主义并带有超现实色彩的作品，它讲述的，并不是一条真正的河流，它描述的情景，是与法律有关的人的精神困境与法的不在场。法不在场，当然每天都会淹死一个“儿童”了。

这部小说集一共收了五部中篇小说，每一部都带有浓厚的诗化和荒诞风格，这与作者张小波是个诗人有关。小波早年毕业于华东师大，曾与宋琳等一起成为二十世纪八十年代中期诗坛上的“城市诗派”的代表人物，九十年代后，张小波来抢小说家的饭碗，写了这本他唯一的小说集，博得了很多小说家和读者的阵阵掌声，十多年里，前后出版了三个不同版本了。

当我读完了这部小说集之后，一种陌生化的审美愉悦抓住了我。这是一本想象之书，一本智力之书，一本荒诞映射精神现实之书，一本与流行的“新写实”“新市民”小说迥异的书。作者在看似现实主义的写作手法之下，都有着更为抽象的理念，正是这些理念构成了这部小说的精神内核，以更高的视角映照了人——这文学家反复描写的对象——的存在。在这种映照下，人，作为存在，在我们的视野中裸露出来了。

张小波觉得，最好的小说可能是抽象小说，他最厌烦所谓的现实主义手法。因为现实本身都是荒诞和不合理的存在。所以，他一下笔就与现实主义小说拉开了距离。《法院》讲述的是一个医生被诬告之后走上诉讼程序的整个过程，在这个过程，法的不在场随处可见。在小说《每天淹死一个儿童的河》中，作者以一个罪犯在行刑前的口吻，回忆了自己犯罪的事实，并间杂着作者对当时的行动、对死的问题的探索，使这篇小说变成了一个叙事迷宫。在小说《煞有介事》中，作者营造了一个类似童话的世界，这个世界里一切事物都有它的另一面。小说《重现之时》的叙述风格明显是超现实的，仿佛达利那阴郁的绘画，再现了一个人的全部关系：人际的，心理的，生死的。在《检察大员》中，典狱长最终却被自己送上了绞架，这一卡夫卡式的结局，透露出了反讽与戏谑的悲凉。因此，张小波是卡夫卡的传人之一，这一点应该没有问题。

以上是几部小说的简单描述，但我发现，复述小说的情节是困难的，这几部小说都是以营造某种气氛来取胜的，情节是淡化和破碎的。在作者的笔下，人已抽象为被法律所规定的一个奇怪的种群，他们存在着，但他们却为法的不在场所捕获。这是一本表达存在状态与呈现人的精神变异的小说，它营造了一个个变形的世界，人在这个充满了镜子的世界中被映照成了千百种扭曲的碎片。

所以，张小波成功了，因为从某种意义上讲，今天的小说家已变成了巫师，作家需要去蔽，去挖掘表层生活之下的真实境况，并加以描述。因为人已越来越难以发现被遮蔽着的自我。这部小说集中的所有小说，都在呈现与裸露着人的存在，在自身异变状态下的表现，小说似乎与现实是疏离，但却因为存在的呈现，而逼近了最真实的心灵和生活。我想，张小波就是这样的一类高手：一生只写这么一本小说，就足够骄傲了。

弗洛伊德的情书

我帮友人校订即将出版的《弗洛伊德文集》，有幸一字一句地读到了弗洛伊德的情书。众所周知，弗洛伊德是上世纪最伟大的思想家和精神分析学家之一，由他开创的精神分析学派在二十世纪影响深远，他也是和马克思、爱因斯坦齐名的三个最伟大的犹太人之一。由于弗洛伊德的精神分析理论的支柱之一，是性的动力学说，所以，二十世纪弗洛伊德遭受了各种各样的攻击。但本着科学研究的严肃态度与追求真理的严正立场，他仍旧和他的一些重要的追随者们坚持自己的观点，从而将精神分析理论的影响逐渐推展到二十世纪的哲学、医学、社会学、文学、艺术、宗教、教育、商业、司法、政治等各个精神与社会生活领域，成为二十世纪影响最大的思想家之一。

而被称为“性学大师”的弗洛伊德，在爱情生活上又怎么样呢？这一直是我关心的问题。他的儿子在弗洛伊德死后编订出版的弗洛伊德的情书，一共有一百零二封，实际上他给自己的恋人一共写了九百多封情书，但大部分都失散了，现存的就这么多。

通过这些书信，我们得知，弗洛伊德二十六岁的时候与犹太姑娘玛莎·柏内斯一见钟情，两个人很快订了婚，弗洛伊德就去了维也纳全科医院工作，与玛莎分离了三年多。在这三年多的时间里，在学术上他进一步研究脑解剖学和病理学，发表了一系列有关神经解剖与生理学的论文，并先后在外科、内科、小儿科、眼科、皮肤性病科、耳鼻喉科服务，获得了广泛的临床经验，为日后开创“精神分析学”理论打下了坚实的基础。这一段时间是他毕生事业的起点，但他再忙，也要利用哪怕是十几分钟的时间来给玛莎写信，有时候一天还写两封，有时候写很长的信，上午写一半，到晚上再写另一半，在有限的纸上表达他们之间的思念之情，感情热烈而又真挚。

在这些情书里，我觉得浮现出了另一个弗洛伊德，这个弗洛伊德是热烈的、真挚的，甚至还有些顽皮和幽默。他在这些信中不厌其烦地向未婚妻汇报自己研究中的进展，耐心地将自己研究中的科学概念解释到未婚妻能听懂的程度。几乎在每一封信的最后，弗洛伊德都会写上“热烈地吻你”的字样，有的信甚至还有“我要吻得你身体颤抖”之类的句子，也不知是译者的翻译还是原文如此，总之，到这一步，弗洛伊德已是为爱而狂热了。从这些信中，可以看出弗洛伊德对自己的爱情信心不足，并多次陷入对玛莎的爱的怀疑中不能自拔，像每一个渴望爱情忠贞的人那样，弗洛伊德也热切地盼望玛莎能经常向他提出保证，她是忠贞的，这个时候的弗洛伊德对待恋人，则是多疑、猜忌、勤奋和忠诚的。

弗洛伊德在这一时期不仅深受爱情的折磨，而且也遭遇了贫困，他的经济处境很糟糕，但这反而促进了两个人爱情的发展。在这些信中，弗洛伊德总是在计算着一笔笔可能的收入，以及这些收入在他们两个人生活中的具体开销。一八八六年，他和玛莎结婚了，经济处境也不太好，玛莎挑起了生活的重担。由于弗洛伊德的研究遭到了很多的误解和攻击，在很长一段时间里，弗洛伊德都陷入了孤立的境地，这时，只有妻子的照顾和家庭的温暖，才能带给他最大的安慰。在他晚年写给妻子的信中，开头的称呼由“亲爱的宝贝儿”变成了“亲爱的老太太”，语调也由热烈变得平实和深厚了，弗洛伊德对爱情的忠贞与执着，终于获得了应有的报偿——他们白头到老了。

当然，近年西方一些人猜测弗洛伊德与玛莎的妹妹米娜关系很暧昧，因为米娜没有结婚，一直住在弗洛伊德家中，且常和他一同出游。但由于没有证明材料，尚无证可考。但无论如何，弗洛伊德在学术上的坚定与执着，与他在爱情上的始终如一是一致的，所以，他才获得了双丰收。在今天，金钱与欲望法则盛行，保持坚贞与恪守专一反而不容易了。可“性学大师”在一百年前给我们做了个好榜样。我想，我们需要向大师学习得太多了。

根的谱系

作为南阳作家群中的佼佼者，周大新为人厚道，创作上也持续发力，这些年，他出版了《走出盆地》《格子网》《第二十幕》（三卷）《二十一大厦》《湖光山色》《预警》《安魂》《曲终人在》等多部影响深远的长篇小说，也发表了不少精致的中短篇小说，是厚积薄发的长跑运动员型的作家。

每一个作家都有他的根，根是故乡的地域文化，个人记忆，是作家的写作资源，形成了他根系，向着黑暗的泥土深处延伸，被作家变成作品之后，就是地表的树，蓬勃成一个展开的、众人都能看到的形象。我当然是在这里做一个比喻，对于研究者来说，去发现作家作品下面的根系，了解其生成，是重要任务。周大新的作品就是这样。我曾读过吉林人民出版社推出的他的五卷本的文集，分为《秘境》《窘态》《猜测》《惊讶》《花园》，共收录了他的中篇小说二十九部、短篇小说二十七篇，电影、电视剧剧本八部，加上我在前面提到的他那些长篇小说，周大新的作品蔚为大观，构成了十分丰富的创作实绩。

从某种程度上讲，每一个作家都是地域性作家，作家的写作永远离不开他生存与生活的环境。在周大新看来，地域的划分与差别才构成了世界的丰富与多彩，五光十色与五花八门，人的生存也就有了更多向往异域文化的乐趣。因此，因地域的不同而诞生出的文学作品也是千姿百态、千人千面，阅读不同地域作家所写的小说，也成了人们构成间接的人生经验的重要途径，这也是作家对地域文学创作的热情很高，长久不歇的原因。

周大新是河南南阳人，这种先在的地域符号跟随了他创作的全过程，并且仍在发展与延伸。在这套文集中，《花园》卷收录的九部中篇小说，写的都是他的故乡南阳这个特定地域的人与事。南阳，从古至今出了不少大文人政客，也是华夏民族最早的栖息地之一。周大新一开始写作时所具有的叙述的激情，自然是对文化之根的发掘与探寻。这卷小说中，既有后来改编成电影、有着广泛影响的《香魂女》这类当代题材的小说，也有《蝴蝶镇纪事》这类从历史延伸至当下的地域文化小说。周大新认为，他的这些小说中的人物虽然是南阳的，但他们也是中国的，乃至是人类的，了解这块土地上的人们过去、今天在想些什么，又在做些什么，以及他们心灵上的焦灼和灵魂的归宿，会对我们了解整个民族、国家的生存境况和认识我们人自身，都有帮助。而周大新把这卷小说起名为《花园》，是否有将南阳这一地域看成一个人物与故事的花园的隐喻在里面?

对本乡本土的世事与人物命运的关注，自然会形成作家的人生观与世界观。在他的文集《秘境》卷中，所收录的“南阳”文化小说呈现了向历史纵深延伸的风景。这一卷小说集中的《银饰》《伏牛》《走廊》《寨河》《热闹》等，无一不体现出一种悲剧之美。作者毫不讳言他喜欢看悲剧，因而，他笔下的南阳故事都以悲剧结尾。周大新分析了自己为什么喜欢写悲剧、喜欢看悲剧的原因：其一，人类最终都有一死，而死亡是人类生存的最大悲剧。其二，描写悲剧，恰恰是对悲剧的抗拒，是为了远离悲剧并减少悲剧。这恐怕是周大新观察故乡南阳的一个独特视点。从这一点上来理解他的作品，我们就明白了什么是真正的底层生存，只有写出了生存的悲剧感，我们才会在对自己的映照中获得痛苦而升华了的力量。

而在他的《窘态》卷中，他有意识地把笔对准了诸如卖字人家、耍猴艺人、做棺材的、卖铁锅的、守林人等各式各样的底层人的命运。也许，周大新更信奉作家是一个历史的观察者与秘书，是一个民间的讲述者，所以，他笔下的这些人物多为生存忙碌，苦难是他们生活之中的基本内容。因而，一个有良知的作家绝对不能对苦难漠视，对人类苦难与底层生活的关注，是文学家保持尊严的方法。

周大新的小说表现了一个地域意义上的庞杂的世界，在这个世界中，人们忙碌而苦难地生活着，并带有土地、文化和人种的鲜明烙印，这是根的谱系，是文学之树向泥土深处生长的结果。因此，做一个民族作家、地域作家，周大新的踏实写作和不断地超越自我，在今天这个全球化、相互对话的时代里，恰恰是值得重视和价值非凡的。

打假人

一段时间里，有那么多假货充斥在街头与商店，于是也就出现了打假人。打假，可以是一种职业吗？一些打假人出现以后，打假的确是一种职业了。比如戴墨镜的王海，我到现在都不知道他到底长什么样。但打假人似乎有一种业余心态与游击作风，他们不是三五成群，而是独自作战，他们不是坚守某个城市某个阵地（比如盯住一个大饭店），而是在中国的大地版图上四处游走，在城市中进行着一场丛林战。

对打假人的议论有两种，一种认为他们心术不正，借寻找商店卖假货反咬一口，来取得暴利。另一种认为他们是假货的敌人，是商场的对手和啄木鸟，是英勇的战士与正义之师。这种截然相反的评论令人大跌眼镜，于是，更多的人便持一种漠然心态，认为打假人可有可无，或者，有总比没有好。

为什么城市中会出现打假人呢？因为城市中有假货充斥。可为什么会有假货呢？是因为有真货，就会有假货。真货的价值与价格都高，今天，商品的品牌至关重要，品牌形象与品牌价值是商品的价格最重要的因素，真货的价格要高得多，质地也要好。往往一件成本才十元钱的东西，因为品牌的原因，它可以卖一百元，甚至更高，正因为如此，假货也就应运而生了。假货便宜，可人人都想穿戴使用名牌，假货也就泛滥了。在大江南北的小作坊中，在山沟与田间的小屋里，都有老鼠般的人群在制作假货。这些假货质地一般，却都模仿名牌，扰乱了市场销售，使真货蒙受了巨大的经济和声誉损失。

打假人就应运而生了。打假人有法律作为依据，去商店购买假货，再以一索十，取得赔偿。但无商不奸，由于假货的进货渠道很隐蔽，商店还是想进假货而卖真货的价钱，获得高利润。所以，有些商店与假货的供应者是串通好的，打假人和消费者，也就是和我们这些芸芸则是一路人。打假，当然得有技巧，明知是假货，却偏要去买，这不是知情不报吗？这种对打假人的偏狭理解是错误的。根据报道，以王海为首的打假人，知假买假然后索赔，常常是赔钱打假，更别说靠打假发财了。

从这种意义上讲，打假人真是勇气可嘉了。我把打假人看作是一种城市啄木鸟，他们向卖假货的商店啄去，索得赔偿，如同啄木鸟啄到虫子，帮助树木维护健康。根据报道，打假人打假并不顺利，一方面，消费者中有人说他们以邪制邪、却是恶人，而商场与造假者又联成一手，四处设立壁垒，给打假人造成了很多障碍，使得打假人索赔不成功，被抵赖，被无限期拖延，被防备，被拒之门外，被威胁和被误解。

这就是今天这些城市打假人的命运。实际上，这些打假人才是真正认真的消费者，他们捍卫自己的权益，他们与大多数神情漠然，自己成了受害者也浑然不觉的傻瓜消费者完全不同，他们是认真的人、警觉的人、捍卫自己的利益的人。

我为这种现象感到忧虑。实际上，我们每一个人都应该成为打假人才对，可大多数购买假货的人都放弃了自己的权益，并蒙受了损失。为什么我们不从麻木中醒来呢？却反而指责打假人无事生非和心术不正呢？这正是问题所在。所以，正如一切思想者都是孤独的一样，我对大众的自私与麻木，感到痛心，他们除了吃哑巴亏，还能干些什么？城市人，人人都成为打假人，这一天的到来才是文明与法治的开始。

离同居、笑场和借种

我最近几年在写一个总题叫作《社区人》的系列短篇小说，计划写六十篇，最终于二〇一〇年写完了。这个短篇小说系列的主题，就是现代都市人生活中遇到的各种问题。这个系列小说，是以一个中产阶层社区为背景，以生活在社区里的各色人等的生活作为写作的素材。

其中有一篇小说的题目，叫《离同居》，这个题目是不是有些古怪？其实，不古怪，你看报纸上的一些征婚广告，经常有“离未育”的说法，意思是离婚了但没有生过孩子，就是“离未育”。这个“离同居”，就是指离婚了，还住在一起。小说写的是一对年轻的夫妇，他们结婚了，生了孩子之后，不断地为一些琐碎的事情争吵，后来离婚了，结果这离婚的手续办了之后，他们又住在一起，关系反而恢复了，一切争吵都化为乌有，重新和好了。但是，要他们选择再次结婚，他们却都不愿意，宁愿保持这个“离同居”的状态先看看，给自己留条后路，给对方一个警告。这么生活，是不是比较新潮？

还有一篇叫《笑场》，讲的是现在的人，似乎很难产生爱情的那种感觉。

笑场，是一个影视娱乐界的专有名词，意思是你正在一本正经地演戏，忽然憋不住自己笑了，戏就无法演下去了，导演只好喊：停！演员就得重来。拍影视剧的时候，这个笑场事件还是经常容易发生的，但是，发生在生活中的男女之间，就成了问题了。我的小说《笑场》讲的就是一对男女分开后，各自找了新的恋人，但是，正当他们和新的恋人准备拥抱、接吻，进入如火如荼的忘我情况的时候，忽然，都笑场了，无法继续进行了，于是就前功尽弃了。这个笑场，说的就是有过情感挫折的人们，很难再获得纯真爱情的那种尴尬吧。

我还写了一篇关于借种的小说，叫作《我的种子，她的孩子》，小说中，叙述者的妻子不要孩子，他们是一个丁克家庭，而社区里有一个离过婚的女人想当单亲妈妈，想要孩子，但不想要丈夫，于是，偶然的机会，就找到了叙述者，希望他能够借种，于是，叙述者纠结了一阵子，最后勇敢地借种了，最后，单亲妈妈带着孩子远走加拿大，叙述者却有了一种难以割舍的怀念。我写这篇小说，来源于自己的经历，我一位同小区的邻居，是一位有过短暂婚姻的女子，在一家外企工作，她就想做单亲妈妈，希望我帮助她，我纠结了一阵子，最后拒绝她了，无法成为借种的人。可是我写出了这么一篇小说。这篇小说涉及了丁克家庭、单亲妈妈和男人的内心软弱等问题，还是很有意思的。

书越读越少

天天摸书，却觉得书是越读越少的，这是我的一种十分真实的感觉。可难道书不是每天都增加的吗？现在，据说我国每年就要出版十万种以上的新书，怎么能说书越读越少呢？其实，读书几十年，我发现大部分出版物不过是一些经典作品的衍生物而已，品种多了，可是绝对的质量没有增加，只是版本的不断翻新。

我读书经历了三个层次。第一个层次，或者说读书的第一重境界，就是见书就读，什么书都读。一个人刚开始接触书的时候，他就像一张白纸，什么都吃进，求知欲极强，因而他必须、他非常想也非常需要读书，于是他见书就读了。

我在小学、中学和大学时代都是这样，很少有我不读的书，凡是我见到的、感兴趣的，我统统去读它。不加鉴别，没有太多选择，凡是应该读的书，都去读它。小学的时候，大约五年级的时候，我已经读完了四大名著：《西游记》《水浒传》《三国演义》《红楼梦》而且全是古文的。我半懂不懂，连蒙带猜地读完了它们，有些书还配合小人书看。这样看起来就更好懂一些了。我现在记得阅读过的书，还有《中国动物故事集》，加拿大作家西顿的《狼王波洛》，等等。此外还有大量的童话，就记不得了，像格林童话、安徒生童话，应该都是那个时候读的。而不删节的《金瓶梅》，更是到了大学时代才读完的。中学的时候我还读了很多当代文学杂志，对王蒙一百多位当代作家发表在二十世纪八十年代的作品，我大都阅读过。后来，我经常遇到他们中间的一些人，还能够回忆起来多年以前阅读他们一些具体作品的情况。上大学的时候，我嫌课本陈旧，一方面阅读先秦以来的文学作品，从先秦一直读到莫言、苏童等当代“先锋派”作家，另外，就是全面阅读西方大师级作家的作品，像莎士比亚、歌德、博尔赫斯、海明威、福克纳等一百多人的作品，我当时是按照大学图书馆外国文学部藏书字母的顺序来阅读的，此外，开始阅读其他人文类图书，历史、哲学、人类学、心理学书籍等。我当时还在想，要当大作家，就必须要把文、史、哲都打通，那种畅快读书的感觉，真是很过瘾。

读书的第二个层次，或者说第二个阶段，就是读一部分你特别喜欢的作品。这是我现在正在经历的阶段，这个阶段，你会发现，原来你的兴趣和兴奋点在缩小范围，也许他们只有十几个人，你应该读他们的全集和文集，还该读有关他们的传记、研究资料和他所处时代的背景资料，这样你就会把这些作家吃透，你会明白，他们在他们的时代里到底是如何写作的，这些作家和他的时代的关系是如何的。这一点很重要，你必须要明白没有一个作家能够完全超越他所属的那个时代。你也明白了，从人到文，你为什么喜欢这些作家和作品，为什么会缩小到这一小部分人。在这个阶段，我大致搜集齐了我最喜欢的作家的中文译本，没有中文译本的，我尽量找英文本来阅读。这个阶段，我喜欢的作家，大约剩下了不到三十个，这些作家的作品对我的写作都有直接的影响。

然后是读书的第三个层次，第三种境界，这个层次或者境界就是：只读一本或几本你最最喜欢的书，反复阅读你喜欢的一两个作家，精心研究他的作品。你深深地进入这样一部书，或者进入一个作家创造出来的全部的文学世界，你被这个世界所征服了，你必须像掘地三尺一样去读这本书。这个境界是很难达到的。很多人在读书的第一重境界之后，就消失了，不再读书了，因为，后来的生存把他压垮了。第二重境界，很多人也达到了，他们在阅读小范围的、他们真正感兴趣的作家之后，也许。会变成和那些杰出的作者一样的人。而第三种境界，需要你去确定阅读一本书的时候，这多少变得有些困难了。我就很难确定我最喜欢的是哪一本书，它到底在哪里？它是《红楼梦》《金瓶梅》吗？它是《复活》和《百年孤独》吗？它是《尤利西斯》或《追忆似水年华》吗？我无法确定。

现在，你应该明白我说书越读越少的意思了吧？人类的文化是一个金字塔，人类的精神是有高度的，一旦你攀缘到了一定的高度，那么，这之下的很多东西就不用理会了。虽然现在每年有多少万种图书出版，可大部分的精神和文化含量都很低。很多书都是衍生物，是对经典文化和古典文化精神的再开发，再利用，再普及，没有太多的原创，品种虽然多，都是低水平的重复和再复制。而当代人写的书，还没有经过时间的淘洗，也不用读太多。比如很多书，只需要读它开头的几句话，随便翻一翻，我就知道这本书处在什么样的精神层次，我会加倍地将目光投向那些已经被时间淘洗后剩下的少数精品。

最近这几年，有些人在说，读图书时代来临了，这成了近年的一个风潮。但只要人类还在使用语言，文字就不会死，由文字引发的人的想象力，也会更丰富，人们只读图不读文字的时代，就不会存在。我也开始反复阅读那些我最喜欢的图书了。

捡垃圾

我大学毕业后曾经在怀柔检黄花城乡附近的乡村锻炼了一段时间。那里有一个水库，叫金汤湖。这个小水库是在一片山谷中，是人们建筑了大坝，拦住了下泄的山泉与雨水形成的。不远处，巍峨的长城就在山峦顶端蜿蜒而去。

我所在的单位，要在那里盖一个培训中心，正在进行前期的征地、租用水库、盖房等的工作，此外还有各种管理工作，包括雇用民工、负责财务等。我一个外省青年，坐火车星夜兼程，赶赴北京，还没有来得及领略它的伟大和雄阔，就被放在长城脚下锻炼了。周围全是山村和农民，果树和野地。于是，寂寞的时候，我除了写诗，就是在附近的山上转。

我发现几乎每个周末，都有一些外国人在山村附近郊游，他们开着越野车，一家子都来了，然后在山峦中攀爬。可是，奇怪的是，我发现他们每个人的手里还拿着一个黑色的塑料袋。他们在游玩的同时，竟然在捡拾垃圾！当时的塑料垃圾很多，我们是熟视无睹，可是他们却在集中归拢这些垃圾。

后来，我和他们聊天，才知道他们大都是驻华使馆的外交官家庭，周末出来旅游，顺便做义工来捡垃圾的。一九九二年的夏天，我想那个时候我们正在掀起新的经济发展大潮呢，大家的环境保护意识肯定不像现在这么强，我当时就非常震撼，因为这些外交官完全是义务和本能地在爱护环境，也没有报纸记者跟着报道，谁都不知道他们在做这样的事情，他们也认为这是天经地义的事情——保护环境，从我做起，我们只有这一个地球。我被感动了。就是从那时起，我养成了习惯，到全国各地的风景区我都要把路上见到的垃圾捡起来，集中扔到垃圾桶里。

一个民族的文明程度，是要靠细节来体现的。北京奥运会举办之前，政府发起了改掉自身小毛病的倡议，比如随地吐痰、插队加塞、大声喧哗等，一些人在公共空间里的表现不那么好。像随地吐痰，那是你的分泌物，本质上和你的大小便是一样的，你怎么可以在公共场合随便吐呢？你怎么不吐到你家客厅里呢？这个顽疾在一些人那里，就是改不了，更别说让他自己去捡垃圾了。

我常看见一些人开车的时候，会从车窗往外扔垃圾和烟头，反正，这车窗外不是他们家的卧室。我记得，某年在澳大利亚旅游，大巴上有个中国游客向车窗户外面扔了一块香蕉皮，结果有一个澳大利亚的老太太，硬是开车追了两个小时，追上了大巴，拿着香蕉皮上车，问满车的中国人，这香蕉皮是谁扔的呢？当时，所有的游客都不吭声，觉得很丢脸。还是导游赶紧道歉，说，是他扔的，请求她原谅。我当时真是感到害臊，不知道丢香蕉皮的那个人是不是真的感到了无限的羞愧。

我们正在遭到自然环境对我们的报复。雾霾就是一种报复，这个报复越来越强烈了。所以，我想起来多年以前，我看到的那些外交官的全家，在北京郊区默默地在长城脚下捡垃圾的身影。我盼望我们每个人都去做自己的志愿者，做自己的义工，从自身做起，爱护公共环境和公共道德，因为，你随便的一个动作和一个细节，就会体现出你之所以是个人，而不是兽类的原因特征。

博 客

博客，最近几年被微博和微信打败了。但有一阵刚开始有的时候，还是大行其道的。好像谁没有开博客，谁就没有跟上时代一样，一时间阿狗阿猫都开起博客了，也不管有没有人看。而且，开了博客，就像被一条狗撵着一样，要求你经常写，最好是天天写，天天发布消息。这一点，就让我很烦躁。我发现，那些点击率高的博客，大都是公众人物，大都是女明星或者美女之类。

我上了几个人的博客看了看，实在没有什么东西，就是一些私人信息发布，多是美女搔首弄姿的照片充满了整个页面。很多人的博客都很无聊，大都是自恋的产物，文字虚浮，语调喧哗，内容空洞。要想要点击率高，在博客上的文字最好是私人经验，越隐私，人家看得越过瘾。人家就要你名人的私人生活、内心独白、身体感受，只有这样你的博客才会被更多人注意。一些露阴狂就更加猖狂了，多丑陋的东西他们都能亮出来。由此，网络暴徒大量出现，平时他不敢在公开场合说的话，在博客上却可以说，真是屎尿横流。时代的浮躁病症在博客上更能体现出来。

还有一些博客的文章，大都是口水文章，很少有文化价值的。我曾经辛苦地推荐了几十本自己正在阅读的人文类好书，可是，点击率只有几百人，而我写了一篇口水文章《就是不看世界杯！》，很快就有上万点击率了。我是很失望的，很多人喜欢一些耸人听闻的东西，喜欢猎奇，也喜欢咀嚼垃圾，那我就没办法了。而且，博客上的搅屎棍子也特别多，比如明明有人抄袭，被法院判了不道歉，引发批评，忽然来了一些搅屎棍子，把黑的说成白的，一个个的没有是非观念。

当然，我这么讨厌博客坏的方面，并不讳言，博客也有很好的一面，博客是私人日志，在博客上一般可以直抒胸臆了，尤其是骂人，很痛快，而且要把话说绝对，不能中庸。当然，被骂也就理所当然了，骂人和被骂，都不能过于认真。比如，应一个出版社的要求，我写了一篇诺贝尔文学奖得主品特的评论，可是，我忽然心生恶气，不想写成表扬稿，就对品特大加挞伐，文章的名字叫作《品特：一条戏剧疯狗》。我的文章贴出来，就有很多人留言，说我才成了疯狗了。人一旦上了博客，就变得胆子大起来，说话也直率多了。因为几千年封建文化的影响塑造，国人的双重人格很严重，那么在网络上，在博客上，就可以变回自己。

这是博客的一大好处。其次，博客是一个自由交流的平台，你可以潜水，只看不说，也可以留言说话。一些多年不见的朋友也联系上了。任何人只要开了博客，都要面对直接的读者和评论者，你有权利发布你的信息，人家也就有权力评判你。在博客的领地里，自由交流基本上实现了。而且，大家可以每天和自己喜欢的公众人物进行近距离交流，的确很方便。这也是很多人喜欢博客的原因。

我还是希望大家能够花更多的时间去读书。读书，才是一种深切的对话和凝视。我曾经浏览欧美一些知识分子的博客，那才叫好呢，发布的都是对社会大事的评论，评论犀利，信息量巨大，对推动社会进步有很大用处。因此，我对我们博客的幼稚病有些担忧，不知道博客最终会走向何方——要是博客只是一个喧哗无比、只说不听的社交场所，我会尽快离开。

但我最终离开博客了，因为，微信出现了。微信的朋友圈，都是真朋友，微信打败了博客。不知道谁还能打败微信。

黄珂的流水席

一天晚上，黄珂打电话给我，要我到 798 工厂里的“老川菜六号”吃饭，他和几个朋友把川菜六号改成“天下盐”川菜馆了。据说，原来叫作川菜六号，工商局不给注册，现在的名字叫“天下盐”，就给注册了。名字不错，天下盐，人人都要吃盐，盐巴没了菜就没了味道。

但我对黄珂说，不如叫流水席，是不是更好啊？黄珂在北京可算是一个奇人，他是四川人，面如活佛，体态微胖。多年前，据说他出了一次车祸，同车的死了好几个人，就剩下他一个保命了。于是，他忽然觉悟了，觉得剩下的人生都是白捡的，就开始在望京他那个大房子里，大摆流水席，专门请人吃饭，而且，谁带朋友来，都欢迎，白吃白喝。

算一算最近一年多，我去他家里吃过十多次，每次去，都看见不少的京城文化界各色名人大腕，同时，还美女如云。听黄珂说，去年春节十多天时间里，他在家里招待了三千人。我在那里碰见过很多诗人、作家、艺术家、导演、演员、书商、书法家、教授等，京城文化名流也是慕名前来，往来无白丁，特别热闹。而且，有人在他家还吃到了豪猪刺、野狼肉、鸵鸟心、熊掌、毒蘑菇、鹦鹉舌头等怪东西，不知道是不是真的。假如北京有火锅沙龙的话，那么，黄珂的流水席绝对是一个风景。关键是黄珂无所求，他是另一种类型的孟尝君，可是他没有什么野心，就是搞个饭局请朋友吃饭。

我根据黄珂家的流水席这个事情，写了一篇小说《流水席》，发表在《山花》杂志上，中央电视台十套节目的制片人看了，就来做黄珂的节目。

那天晚上，在 798 工厂的天下盐餐馆，我看到了五十多个老朋友：诗人张枣、万夏、杨黎、张小、二毛，作家虹影、余世存，歌剧演员张影子、摄影家黑明、设计家旺望忘等各色人等。饕餮大餐啊，电视台的人继续做节目，我们则在那里聊天，自由走动。这一天晚上我和三拨人进行了谈话，第一拨，是和张枣谈诗歌。他在德国图宾根大学任教，我们谈了他刚发在新京报上面的诗歌，谈到了诗歌和散文（广义的，包括小说）的关系，以及语言问题，没有想到几年之后，他就去世了，非常可惜。我看到他的脸色那个时候就很黑，是不是肝不好？他还答应给我新作，要我发在我供职的杂志上，这一点也没有实现；第二拨，我和摄影家黑明谈到了他拍摄的黄土地上的窑洞一系列照片，他的照片的动人之处，在于那种纪实性里面包含了人物的全部命运，今年他又花了几年的时间，拿出来了一组抗战老兵的照片，这组照片我在离开《人民文学》的时候，进行了最后的编辑加工。第三拨，是和一家新闻周刊杂志的一个老朋友，谈了一九九〇年以来的社会变迁、风云变幻，他觉得，历史有时候总是在和我们开玩笑。

忽然，诗人杨黎喝醉了，走过来抓住我的领子，逼迫我发表他一个哥们的诗歌，我说，好吧，用几首。你让他把诗拿来我看看。他摇晃着又走了。他后来忘记这个事情了，他说完就真的忘记了。

我还记得，那天晚上，在某个屋子里，歌剧演员张影子小姐演唱了歌剧《阴道独白》的片段，她在美国百老汇待了多年，歌剧唱得非常好，同时，在一边，有书法家曾来德在拿很大的毛笔，比拖把还大的毛笔在那里写字。哎呀，他真是写出了巨大的字，写得好极了，让我们佩服已极。

后来，黄珂办了几期《黄友》杂志，搞了几次盛大的派对，来的人往往有好几百，自编自演话剧小品唱歌等，热闹非凡。他开了几家“天下盐”餐厅，继续着黄珂流水席的风格，四下接待朋友。最近，他又开了几家“黄门老灶火锅”，是地道的重庆火锅，除了贵点是缺陷以外，实在是好吃极了。

人类是外星人圈养的动物

这不过是一个假设和无聊的科学幻想：人类肯定不是外星人圈养的动物。我感觉这个题目写下来，我就自我否定了。当然不是，要不然怎么到现在，有史以来，地球上的人都死了超过一千多亿了，还没有外星人来吃我们呢？怎么都是我们在吃地球上的别的动物呢？

我转念一想，人类把地球上的别的动物吃光了，会不会进行外星开发，去吃外星球上的动物，飞船拉回来的都是各类动物，比如高蛋白的蠕虫、能吃的甲虫，巨大的宇宙猪、白胖胖的飞鸟蛋？

谈点关于吃的话题。在外国人看来，我们中国人什么都吃，几乎没有了敬畏心，是可怕的。吃心要改，我为什么这么说？前些时候，一个朋友组织了一本书，叫作《吃心不改》，三册装在一函里，装潢非常风雅别致，据说，在“渝乡人家”这样的餐馆里卖得很好。里面收录的文章，都是一些著名的吃货写的文字，顾名思义，都是讲究自己如何吃来吃去的故事，甚至有的人还罗列了自己最喜欢的菜谱，最喜欢去的饭馆，最向往的菜肴，舌尖上最美妙的滋味等。我也应约写了一篇，主要是回忆了自己吃和做新疆饭的一些点滴——也写了一个菜谱，倒令吃家见笑了。

为什么这次我要说“吃心要改”了呢？因为，中国人是地球上少数特别能吃、会吃也喜欢吃的民族。都说地球上的国家里，除了法国人的菜肴作为文化，可以和中国菜肴的谱系相抗衡以外，其他的国家和民族的吃文化，都在中国人之下。这么说，有骄傲的成分，也有令我悲哀的地方。你看，现如今，没有中国人不能吃的东西。小时候，我父亲闲来无事，给我念了几个菜谱，从此在我的内心里留下了吃的阴影。第一个菜，叫作“三叫一点红”，是说刚刚出窝的粉红色的小老鼠，用筷子一夹它“吱”地叫一声，往作料盘里一蘸，它又“吱”的一声，最后往嘴里一咬，它第三次“吱”的一声，然后，一点血迹就顺着你的嘴巴流下来了——这就叫作“三叫一点红”。第二个菜，叫作泥鳅豆腐，就是把活泥鳅和一块很大的豆腐放在锅里，然后慢火煮。刚开始泥鳅还不觉得怎样，水热了泥鳅就钻到了豆腐里，最后，一块豆腐中有很多姿势奇形怪状的泥鳅，用来蘸作料吃。我陡然觉得我自己就是一条泥鳅了。第三个菜，叫活吃猴脑，就是把一只猴子固定好，打开猴子的脑盖，然后活吃猴子的脑浆。后来我看到美国电影《汉尼拔》中吃人的恶魔活吃警察的脑子，立即又联想起来这个菜谱，真是不寒而栗啊。第四个菜，是把活驴四条腿放到四个坑里面，用开水把皮和皮下的肉浇熟了吃。第五个菜，是把甲鱼放到调料汤锅里面，汤锅水变热的过程中活甲鱼就不断地喝汤料，结果最后是甲鱼熟了，甲鱼肉因为汤料完全进入身体而鲜嫩好吃。第六个菜，是把活鸭子放到一个烤炉的箅子上，让活鸭子不停地走来走去，鸭掌熟了鸭子还是活的，拿去继续宰杀了吃。这完全是给鸭子实行了炮烙这个刑罚啊，人真是残忍到家了。至于中国人吃那些动物、珍稀植物的事情就更多了。

去年，我去澳大利亚访问，吃到了澳洲的猪肉，觉得有一些骚猪肉的味道，很不好吃。一问，才知道原来人家的猪和牛羊都实行了人道的宰杀办法，主要是电击，这样就无法放血，肉就不好吃——我自己杀过羊，很清楚这一点。另外，澳洲的龙虾等海产品，法律规定也是不能活吃的，必须要在冰箱里冻死才可以吃。我想说的是，我们也应该赶紧立法禁止不人道地对待动物。据说人类其实是外星人养的储备食物，不知道什么时候，外星人就要开始消费人类了。咱们要小心啊，我猜测外星人吃人类恐怕比我上面说的人类、主要是中国人吃动物的方式还要残忍呢。不过也许外星人会区别对待，澳洲人电击，中国人炮烙！

想来很多国人对宗教少有敬畏，就只剩下了肉体的欢娱，都是欲望现实主义者，其实，还是野蛮人。所以，我在这里给您作揖了，扫您的兴了——请您过年在吃的时候，也改改你的吃心，不要当一个野蛮人。

第四辑：黑蓝

小说的前途

一个朋友问我，现在的小说，到底是一个什么样的情况？是不是太边缘化了？似乎纯粹的文学，越来越虚弱无力了？

我的回答是，现在的中国当代文学回到了它应该在的地方。在二十世纪八十年代，文学具有的社会代言人的性质，在今天已经几乎没有了，作家只是代表他自己。不能让文学承担过多的东西，当代文学也并没有虚弱无力，相反，呈现了接近繁荣的时期。

今天的当代文学，有着丰富的多元景观，各种各样的美学圈相交、相切甚至是相离，这都是文学本来就应该具有的面貌。而且，我们的一些作家，通过自己这二十年的写作探索，已经和西方几个大的语种的文学，比如法语、西班牙语、英语、德语、意大利语文学的水平拉近了距离，我们当代一些优秀的中年作家即使是在全世界范围来看的话，其创作的水平，也丝毫不亚于同年龄的其他国家的作家。

由于出版的商业化，今天的一些畅销作家，发行量十万册以上的文学作品每年都有，一本书就可以给他带来几十万元的版税收入、几百万的版权收入，读者也并没有减少，所以，何谈文学的虚弱？不过文学杂志现在很不景气，但是由于有作协体制的存在，大多数文学杂志都活着。我觉得以后市场的力量会让更多的文学杂志死亡，而作家，主要要靠出版社的版税生活了。由于市场监管的问题，盗版的大量存在，知识产权的保护不力，都是作家烦恼的问题，直接影响到了作家的生存。现在的作家也分化十分厉害，有作协养着的一些作家，也有自由撰稿人，有为影视剧写作的专业枪手，也有靠写广告词为生的作家，大家都在一个市场的运作下生存。

这只是文学的外部景观。真正的文学首先都是指向心灵的，是一个时代的心灵景象的描绘。我查阅了资料后才发现，像杜拉斯这样杰出的法国作家，她从一九五四年到一九八四年出版《情人》之前三十年中所写作的小说，大多数印数很少超过一万册的。一个特别杰出的作家，在他所处的时代里，时代和大众对他的接受总是要慢一些。当然，商业化其实不见得会伤害一个作家。我还了解到，狄更斯当年写小说，为了赚钱，可以同时写三四部作品给不同的报纸连载，现在他的东西，不是照样成了经典？有时候，是读者造就作家的。

我觉得，从鲁迅到莫言这不到一百年的现代汉语文学的发展，这些优秀的作家，写作的背景都是农村和农业社会，而未来能够成为汉语文学的增长点的，毫无疑问是以城市为背景的文学。下一个可以代表中国文学发展阶段和水平的，必将是以城市为背景的，写出了现代中国人的精神处境的作家，就像是美国作家索尔·贝娄或者约翰·厄普代克那样的作家，比我们年轻的作家有望获得更大的成功。

在现在这个多媒体的时代里，文学的传播手段似乎有一些单一，这当然影响了文学的影响力，但是，今后的作家将尝试更多的文学传播的手段，比如杂志刊登、出版纸介书籍、网络发表、报纸连载、改编影视、电子出版，甚至可以制作衍生成游戏软件，这样，一部文学作品的流通范围就会更大了，所以，对文学来讲，今天多媒体的互动和撒播，是一个非常有利的生存条件。

文学会死吗？答案是否定的，因为我们还在使用着语言，而文学就是语言的艺术。语言讲述各个国家和民族各种各样的原型故事，保持一个民族的特性、心灵世界、生活景观和想象力，除非语言死了，文学的末日就到了。那样，一个种族也就灭亡了。

我的猴年

先说表扬的话，这个《soho 小报》上刊登的都是一些牛鬼蛇神写的东西，非常有趣、好玩、好看，有时候来不及细看，我就把杂志摆好，放在一起，闲了经常翻翻。杂志这么办还是挺有意思的。

按照属相，二〇〇四年是猴年，也就是我的本命年。我其实是猴尾巴，论周岁刚三十五岁，可是论属相，就是三十六岁了。有人说本命年要么特别好，要么特别糟。仔细盘点，我发现，我属于在本命年里运气好的那种人：换单位、结婚、出国、旅游、出书、公费上学，这一年里我全赶上了。

先说结婚。早就听说“本命年不宜结婚”的说法，架不住我妈和我老婆的妈的劝告，所以，我在二〇〇四年一月份，也就是羊年的尾巴月份，和相处了好几年的女友，到东城区民政局领了结婚证，算是第一次结婚啦！然后，四月份又请了一百多个朋友喝了喜酒。过年的时候，进入了猴年，我老婆正式叫我穿上了红裤衩红袜子，说是辟邪的。而且，她还给我买了好几条呢，说这一年要天天穿的。所以，我一年里都穿着红裤衩辟邪呢。

接着是上学。一过春节，就作为鲁迅文学院“第三届中青年作家高级研讨班”的学生，到朝阳区东八里庄的学校上学了。学院一人一个房间，不要学费，只收一点饭费，学费都是宣传部专款拨下来的。学期是半年，一直到七月的上旬才结束。全班一共五十多个人，来自三十个省市。最大的五十二岁，最小的二十多岁。每周三节课。给作家上课的人是很有意思的，方方面面的人都有，有政治理论家也有文学评论家，有资深外交家也有经济学家，有婚姻法专家也有武器专家，此外，还有说评书的、演小品的、搞舞蹈的、拍电影的，加上气功打假专家，总之各路豪杰都来给我们上课。有的讲得特别好，掌声雷动。

我还出了两趟国，三月份，正是日本樱花开得特别美丽的时节，受日本外务省的邀请，我和青年作家祝勇去日本访问了十多天，走了不少地方，看了很多文化遗存，醉心于京都和奈良。觉得日本人真是对一草一木都精心地侍弄，每一寸土地都精心地打理，太值得我们学习了。八月份的时候，应邀去了澳大利亚，在东部海岸一路走了几个城市，墨尔本、堪培拉、悉尼等，据说看了澳大利亚百分之七十的城市景观。

我对澳大利亚没有太多好感，澳大利亚相对于英语世界还是非英语世界，都是一个边缘性的国家。可能我没有深入她的文化核心里，有些胡说吧。但墨尔本没有北京、上海繁华热闹，商店的很多衣服都是中国制造。悉尼歌剧院远看很美丽，可是进去一看，发现里面都没有完工，全是裸露的水泥大柱子，而且，歌剧院外层包裹的竟然是佛山生产的瓷砖，就是在前些年国内特别流行浴室和厕所贴的那种瓷砖——据说悉尼歌剧院为了省钱，把咱们佛山的瓷砖也用上了，远看是白色的，近看是有些黄白相间的贝壳色。

十月份，刚过了国庆假期，我就调到一家文学杂志履新了。我在《中华工商时报》已经干了十一年记者编辑，也应该动一动了。后来，《青年文学》杂志原主编李师东升任中国青年出版总社的副总编，他就把我挖过去，当这个杂志的执行主编。杂志目前分上半月的纯文学版和下半月的校园版。如今我已经干了两个月，觉得还不错。干杂志主编更像是一个导演，需要指挥一批编辑，综合考虑稿件的搭配和栏目设置。

再有就是二〇〇四年，我去了国内很多地方，四川绵阳和九寨沟、江西庐山和井冈山、内蒙古锡林郭勒大草原、青岛海滨、天津开发区、浙江慈溪五磊寺、吉林松花江。在这些地方，讲学、采风、游玩。我还接到以下的邀请，埃及、新疆、武夷山、景德镇、温州、山东、黑龙江大兴安岭坐，因为种种原因，没有成功出行。

在本命年里，我虽然很忙，这么多好戏连台，我却有不惑之年和平静如水的感觉。就是对什么好事儿，我都没有特别激动和动心的。我不知道这是不是一件坏事情。很多年以前，我到作家李冯的住处，看到他有一个“不动心”的座右铭，那个时候，他已经开始给张艺谋干活儿改《武则天》了，我觉得奇怪：一个男人怎么可以做到不动心？那可太难了。不过，今年，我也有些这种“不动心”的感觉了。即使应该高兴的事情，我也觉得很淡然，有些“人淡如菊”了。

仔细一想，我觉得这一年过得真快，一下子就过来了，而且好像越来越快，每一天像飞一样，都感觉不到时光的流逝。

北京的出租车

都说北京的出租车司机个个都很有意思，会聊天侃大山，一路上把顾客侃晕，然后不知不觉就到达目的地了。这可能是对北京出租车的美化。实际上，当二〇一五年专车的出现，滴滴打车、快滴打车软件系统的竞争也很激烈的情况下，出租车专营模式的改变是必然的，这种依赖政府发牌照、公司经营再吃一道的传统运营方式，早晚要死掉。

出租车行当的地方保护，总是地方政府的政策选择。多年以前，就出现过一例，那个时候，北京市出台了一个出租车车型标准，目的是淘汰外省生产的车型。我当时写了一个短文如下：

> 当我看到北京市又在酝酿出台新的出租车车型标准的时候，就觉得有些狐疑了。本来，这是出租车公司和出租车司机的事情，市政府非要出台一个“排气量 1.8L 以上，车身长 4.5 米以上，环保要达到欧洲三号排放”的标准，这个标准是不是有地方保护的嫌疑？此前，我看到了一个消息，说北京现代汽车今年初定下来的，年销售十五万辆轿车的目标，铁定无法达到了。我还听说“北京吉普”也要改名“北

京奔驰”了，北京产奔驰也要下线了。

那么，这个出租车新标准，是不是就是要保护北京现代和北京奔驰的？如果是这样，那么，大概不适合这个标准的夏利、富康和捷达，就要退出北京出租汽车市场了？

我觉得，这个打着办奥运会的旗号出台的标准，有些操之过急了。为什么不给出租汽车公司更加自由的选择权？我们老百姓现在过日子，想的仍旧还是经济实惠，你把车身弄长、排量增大，那价格，当然就也不含糊了。我看起码要两元多每公里了，那现在一元六角每公里的出租车，就不存在了。那要办成一届叫平民老百姓满意的奥运会，就也是痴人说梦了。我想，二〇〇八年能够乘坐豪华如奔驰，宽敞如现代的出租车的人，在两千万人里面肯定是少数，即使是现在，很多老百姓还怀念当年的“面的”呢，到时候，不要让我们再太怀念现在的夏利、富康和捷达了。饭总要一口口地吃，一下子跨越出租车的台阶太快，是不行的。这次逐渐淘汰夏利就不错了。车身低于4.5米、排量大于1.8L的的车型有很多，这个标准，打击了一大片，给销售滑坡的汽车行当很大打击。

果然，二〇〇五年春节前夕，很多出租汽车公司换车，淘汰夏利的时候，换的都是北京现代的两种车型。看来，政府作了半天秀，说什么有多种车型可以选择，北京市的出租汽车公司绝大部分选的都是北京现代——我就不用多说什么了。说到底，我们想要的是一届平民的奥运会，想要的是平民的出租车。

二〇一五年的今天呢？今天的北京出租车，经历了提价，可每次油价、运价的上涨，似乎都把板子打到了消费者的身上。这次专车、叫车软件的出现，将迎来北京出租车的一次革命。到底是顺势而为，还是僵化停滞，出租车运营体制的改革，值得关注。

无私者无畏

进入二十一世纪没有几年，很多情况似乎都发生了变化。比如，再高大的事物与人，人们都能够以平常心的态度去面对和看待。因此，邓小平一百周年诞辰的来临，也使我们有了一种亲切与平静的怀念。

邓小平是一个伟人。最近三十年，纵观世界各大洲，确实没有出现像邓小平这样在关键时刻力挽狂澜，从此改变了一个民族命运的伟大人物。中国现实与未来的道路，在继续沿着"改革开放的总设计师"所指引的道路前进着。

不久前，邓小平的家人——他的妹妹、女儿和外孙女，一起在中央电视台做了一期节目。我对邓小平女儿说的话特别有感触，她说，邓小平就是一个"人"，既然他是一个"人"，那么他就有一个人所拥有的优点和缺点，他不需要走上神坛，也不需要走下神坛。邓小平一生无私，所以，他也无所畏惧。

这些话说得非常好，邓小平的家人说出了我们不需要把他神话的理由。

因为，他是一个大写的、有血有肉有个性、甚至是有缺点的人。最关键的地方，是邓小平的无私。只有无私者才能无畏。在这一点上，邓小平对权力的理解是相当深刻的，掌握权力的人，如果有了私心，那他肯定有所畏惧。当权力并不属于人民，而只是属于一小圈子人的时候，民族的灾难就黑云压顶了。所幸，我们有邓小平，和邓小平的改革开放。现在想想真是后怕，假如二十世纪七十年代末那个时候没有邓公的改革开放，我们的国家，我们的民族，是不是会沦落成地球上最末等的国家和末等民族？

这个假设已经不存在了。在邓小平之后，中国的伟人政治时代结束了，我们进入了常人或威权政治时代，我们正在探索和建设新的政治文明。这也是邓小平本人推动的结果。

邓小平影响了多少人？这个题目太大，太复杂了。确实，他影响了太多的人，甚至是不止一代人，两代人。比如当时解放出来的一大批被打倒的老干部，比如胡耀邦，比如七十年代末期的那几届大学生，现在，这些人刚好在各个行业和专业上起着中流砥柱的作用。比如二十世纪八十年代的那些民营企业家，像创办“傻子瓜子”的年广久，还有更多的无名的个体户们。此外，大量的知识分子重新被重用，还有那些从包产到户政策中受益的广大的农民。

而且，一九九二年邓小平以八十七岁高龄南行，继续以他独特的方式推动中国几近停顿的历史车轮。正是他最为坚决有力地一推。从此，中国完全走向了面向蔚蓝色海洋的开放。

邓小平留下了巨大的政治遗产，当然也有一些未竟的事业。比如台湾问题，比如我们的经济建设遇到的大量新问题，比如，必须进行的政治体制改革，都需要接任者的巨大政治智慧来解决。所以，邓小平时代的命题，仍旧没有结束，我们是行在半途。肯定有一个“邓小平时代”存在的，将来的历史学家们一定会仔细研究这个中华民族上升的非凡时期。

我的食谱

早餐：奶茶、肉渣、馕、煎鸡蛋

奶茶要用铜壶烧，茶是那种湖南产茯茶，味道比较浓郁的那种。茶水中放盐，烧开了之后再加生牛奶，否则牛奶的沸点低，容易沸腾。我一般喝加盐的奶茶，不喝加糖的。

馕是新疆的少数民族爱吃的一种烘烤出来的面饼，要烘烤这种东西，需要专门的馕坑，也就是烤炉，那种东西像是一个小砖窑。馕就粘在馕坑壁上烤熟——在北京是没有办法自己烤制的，除非你有一个院子，可以自己建造馕坑，所以，我一般到维吾尔族人开的新疆饭馆去买。馕有十几种，有油馕、肉馕、发面、死面的，等等，最常见的就是那种像是一个大盘子一样的面饼。

肉渣是羊肉渣，是羊肉身上一些比较肥腻，经过炼油之后的渣，我买了羊肉——一般买半只羊，都要先把肥的炼炼油，剩下的就是肉渣。当作早餐调料，和四川辣酱一起吃，很长力气。

煎鸡蛋没有什么好讲的，我一般爱吃有生蛋黄的煎鸡蛋。

这个早餐食谱，按照西餐可以兑换成牛奶香肠面包鸡蛋。

午餐：抓饭、过油肉拌面、炒烤肉

午餐很重要，这里介绍几种我平时经常吃的主食。

抓饭很好做，用电饭煲就可以蒸。三个胡萝卜，切成小丁，半个洋葱，切成块，先铺放到电饭煲里。然后切三两羊肉，切成片，可千万不要涮羊肉的那种薄片，而是炒羊肉的那种，然后用炒锅炒羊肉到八成熟，放盐、少量孜然粉、酱油、味精，再把肉铺到电饭煲内胡萝卜丁和洋葱丁的上面，把淘好的一小碗生米铺在最上面，再撒一小勺盐，放水至刚刚淹没大米，千万不要放太多水，盖上电饭煲按下指示按钮，一般等按钮跳闸之后十分钟，没有水汽从里面冒出来，就可以开盖，肉菜米搅拌匀称了，就可以盛到盘子里吃了，也可以用四川辣酱佐餐。有人还把葡萄干放入一起蒸，也是一种风味。抓饭是古代波斯人的一个帝王在打仗的行军途中发明的，也有人说是成吉思汗西征途中由投诚的突厥人发明的，可以暖胃，并且提供营养和能量。

过油肉拌面：先发面，然后切菜炒菜，切好羊肉片、番茄、青辣椒，先过油羊肉，一起烩炒，盛盘盖好。将面发好后，将水烧开，切面拉面煮面，盛入一个大盘子，将另外一个相对小一些的盘子里面的菜倒入搅拌，就是过油肉拌面。

炒烤肉很好做，切好羊肉片，油热了之后放入羊肉翻炒，放盐、辣椒面、粉状孜然和颗粒状孜然，炒熟了，装盘即可。肯定不比外面烟火烤熏的差。

晚餐：西红柿牛肉汤、羊排羊骨汤、手抓羊肉

晚上我喜欢喝汤，夏天喝西红柿牛肉汤，冬天喝羊排羊骨汤，吃手抓羊肉。汤的做法大同小异，西红柿牛肉汤可以多放各种作料，多放西红柿酱，味道浓郁了好。而羊排羊骨汤要清淡可口。

而手抓羊肉，就是把羊肉大块放入大锅煮上很久，基本不放作料，只放一点盐，然后装入大盘子里，右手拿一把小刀切割，左手抓肉往嘴里放，和着一种煮面片和洋葱块蘸盐吃，这就是手抓肉。很棒的。

其他的，像是新疆蔬菜沙拉，揪面片子，自助式的串烤羊肉，用烧烤型微波炉就可以烤，也是我经常吃的，限于篇幅，不费口舌了。

说明：我是在新疆出生的，所以，虽然我是一个汉人，十八岁之后走南闯北，但是后来我发现，这些年口味并没有大变，我平时最喜欢吃的东西，都是新疆饭，我几乎不吃猪肉和鸡肉，吃鱼也不行。由此可见，一个人童年的时候肠胃的记忆最深刻的东西，就是他一辈子最喜欢吃的东西。我十年前到北京之后，怎么也喝不惯豆汁，那种东西在我看来简直和涮锅水没有区别，可是老北京就是喜欢这一口儿，那是因为，人家小时候的肠胃就已经接受了这个东西了。

以上的食谱，最好不要天天吃，要不然很容易血脂高。当然，你要是运动的话那就没有问题了。

女人与时尚

谈论女人一向是男人最为激动和用心的事，只要是几个男人扎堆儿，没过多久，他们的话题就会引到女人那里。而女人，并不总是要谈论男人，她们往往是心不在焉地谈谈男人之后，就兴趣盎然地谈论起别的了——她们心中还有更重要的事要牵肠挂肚，这个东西就是时尚。

说女人是时尚的寄生虫，这种说法一点也不过分，女人不仅是时尚的寄生虫，还是时尚的奴隶，而且，她们是心甘情愿地做时尚的奴隶的，从这一点上说，男人所受的待遇就更加的不平等了，因为她们从来都没有心甘情愿地被男人俘虏，总是要把男人折腾个够，才最终就范。即使是女人就范了，仍旧花心，从来没有对男人专一过，因为，她们有一个永远的第三者——时尚。

时尚真的有这么大的魅力吗？它是一个什么怪东西？我翻遍了一九八〇年版的《辞海》，就是没有查到“时尚”这个词。不过，一九八〇年在中国还真的没有时尚这一说，也没有真正的时尚——这么说可能不对，连“文革”时期也是有时尚的，但似乎“文革”时期的时尚不光是女人的专利，比如，穿绿军装、拿红宝书，是全体国人发疯的标志。任何一个时代都有这个时代的风尚，但是风尚比时尚这个词的范围要大，它关乎整个时代，而时尚，到了今天已经变成了一小撮男女的专利了。在我的老版的《辞海》里没有“时尚”这个词的解释，那么我们，这些深受时尚侵害的男人，就不能给“时尚”下一个定义？

时尚和风尚有着天然的紧密关系，从总体上来说，时尚比风尚所代表和概括的东西要小。它比风尚小的地方，是“时尚”这个词里包含着时髦的意思，“尚”就是崇尚了，是对某种东西的痴迷。所以，时尚就是人们对他们所处的时代里时髦的东西的一种痴迷。这，就是时尚的定义。

女人和时尚有着天然的联系，因为女人就爱赶时髦，女人绝对不想被时代潮流所抛弃，女人早就被时尚俘虏了，她们早就是一种为了时尚而生的人。当时髦潮流到来，她们自然要趋之若鹜。女人为什么对时尚是言听计从？说起来话就长了。你到动物园去看一看就知道了，那些到了发情和交配季节的雌性动物，就把它们最美丽的一面展现了出来，就是为了诱惑雄性动物，从而优中选优，达到繁衍优秀后代的目的——我这么说，你就明白了吧，原来，女人被时尚所俘虏，其实“都是男人惹的祸”。

这是真的吗？是男人造就了女人被时尚所俘虏的局面吗？我想，我们男人可不能背这个黑锅。在今天，是商人而不是男人造就了时尚，追求利润最大化的商人推出一代又一代产品，因此，是商人塑造了时尚，让女人在时尚的旋涡里不能自拔。因为时尚其实就是商人手中的指挥棒，这个指挥棒往哪里指，女人就会往哪里义无反顾地冲去，连头都不会回的。

你看，我们完全是在一环套一环地玩着思维的游戏。的确，在今天，并不是男人潜在的窥视目光造就了女人追求时尚，而是精明的商人从赚钱的目的出发，造就了时尚。我的从事服装买卖的朋友告诉我，如果开一个男装服装店，保险会赔多于赚，而要是开一个女性服饰店的话，一般都不会赔钱，有可能还会大赚特赚。这么一看，自然为可怜的男人洗了清白，他们一向都是时尚的受害者，女人被时尚所征服的时候，正是男人的钱包哆嗦的时候。时尚是商人为了追求最大利润而人为造就的东西，它就像城市流行性感冒一样，在今天的城市当中一波又一波地扑面而来，你想躲都躲不开。

女人的物质性是天生的，很少有女人具有真正的精神指向。我经常坐公共汽车，不为别的，就是为了听一听女人在谈论一些什么。我每一次都发现，女人谈论的全都是有关时尚和物质的话题。购物，家长里短，孩子，丈夫，婆媳关系，单位八卦，最新流行的一切。

无独有偶，如果你以为在一些北京的小圈子里，会有女人谈论精神话题，这仍旧是不可能的。在小圈子里，那些女人谈论的就是她们的身体和这个身体的欲望。还有比身体更物质的东西了吗？在最优秀的艺术家和作家中，虽然有女性位列其中，但数目并不多。不过，在二十世纪这一局面得到了极大的改观，女性艺术家、作家、政治家越来越多了。必须说明，我并不是一个男性自大狂。因此，女人不见得天生就是物质的，时尚的，女人也不是天生就是缺乏深度的。

但是，一些打着女权主义幌子的女人，她们非要处处和男性比个高低，把世界搅乱了。相反，女人具有精神的深度和指向，但目前看还是少数。可以说，女人依靠时尚获得了基本的自信。没有比女人在消费上和追求时尚上的盲目更盲目的事了，正是女性的这种盲目，导致了今天城市时尚生活的庸俗和贫乏。

一天，一个多日不见的同行朋友来找我，这个女孩，我发现她在今年的时尚风潮中穿起了童装。你试想一下，一个三十几岁的女人，因为时尚需要女人年轻，她就把自己打扮成一个女童，我敢说，这是我和一个女人见面最尴尬的时候了，这个时尚的受害者以为自己恰恰是时尚的引领者，结果，她变成了一个滑稽的怪物。这是我举出的时尚已经把今天的女性引领向死胡同的例子之一。在商业主义的无孔不入下，时尚是商业的策划和阴谋，全是针对女性的一次次的改造，而我们的女性，在这种情势之下却依旧浑然不觉，理所当然地变成了时尚的俘虏。其实，女人对此是心满意足的，她们就是需要被时尚俘虏。从而在对时尚的追求中获得最大的生理快乐。

今天，人类的一切发明，都是为了让人的身体器官感觉舒服而发明的，这些发明当中，又有很大一部分是为女人发明的。当这些为女性的身体器官的舒适而发明的东西被商人包装、推销和上市以后，就会不断有时尚的潮流在都市当中蔓延。

女人需要时尚，就像时尚需要女人，她们之间完全是一种共谋的关系，就像是两个心怀鬼胎或者是心知肚明的合作者，共同将时尚的潮流 波波推向前进。当女人和时尚共谋的时候，女人是快乐的，她们也没有理由不快乐。在今天的城市当中，似乎只有在取得了人们的注意力的情况下，女人才能获得生存的快感，就像越是漂亮的女孩，回头率就越高，她们尖叫着达到了生命的虚幻快乐和满足。

但是，正是时尚使得今天的城市生活生机勃勃，时尚造就了整整一代人的消费观念。在今天，被时尚裹胁的男女认为连人生都是一次消费的过程，这就比较极端了。比如，根据资料显示，人的一生要吃掉整整一列火车那么长的食物，才能够维持生命存在，当人的生命过程被如此描述的时候，在时尚的引导之下，快乐地消费生命，又有什么错?

没错。是的，在多元的时代，任何不影响他人存在的生存方式，都是有其合理性的，我们没有资格也没有理由去阻止时尚的发展和发生，更何况，我们无力阻挡商业经济在其中的作用和魔力。我们无法回避地生活在一个追求时尚的环境里，对时尚的拒斥是比较困难的，尤其是女人，几乎无法回避时尚的包围。时尚既有它有弊端的一面，也有它有利的一面。我们发现，今天的所谓的都市时尚，经不起时间的考验，就像是一阵风，过去也就过去了。

女人与时尚的话题可以说很多，今天就写这么多吧。

生计与文学

二〇〇四年，我调到了中国青年出版社，担任已经有二十四年历史的文学杂志《青年文学》的主编，站在了当下小说写作的现场，天天都在看没有发表过的文学作品。我在报社干了多年的编辑，因此，办杂志上手也很快。

那些年，我也接触了一些文学疯子，比如有的人辞掉了工作，除了写作什么也不干，有的人埋头写了十几个长篇小说却没有一部出版的。

于是，生计与文学的关系，也成了我思考的题目。

从文学史来考察，经济情况好和经济情况差，都可以造就大作家，都有很多相关的例子，这个问题并不是造就大作家的一个充要条件。不过，经济条件好一些，一个作家的写作可能会更从容。大部分好的作家都是衣食无忧的中产阶层，继续奋斗需要他们写作，而衣食无忧又保证了他们的写作。

我觉得，未来的作家，将会是越来越学者化，是知识精英和专业精英，是大学教授、高级编辑甚至是高级工程师等，有些从事别的工作的人，比如外交官、餐厅老板、企业经理，假如他有足够的文学素养，也会出手不凡的。此外，有着某种独特人生经历的人，比如化妆师、舞者、流浪汉、装殓师、保安，也是可以成为作家的。只要你写你自己的经验就好了。

我注意到西方很多作家都是业余写作，他们从事着谋生的工作之外，写了很好的作品，前提是他们都有谋生的技巧。那些靠坎坷的人生经验写作的作家，很难上升到文学文本自觉的高度。所以，这两个文学青年一个四处流浪，要写传世杰作，一个要公开征集有钱的父母，提供很好的创作环境都走歪了路。

写作永远都是面向内心的，而不是在外面流浪多久就可以的。这是撒娇派的做法。我觉得，关键在于，这两个人应该好好地读书，扎扎实实读几年书。即使你想写“荷马史诗”，你也要知道，荷马这个人在西方学者中间是有很大争议的，因为他们有人认为荷马是不存在的，根本就没有这个人。

一个时代有一个时代的文学样式，显然，“荷马史诗”这种文学样式已经死亡了，你在今天要写史诗，那不是很矫情和滑稽的事吗？撒娇容易，潜心读书、面对自我的心灵孤独地写作，却是唯一要走的路。

一个人活在世界上，连谋生的本领都没有，那他被饿死，也是活该的。去做一个酒吧招待、图书管理员、办公室秘书、清洁工、国家主席、电脑修理员、居委会干部，其实，都是可以成为作家的，只要你动笔去写。而你连起码的谋生的技巧都没有，你也不会写出什么好东西，因为，你对自己都不负责，怎么会对要从事的文学事业负责呢？这就是我个人的判断，不信，咱们走着瞧。

我的财富观

谈到财富，我大抵就想起来过去受教育的时候，课本上说，人们把财富分为物质财富和精神财富。物质财富首先就是钱，其次，还包括各种可以用眼睛看到的，用手触摸到的各种动产不动产，一般都是可视可见的，有形有貌的，可以称量的，有价值和价格的、可以不断生产出来的东西。而精神财富，则是专指那些无形的东西，包括各种精神产品，艺术品，音乐，文学，舞蹈，还有我们的思想和精神等。

物质财富和精神财富一样，存在着继承和积淀，一座房子重要，还是一种精神信仰重要？答案因人而异。一个人追求什么样的财富，要看自己的选择。此外，还有一个说法，就是物质财富是基础，而精神财富是建立在物质财富基础之上的东西。这好像是一个先有鸡还是先有蛋的问题，不太好回答。但是，我们可以想象一下，原始人在狩猎的时候，打到了猎物，一定会总结经验，把经验传给下一代，或者干脆就是一边打猎，一边给孩子传授经验，这个经验，就是精神财富，而那个被猎获的动物，就是物质财富？可见，原始人也是有自己的宇宙观，自己的精神世界，很原始朴素，也是一种精神财富。

精神财富一般不太好估量其价值和价格，不太好在市场上标价出售。当然，今天的大部分精神产品都已经有了价格了，这很好，说明无论是精神财富还是物质财富，既然是创造出来的，就应该通过货物交换的原则，具有价值和价格，能够被卖到，让更多的人享用。

我还要谈到文化这个概念。所谓文化，从大的方面说，指的就是人类创造的一切。文明比文化的概念略微大一些，它包括了创造文化本身的人类的属性，是大文化概念之内的东西。而小的“文化”概念，指的是人类的思想情感，看待世界的方式、经验，以及语言、习俗、审美等各种“软性”财富，小的“文化”概念，大致等于或者说基本等于精神财富这个概念。

有人说时间就是金钱，就是财富的。这是同义重复而已。我是一个作家，说实话对赚钱赚到手烫是一点兴趣也没有的，对今天那些物质财富比较多的人，并不眼热。对于我来讲，只要有安稳的居所，衣食无忧，加上出行方便，就可以了。当然，今天实现了这个目标的，也叫作“中产阶层”了。这个物质基础，很多作家包括我，应该都有了。我感兴趣的地方，就是在于创造精神财富。说白了，人一辈子只能够干好一件事情，那些所谓的多才多艺的人，其实都是“三脚猫”。我必须把我有限的生命投入一个事情中去，具体到我个人，就是写出独特的作品。这很难，比赚钱要难多了。因为，精神财富是一种继承和积淀，一个人变成一座精神的大山，非常困难。我们也许写了几辈子，都比不上一个莎士比亚，对不对？

过去小的时候，我对人的物质性非常不喜欢，觉得连一天吃三顿饭都很麻烦，曾经幻想，假如空气中有人类生存所必需的全部营养该多好，不用为每天吃什么，以及挣吃饭的钱发愁。我很高兴有很多人通过他们的智慧，把全社会的物质财富弄得很丰富，他们的钱越来越多，还上了各种各样的富豪排行榜，是很好的。因为钱多了，钱就不是你的了，而是变成全社会的了。在这种意义上说，富豪是在为全社会打工，只要是纳税机制健全，他又喜欢慈善事业，愿意捐款的话。

俗话说，“条条大路通罗马”，只要是你干到了顶尖水平，不管创造精神财富还是物质财富的人，最后都是殊途同归。反正我对赚钱没有兴趣，对精神生活和精神财富一直很热衷。我的理想就是人类有一天最好不要为物质生活发愁，最好人人都是艺术家。大家不要像动物一样，每天为增加物质财富而斗得眼睛发红，而是去当各种艺术家，做各种有创造性的工作。因为，人之为人，在于创造性地生活，生活在一种创造的情景中。当然，我的这个理想，只有物质财富到了充裕的时候才行，或者，永远没有这一天。

说到底，“我的财富观”是一个陷阱，最后成了“我的人生观”了。

博库网

“博库网”现在不知道还在不在了。现在是二〇一五年，我还使用着他们当年给我的几个文件夹，黄色的，非常醒目、实用，可网络的大潮，已经是几起几落了。

在北京，公元两千年前后，互联网的话题突然热了起来，那一年的四月份，北京举行了好几个大型的、有关互联网的国际会议，世界电子传媒业巨头纷纷汇聚北京，风险投资纷纷进入互联网媒体行业。在这一年，我的不少在电视、广播、杂志和报纸等传统媒介工作的朋友，纷纷跳槽到了一些网站，当上了网站的主编和记者，可以算得上是一场传统媒体大逃亡了。原因很简单：他们从网站的工作获得的报酬，比原先的收入多一两倍。一些纸媒体更是惊呼，又一个快速诞生富人的时代来临了，因为，只要这些网站在美国纳斯达克股票交易所上市，就会迅速诞生好多千万富翁和亿万富翁。

也是在那一年，几家网站疯狂购买了不少作家的作品电子版权，于是，作家们也从网站的风险投资当中获得了一杯羹，尝到了一点甜头。不少网站抢购作家的作品，以至于价格迅速上升，由每千字十几元，上升到三五十元。据我所知，大部分活跃在文坛上的作家的已出版作品都被大大小小的网站买去了，然后，有一天，一个叫“博库网”的网站在北京凯宾斯基饭店举行了一个“互联网与作家权益”的主题研讨会，与会者有刘震云、王朔、池莉、方方、林白、白烨、李敬泽等作家和评论家，我也参加了这个研讨会。

在那次会上，我听到有人把出版纸书媒介的作家称为是“传统作家”了，感到有些心惊肉跳——一眨眼，我就成了传统作家了？就要完蛋了？我就索性更向前一步，把我新写的一部长篇小说《正午的供词》的首次发表权，给了“博库网”，“博库网”的总编辑一咬牙，给了我比较高的稿费，在网上连载了两个多月，纸质书籍也在几个月后出版。过去，一般作家的新作都会先选择在杂志上刊登，可是文学杂志发行上万册的才十多家，影响已经越来越小了，大都很难刊登篇幅较长的长篇小说，所以，我就这么依靠“博库网”做了一个实验，结果效果还不错。我想，互联网肯定是今后作家发表新作的媒介之一。美国的畅销书作家史蒂芬·金当时也做了一个实验：他将他的一篇篇幅很短的小说放在了网上，让读者付费阅读，结果赚了大钱，比他一本纸质媒介出版的书籍的收入要多得多。所以，作家一定要找到通过网络与读者沟通的渠道。作家虽然是一个个体劳动者和独立思考者，但是当全世界都在使用网络了，你还能拒绝它吗？

那天的研讨会很热闹，大家讨论的，是传统作家如何在互联网时代重现风采，作家的精神产品如何得到最大范围地传播的同时，也得到最大限度的权益保护。王朔的发言很有趣，他觉得，网站给作家的钱都是小钱，而且卖给了一家网站，就不能再卖给第二家了，其实，网站应该像酒类专卖那样，从作家这里获得的是专卖权，而不是一下子买断独家专卖权。

当时，还有一种说法，说是在互联网时代里纸书将消失，人们都会到网上去看书。我对这种说法大不以为然，这就像电影刚刚发明的时候，有人就兴高采烈地预测小说会死亡一样，但几十年来纸书的品种和印刷量反而增加了，而且很兴旺。所以，我觉得，在互联网时代里，纸媒介不仅不会消失，反而会与互联网形成一种互动，就像在网上流行的小说印成书以后，发行量不俗一样。因为，人类的发明都是为了让人类的器官更舒服，而躺在软椅上看一本纸书，比在电脑上看电子本要舒服得多，我还可以想看就看，一边看一边还能喝茶、喝咖啡，不想看的时候，随手就扔到一边，我可以在房间的任何地方看，坐在马桶上、躺在床上都能读书，所以，纸书籍是不会消失的。互联网会让人们多一个获取、阅读、保存、购买、谈论、推销书籍的信息新通道，而传统的书籍仍旧会保留阵地，甚至线装书也许会卷土重来，收藏市场在那里支撑着呢。如今，十多年过去了，我的预测基本是准确的。但未来呢？

大家讨论的第二个问题，是传统作家只有在网上才有生路吗？网上会有大作家出现吗？这个问题被与会者辩论得一塌糊涂，我觉得，在网上诞生大作家的概率要小得多，因为，大作家是一种独特的精神现象，无论他上网还是不上网，他首先是一个独特的精神现象和文化现象，网络对他仍旧是一种工具，而不是诞生他的先决条件。现在的网络文学为什么垃圾遍地？就是因为网络首先是一种时尚和商业写作，而好的作家恰恰都是时代风尚的批判者和疏离者，是一个独立的思考者和发现者，即使他不上网，并且用毛笔写作，他也是一个大作家。现在，只要有点文化的人都会上网，门槛降低了。网络小说大部分是新型的类型小说，将来与影视、游戏接轨，会成为产业，但不一定能出来具有精神高度的大作家。

这一观点在十多年后的今天看，基本也是对的。

那天，在“博库网”召集的会议上，我看到来了很多人，这个号称全球最大的中文畅销书阅读网站请来了当今走红的大腕作家，他们的国际化和专业化程度比较高，网站总编是从《中国图书商报》跳槽过来的作家黄集伟，在作家圈和文化圈人脉很深。“博库网”当时是打算大干一场，他们雄心勃勃，打算从宣介、推销、包装包括作家在内的所有当代中文文化资源入手，引领一种新的互联网阅读、生产、流布的潮流。看着群情激昂的场面，我就在想，他们能够走多远？真没有想到，一年以后，“博库网”就关门大吉了。黄集伟到了接力出版社担任总编辑，重回纸媒行当。

十五年后想到了“博库网”，我很感慨，因为现在的互联网技术和资本的结合更加强大，卷土重来，遍地开花，当年的第一波网络大潮里死掉的，不过是浪花打在了沙滩上。后浪巨大，汹涌而至，我期待“博库网”这样的网站再度复活。

网络接龙小说

二〇〇一年初，我、李冯、李大卫在新浪网上弄了一个网上接龙小说《网上跑过斑点狗》，我们写了一个开头，由读者自由接续，分别在新浪网和我当时所就职的《中华工商时报》上连载，进行纸质媒体和网络的互动。据称，这是国内第一部网上接龙小说。在此之前，我看到消息，说是美国著名作家约翰•厄普代克在网上也搞了一个小说接龙，他写了一个开头，后来，有四十四个人续写这篇小说，把它完成了。约翰•厄普代克写这篇小说的开头的报酬，是四千美元。

我们三个人不仅各自写了一段小说，还担当评委，负责将读者和网友的续写部分进行挑选和评判，将符合要求的小说接龙，在报纸和网上连续刊登。这项活动进行了几个月，大约连载了十几次，有两万多字，我回过头阅读，发现这篇小说已经离题万里，完全写飞了，就建议停止接龙和刊登。后来，就停了下来，使得《网上跑过斑点狗》变成了一篇没有结尾的网络小说，这条网上跑过的斑点狗，最终成了没尾巴狗。

但我觉得，这是一次十分有趣的尝试，因为互联网作为二十一世纪最重要的信息通道，必将改变人类的生活观，我们必须要掌握靠近它的钥匙，所以，算是玩了一把。单就文学写作来看，由于文学写作是一种纯粹的个体劳动，因此几十个人续写一篇小说，肯定要将一篇小说写砸。那篇小说被接龙得惨不忍睹，《网上跑过斑点狗》没有续写成功，是必然的，因为人人都有自己的主意，写着写着它已经枝杈横飞，不像个样子了。我不知道后来《北京晚报》和一家网站合搞的小说接龙，是不是要好一点，好像他们是续写完了，但我估计也不怎么好。由此可见，网络与文学的关系，一开始就在寻找接口，但是怎么接起来，还要多磨合磨合。

有一段时间，很多网站购买作家的作品电子版权，我碰见的作家都在问“你卖了吗？”意思是你把作品卖给网站了吗？那时，有点名气的作家都把过去的作品电子版权卖给了网站，从互联网新经济中捞到了一点油水，成为风险投资的终端受益者。当然，网站给的钱很少，也就千字几十元钱。作家的心理是，反正作品已经发表过了，再拿一遍稿费，又占住了一个新的信息渠道，何乐而不为？于是，也就便宜卖了。

不过，我比较反感将网络神话化的种种说法，像所谓“传统作家”和“网络作家”的区别，认为网络作家会取代传统作家。这完全是扯淡。作家是一种独特的生命现象，不管他是在网上还是在网下写作，他都是一种独特的精神现象，现在，网络文学垃圾之多让人都眼晕，成了很多人的公共汽车和公共厕所。当然，网络文学的自由发表规则，商业使用原则也可以使很多人满足了发表欲，但是，缺乏专业编辑的把关，真的是杂草丛生。

很多有才华的网络写手都把才华放在各种挣钱的连载小说写作上，不过是个写手罢了。虽然挣了不少钱，可不过是个文学民工。这是眼下我看到的网络文学的面目。如果网络文学中诞生不了马尔克斯或者是君特·格拉斯，那么，网络文学就是一个你不必认真对待的东西。那你说，网络是一只什么鸟？

古来剑客皆寂寞

从古到今，武艺高强的人都是寂寞的。这是因为他生不逢时，在一个对手不多的年代里，能够和他交手的人实在是特别的少，这就是那种高处不胜寒的感觉。《笑傲江湖》里的令狐冲就是这样的人。

在时间的海里，漂走的是一代又一代人的面孔。阅读一部武侠小说的感觉就是时间带走了侠客的脸，也带走了我们美好的少年时光。今天再看《笑傲江湖》，心头涌现的都是少年时代的激情和刺青记忆。

人在老去，剑客高手隐于江湖或者隐于市井，空留剑在鞘中，剑敛起了锋芒，侠客也举起了酒瓶。于是，在城市中，我们喝一种叫作“百年孤独”的酒。这种酒既让我们想到马尔克斯的名著，也让我们体会到了古代剑客的孤独寂寞。既然古来剑客皆寂寞，我们只好借酒浇孤独，怀念老朋友，一如剑客思念他的敌人。

但是，刀和剑不会老，侠客与剑客的梦想也不会老去。羽扇纶巾，弹剑狂歌，笑傲江湖，仗剑行正义，持胆走四方，侠客的足迹仍旧可以在大地上写就。一边喝酒一边看武侠小说，是一些人治疗城市心理焦虑症的好方法。

在今天，在城市的楼厦间和人海里，我们是否还能够看见剑客在煮酒弹剑论英雄？铁器时代和远行的飞鸟一样在人类历史中飘逝了，水在无休无止地向前流逝，风在吹动岩石，沙漏在黄昏中计算着移动的时光，高速公路上的汽车里播放着摇滚，一切都在快速运转，转瞬即逝，可否再有行侠仗义？

在这个电子时代里，剑胆琴心铁血梦，可否还有人记得闪过刀锋的一束光？

武侠小说和武侠电影电视剧在唤醒着我们的血液和记忆，令狐冲在电视屏幕上再现了剑客的侠义与孤独，于是，剑在剑鞘中醒来，侠客已远，剑在叹息，如同一匹马在等待骑手，一把剑也会等待一个剑客的到来。

只是这个时代的侠客已经变了，有的甚至堕落为网络世界中的黑客，但是，真正的武功是不出手便制胜于天下，剑客已经消失，但剑客是一种精神，一种品格，一种水的源头，正如剑未出鞘，剑气仍寒。

这种无影无形的精神已经化作了酒的颜色和气味，被孤独的人喝出侠骨柔肠，一如酒中的“百年孤独”，一如《笑傲江湖》中的令狐冲。

北京的风很大

那天北京的风的确很大，而且还挟带内蒙古来的沙尘暴，这已经是那一年的第四场沙尘暴了。作为首都，北京的气候环境并不好，尤其是在春天里，风大沙大，十分难熬。

我顶着大风，和几个朋友到位于海淀区的一个叫“盒子咖啡馆”的地方，去看一部纪录片，这部片子的名字就叫作《北京的风很大》，这是一部独立制片的纪录片，它的导演是我在新疆长大的朋友雎安奇，他只有二十四岁，这部纪录片参加了这年德国柏林电影节的青年论坛影展，虽然没有获奖，但受到了相当的好评。你都想象不到的是，雎安奇拍摄这部长达五十分钟的影片，所用的胶片有三分之二都是电影厂过期八年的，前期的拍摄只花费了几千块钱，也许，这是电影史上花钱最少的制作了。

而这可能就是一些独立制片导演的真实处境，尤其是他在拍摄第一部电影的时候。但是安奇拍出来了，还受邀参加了如此重要的电影节，这听上去就像是一个奇迹。这一年的柏林电影节上一共有四个中国导演受邀，他们是张艺谋、孙周、吴文光和雎安奇。而雎安奇，大家都不知道他是谁，他们从来没有听说过有这么一个导演。但这并不重要，重要的是，雎安奇已经拍出了一部不错的电影。

《北京的风很大》全片贯穿着一个问题，那就是：“北京的风很大吗？”在整部片子当中，雎安奇本人就像一个偏执狂一样，在北京拿着话筒到处问人这个问题。但他基本上不在画面上出现（他在画面上的出现只有三次），只有他提问的声音，摄影机随着他的提问，即时拍下被采访者的回答。于是，摄影机和雎安奇的提问声在北京的大街小巷的各个角落出现，有街头、学校、商场、广场、餐馆，甚至还有公共厕所，被采访的对象有老人、孩子、军人、警察、游客和情侣等各色人等，雎安奇甚至还敲开一些居民家的房门，随机进行采访，或者进入正在就餐的人群，询问：“我可以和你们一起吃饭吗？”并且他还闯入人家的婚礼，来问他们这个问题，几乎所有的被访者都礼貌地、配合他回答了这个问题。大多数人都觉得北京的风很大。我觉得这些北京人真的很有耐心，很喜欢被人这么问。

北京的风的确很大，我也觉得北京的风很大，但这个问题由芸芸大众来回答，要有说服力得多，他们回答了，就像回答一个智力测验问题，无论他们是谁，他们都回答了。这部带有行为艺术风格的电影，记录了这一切。

我觉得，雎安奇的这部片子触及了北京这座纷繁杂陈的“国际化大都市”的一般民众的生存真实。他在片子当中也作了不少对比，比如，高大的玻璃幕墙大厦下的民工，正在拆迁的平房边上的无所事事的外地人，片子里无时无刻不体现着一种当下中国的现在进行时，一种正在越来越国际化的大城市的一般民众的生存现状。而且，从对他的提问的回答来看，我们可以看出中国人的性格，以及他们的乐观态度，在雎安奇的几乎可以说带有某种不由分说地先入为主的提问下，他们，这些在北京生活的人体现了合作态度和他们善良的品性。

这部纪录片除了有很重要的文献价值以外，它还体现了导演的基本关怀，即对现在进行时中的城市人的关怀，因为，城市集中了中国今天的大部分的社会矛盾。

这部片子的元素有很多，从中可以看出它的幽默元素、故事片元素、先锋实验电影元素、电视新闻元素等，表明了导演睢安奇的多方面才能和他所受到的诸多影响。尤其是片子的结尾部分，当他采访到一对为得了绝症的孩子到北京求医治病的外地夫妇时，全片十分意外而又意料之中地得到了升华：摄影机跟随这一对夫妇来到医院，即将死去的孩子和母亲天真地戏耍，影片变成了慢镜头，同时，感人的音乐响起，这部不仅仅只是记录实际上也在讲故事的影片在母子拥抱中结束，而它的人性关怀主题，得到了深化和确认。

收藏“文革”

“文化大革命”已经过去了几十年了，今天再来看“文革”那个荒诞时期，像是恍若隔世一样。对历史的批判和反思还没有结束，但那个时代留下的东西，却变成了不折不扣的历史文物，进入收藏和拍卖的市场，而这在“文革”时期无论如何都是不可想象的事。

俗话说，“百年无废纸”，一切时代遗留物经过了一段时间，都具有了收藏品质，就都会有一个价格。“文革”时期的东西，最早进入收藏者视野的，是“文革”时期发行的邮票，但是今天进入收藏家的视线的，还有很多“文革”时期的遗物，这些历史的见证逐渐拥有了不断升值的价格。

收藏“文革”遗物，有两个优势，一是年代离当下比较近，收藏品比较好找，二是价格不算高，有巨大的升值空间。但“文革”遗物品种相当多，对很多收藏者来说，从哪里入手就有些费思量，因此，本文就想提供一个“文革”遗物的收藏分类和收藏路径。

首先，就是“文革”时期的瓷器值得收藏。这些瓷器分观赏瓷和日用瓷，观赏瓷器的品种比较少，一般多是毛泽东的塑像，存世量比较多，此外，还有工农兵和样板戏中的英雄人物的造型，价格还没有被炒起来。“文革”时期遗留下来的日用瓷器比较多，像盘碗、碟、杯子等餐具，当时生产的时候上面的语录、诗词、标语口号都比较多，时代色彩相当浓厚，存量不多，升值空间比较大，其中，有一种“主席用瓷”，一套的价格现在已经很不菲了，赝品也多，收藏者一定要注意。

其次，“文革”时期的美术作品非常具有收藏价值。绘画一般分领袖人物、主要是毛泽东的画像，和一些工农兵的画像。此外，还有以革命圣地为背景的风景画，而花鸟画则因为“小资产阶级情调”很少流传下来。这类的美术作品现在增值迅速。像油画《毛主席去安源》，一九九八年的拍卖价格是六百零五万元，李可染的《韶山》，一九九六年的拍卖价格是一百五十四万元，十年之后，都上涨了六到十倍。这类藏品的价格还有上升的空间。

此外，“文革”时期流传下来的票证也是一个新的收藏种类。“文革”时期的有价证券和证明性文件特别多，存世量相对较多，但一些稀有的品种，像山东省的粮票，价格就在几万元一套，而一般的票证价格在几百元到几千元不等。烟盒和火花也是“文革”遗物收藏的重要部分，但它们的收藏价值比较低，少数的烟盒像“芒果”牌香烟的烟盒，价格在几千元，现在仍旧比较难找。“文革”时期的书刊和画报，也是收藏的热点，但是存量不多了，价格从几百元到几万的都有。尤其是当年的红卫兵和造反派的宣传品和大字报，升值空间大，其价格在一些地方被漫天要价，很难估算其实际价格。

在一些当年留下的金属制品当中，像毛主席像章，一套品相好的在万元左右，而一个当年的保险柜，也在数千元。此外，“文革”遗物当中还有一些纺织品和海报，都有收藏的价值，但是其价格比较低，像红袖章、红旗，现在也很好找，升值的空间不大。

总之，“文革”时期的物品，如今是一个收藏的专门的种类，很多人还没有意识到“文革”遗物的价值，可能在一些人家的箱底和屋角就有价值很高的“文革”遗物，他们自己都不知道，有心人还是仔细回家去找一找吧。

艺术本真与童年经验

四岁的小画家廖文德的爷爷是广东著名作家、书画家，很多次见面，我们都要聊聊文学和绘画。有一次，在谈论他新出版的画集时，他却兴奋地告诉我，他四岁的孙女也画画，而且画得很不错，并且说她已经出版了两本画集。我有些吃惊，觉得这四岁的孩子能画到什么程度？也许是做爷爷的喜爱孙女到了无以复加的地步夸赞夸大了吧？四岁的孩子，画画顶多算是涂鸦吧！等我拿到了那两册画集，一幅幅地翻看之后，真是觉得非常惊喜。廖文德这个小姑娘，年仅四岁，画龄却已经有两年了。几百幅的作品摆在那里，琳琅满目，创造了一个鲜活的色彩世界。

她都画了一些什么呢？她画的，首先是比较抽象的色块，是对颜色的理解和表达，是对线条的着迷和喜爱，是对图形的描摹和再造，是对情绪的宣泄和张扬，是对感觉的捕捉和把握，是天性的挥洒和流露。一句话，廖文德小姑娘完全可以称作画家了，尽管她是一个年龄很小很小的小画家，可是，她的绘画却抵达了艺术的根本，就是那种本真、原始的胡涂乱抹。

二十世纪以来，西方重要艺术流派推崇的童年经验、原始表达、本真体验和抽象符号，都能在廖文德小姑娘的绘画作品中找到元素，她的绘画，大都是一种抽象的、童趣盎然的作品，浸透着孩子的天真，她还不会签名，只是在画上留下自己的小手印或者脚印。但和我看过的大量儿童画截然不同，有着超越了一般儿童画的幼稚、直接进入到色彩的抽象表达的较高层次。这可能是廖文德都不明白的，等到她长大成人了，了解了更多的艺术史，可能就明白我的话了。

她的作品不同于很多儿童绘画者的根本区别，就是她的绘画一下就抵达了高级艺术的天真澄澈之境。看着廖文德小姑娘的作品，我非常喜欢，可能和我喜欢美术史上的一些抽象的现代派画家有关。她的绘画，首先让我想起超现实主义大师米罗的绘画。米罗的绘画世界，也是一个童趣盎然的世界，而且，米罗的绘画签名竟然是中文的一个“米”字，和廖文德小姑娘的小手掌，有着异曲同工之妙；廖文德的画，又让我想起来了贯通中国水墨气韵和欧洲现代主义绘画精髓的赵无极大师的作品中那种氤氲、虚空和缥缈；廖文德的画，还让我想起了美国画家波洛克的自由滴洒和对颜色的直觉理解。你看，连廖文德小姑娘作画的感觉，都和波洛克有着相似的地方：面对画布和画纸，自由地涂抹、滴洒、甩色、点染、按捺，最后成就的，是对孩子的眼睛里的世界的原初表达。

那么好了，米罗、赵无极、波洛克，都是绘画大师啊，怎么四岁的小姑娘廖文德的作品，就可以有和这三个二十世纪艺术史上最重要的画家的绘画元素相通的呢？很简单，艺术中有一种天性的挥洒，有一种自然的人性流露，有一种对颜色本真理解和表达。在这个意义上，廖文德小姑娘自己都意识不到，她和二十世纪最重要的绘画流派——超现实主义和抽象表现主义，以及中国的现代水墨画都建立了呼应的关系。这是不自觉地，又是天才般地来自先验和超验的。

我只能说廖文德有绘画天赋了。这个小画家现在已经具有了对艺术天赋敏感和直觉的、率性的表达。我期待她会成为未来的艺术大家。

行走的风景令人心动

画家杨学光和我是多年的同事，他是在《人民文学》杂志社供职时间最长的美术编辑，我也非常喜欢他的油画作品。前几年，他去援藏，我很支持。这对于一个艺术家来说，是一个非常好的机会，可以进入一个陌生的领域，使自己的绘画作品获得新提升。我叮嘱他，一定要多画呀！后来，他走了，在雪域高原，一个呼吸不畅、缺氧的地方开始了他的新的工作和生活，并且画了很多作品。有时候，在傍晚北京热闹的饭局上，或者，晚上我正在书房里奋笔疾书，忽然，他打电话来了，听他那说话的声音，仿佛是从云彩里过来的，爽朗而清寂，和我聊上那么几句，很热乎，很有感情。我能体会到他在西藏的孤寂和平静，兴奋和淡然。最后，我还是不忘叮嘱他："你要多画啊！"

现在，他又回到了我们的身边，继续一起工作，我也看到了他在西藏画下的很多作品。这些作品让我很是激动和羡慕。显然，学光超越了他自己以往的作品。首先是在题材上，他画下了西藏的行动的风景，比如那些行走的群山，旋转的大地，耸立的雪山，铺展的草原，歌唱的人群，流动的牛羊，绚烂的服装，飘扬的经幡，招展的林木，说话的岩石，飞逝的白云，歌唱的乐器等，都以新的方式呈现给了我们，带给我们一种别样的韵味和气度，让人心动。一个画家将风景画成了活的风景，行动的风景，这是多么的不容易，这一点，学光做到了。在行动的风景中，我们看到了美丽西藏、祖国的高原雪域中的阳光之下那显现的一切真容，行动的风景成了他的一大主题。而他画笔下的风景，和我过去看过的很多西藏的油画，有了显著的区别，就是那些风景它就在那里，不张扬，不铺张，含蓄，安宁，就像开天辟地之后就存在那里一样古老。

其次，他画的人物都是那么的亲切生动，都是让我心动的人。这些人物有藏族家庭妇女、孩子、老人、康巴汉子、乐手、牧人、新嫁娘、喇嘛、朝圣者，都是具体实在的人物，学光让他们一个个在向画面外观看，和观者进行交流。你可以感受到学光在选取视角的时候的讲究，就是他以来访者的眼光进入他们的生活中，然后，我们从他们的眼光中可以看出来，这些都是热爱生活的、令人心动的人，每个人都很普通，都在具体地实在地生活着，但是他们对生活的态度，和大都市中的人是那么的不同。这些人不管是什么信仰、年龄、职业、年纪、性别，都是心灵纯净的人，丰富的人、善良的本性在和观者的交流中，向画外面看的时候，你都可以感觉到。

可以说，学光的画风是那种简朴的写实主义绘画。他的画不强调绚丽的高原元素，这让我想起了高更的很多作品。我不能说杨学光是中国的高更，但是他的画风里，显然有着和高更一样的元素，就是让自己画中的风景和人物来表达自己的世界观，让画中的人来敞开心灵的窗户，来诉说他们的心灵世界。那个世界是被阳光普照的世界，单纯，明净，简朴，执着，简单，生动，祥和，安宁。

我们曾经从陈丹青的《西藏组画》中，看到了西藏在陈丹青心中的映像。我们还熟悉艾轩的那些关于西藏的油画作品，他们画笔下的西藏是那么的浓烈和强烈，人与风景都和汉地是那么的不同。他们在有意强调着一些什么，强调的都是差异性。但是，到了杨学光这里，我看到了共同的东西，人之为人的那些东西，在他画笔之下，人物的脸上和眼睛里闪烁着。这些东西，不再是他者对雪域的猎奇，不再是对大自然的残酷恶劣环境的强调，不再是对民族差异和生存方式的注重，而是平淡、朴实到了照相写实的程度，这是杨学光返璞归真的地方，也是我觉得他最高明的地方。如今，再来画西藏题材的时候，恰恰应该要达到的，就是波澜不惊地、自然而然地去画那行动的风景和令人心动的人。

学光的这些西藏题材的油画作品做到了这一点，他不仅因此而远距离地和高更形成了对话关系，也成为继陈丹青、艾轩等一批画西藏题材的高手之后的又一个高手：以平易、简约的方式，完成了一个回归原始艺术世界的梦想。

通灵者黎增辉

黎增辉是当代油画家中的奇人。我第一次看到他的作品，是在中央电视台一个编导朋友的工作室内。那是一系列关于根的缠绕的作品。画面上，各种绵长复杂的根系纠结在一起，繁复而又有着内在的秩序，根的缠绕组成了一个个封闭的空间，那是让人窒息的空间，画面深绿、暗红、金黄、淡灰、天蓝，最后都有洞开的一个出口，圆形的，通达上帝之门，或者如一扇窗户，以及一条隐秘的通道，在窒息的空间里无论如何纠结，最终通向了希望。

那些根系的缠绕之复杂、之绚丽、之辉煌，都是很难形容的。根的纠结，让我感受到了黎增辉这个人的精神的力度、强度，和他表达与探索痛苦的深度和情绪的难度。根，可以说是黎增辉油画作品中最重要的一个符号，他在以根的缠绕和纠结来表达时代的纠结和复杂，从一个人的内心出发，先靠近时代的复杂和纠结，希望和再生，最后，通向了上帝的澄明。因此，画家黎增辉和今天的我们贴得那么近，而表达得又是那么的彻底、深妙和具有震撼人心的力量。

接下来，在他的位于密云的画室里，我又看到了他的其他系列的作品，比如，他最近实验成功的3D油画。这两年，3D电影大行其道，它是利用人的两个眼睛之间的距离，造就的视觉差，所导致的奇特效果。那么，3D油画又是怎么练成的呢？需要人戴眼镜吗？带着这样的疑问，我看到了他的那些3D油画。果然，在距离他的九十厘米乘以一百一十厘米的标准画作前面，我惊诧地看到了3D的效果！而且不用眼镜！这是怎么完成的呢？距离他的那些3D油画作品三米、四米、五米、六米，我缓慢地退后，然后我看到他的作品仿佛在伸展出来，画框里的东西成了三维立体的了，其主体的意象和符号，物体和象征，从画框里站了起来，在我的眼前生长。有时候，我左右横着走动，他的作品里的人物和物象，也都随着我的走动而向着我的方向在动。

是的，黎增辉做到了！他巧妙地利用了人的视觉差，将3D油画创造成功。以往，我们观看欧洲油画大师作品的时候，可以感觉到无论你走到哪个方向，画框里的人物都在看着你，在对视着你。这也是油画家利用人的视觉差所做到的。但是如今，黎增辉走得更远，他巧妙地将视觉效应，变换成3D效果，这样的油画作品我从来都没有看到过。在这些作品中，无论是他那些经典的根的缠绕，还是向毕加索致敬的一些仿制毕加索原画的作品（有的是摹写毕加索原作，有的是突出了毕加索的头像），无论是山川、河流还是男女之间从亚当和夏娃那里就绵延下来的男女的欢情，都以3D的效果，让我看到了油画在平面的世界里，在我的眼前，奇迹般地站立了起来，浮现了出来，成了一个独立的世界。

黎增辉因此干成了美术史上值得大书的一件事情，就是对3D油画的艰苦琢磨和绘制成功，推进了当代油画的技术性效果。

再来看黎增辉的作品的内容和主题，手法和他的创作意识。他喜欢的一句话，是“知法犯法”。知法，就是知道绘画艺术的历史和规律，那些美术史上的经典和大师，在他那里就是一座座被他膜拜和攀登的大山。他喜欢的画家有六七个人，毕加索、吴冠中、朱德群、列宾、齐白石、米罗、赵无极等，这些画家都属于他的“知法”范畴里的人，但是接下来，他做的就是“犯法”，怎么个犯法呢？就是你几乎看不到他的出处，除非他在作品里给你明确的提示，他仿佛进入无人之境地，任天地之开阔，一个个体生命自由来去，将那些艺术的规则、符号、技法全部都烂熟于心，烂熟于笔，任自己的想象和意象，气息与呼吸，眼神与颜色，全部在鸿蒙中从手下自然地流露出来，成为非常自然的一些气韵，一些符号，那些东西呈现在画布上，常常不知道是什么，也许是生殖崇拜符号，是细胞世界的形状，是细菌的菌群，是太阳系、银河系和外星系加起来的星云，是从小到微生物，中间到人，大到地球乃至全宇宙的取象。这就是黎增辉绘画作品知法犯法的成就之道。

黎增辉作品给人的第一印象，就是他的作品的阔大性和抽象性。他的画似乎不大好懂，但是你仔细地看，在他的每幅作品中，都有着故事，有着他所要讲述的情节。布满了眼前的巨石滩，其实有男女的头像和画家自己的形象在石头分裂之处诞生。裂开的石头里，迸射出来的，则是蓝色、红色、绿色的宝石。在每幅画后面，我都看到了一篇小说，一首诗，一个寓言和象征。这需要你耐心，需要你仔细地欣赏，贴近他的作品，你就看到了他全部的世界正在向你敞开。

因此，杰出的画家，渴望杰出的观者和知音。无论是早期的根的缠绕，还是近期的 3D 油画，我发现，他的画虽然有的尺幅并不大，但是包含的元素都十分丰富和广大，微观世界、人类世界、地球风貌、山川河流，一直到宇宙洪荒意识、时间的蔓延和停滞，让我感受到他在魂游八极，自由地翱翔在他创造的世界里。那些根的无限缠绕，是我最喜欢的作品系列。他所呈现的，都是生命的悲剧感和戏剧性，都是生命意识的强烈冲突和限制。这些元素被他以混合搭配和暗示、隐喻和暗喻的方式表现了出来，画面语言是紧张的，渴望击垮你，渴望和你对话，让你在他强烈的视觉效果中使人感受到一种强度，使你深受震撼。

在最近的展览上，他展出的是四个系列的作品，以 3D 油画的形式，呈现他的根的缠绕系列、向毕加索致敬系列、亚当夏娃的欢情系列以及相对写实的静物景观系列。面对他的这些画作，我感叹，艺术的发展总是无止境的，机会总是留给了那些天才的、有着通灵气息的人的。可以说，黎增辉似乎是一个通灵者。他找到了通达上帝和第一推动者的通道，仰望上苍，他画出了一个属于他自己的异度艺术空间。在他的作品中，我感觉到他能够超越我们的具象的世界，而通过它所使用的绘画语言，和他所选择的比如那些复杂纠缠的根系，微生物，圆圈和光圈，山川和河流，石头和生殖器，宇宙的星云，来表达他对上天和存在的发问，对意义的追寻。他的画似乎不涉及日常生活，没有闲情逸致，最后导向的都是今天我们非常缺乏的追问，这追问最终都导向了意义的追寻。

毫不夸张地说，黎增辉以他广阔的题材和独特的油画语言，改变了当代油画的格局，成就了一种带有他十分独特的绘画语言的艺术世界。他的每幅画作，都有着强烈的情绪和张力，结合了具象和抽象，融汇了现实和超现实，跨越了政治波普和玩世现实主义，给我们贡献了一种新的境界和新的艺术世界，让我们看到了油画的新的可能性。

在当代油画家中，有行动油画家，有伤痕和历史记忆派，有玩世虚无主义者，有中产阶级趣味画家，有形式主义者，有超级写实主义者，有后现代波普，也有中国极多主义画家，还有本土的大地主义和地域性油画家。

在这些人中间，我似乎很难形容黎增辉是一个什么样的画家。从根的缠绕到 3D 油画的完成，从知法犯法到悟空——这个佛学和禅的概念里，有着多么丰富的信息啊。黎增辉就是这么找到了他自己的坚定的艺术之路。

其实，黎增辉就是他自己。他从他的那些缠绕的根系中走了出来，他经过了眼前的红尘世界，他从他所创造的洪荒宇宙中走了出来，他从他创造的时间记忆之门里走了出来，他从他所沉溺的生命意识里走了出来，通灵者黎增辉，在天地之间，作为一个中介，成就了新的 3D 油画的语言，为我们创造出了新的油画艺术的历史和可能性。

奥运会

二〇〇八年的北京奥运会，注定是这座城市留给世界的梦想成真的记忆。想当年，二〇〇四年的雅典奥运会结束了，北京派出了几百人的观察团，深入雅典奥运会的各个方面，仔细地观察他们是如何办奥运会的。当时想来应该有不少心得了吧。后来，北京果然办成了“历史上最好的奥运会”，不仅金牌奖牌拿了第一，而且其开幕式美轮美奂，让人无法忘怀，虽然还算不上“节俭的奥运会”，但“历史上最好的奥运会”这顶帽子，北京是戴上了。

往前看，澳大利亚的悉尼举办办两千年的奥运会，口号是，“高科技的奥运会和环保的奥运会”，我去年从那里回来，看到悉尼奥运会的运动场现在还在使用，其科技含量确实高，比如在当年举办奥运会的体育场边上，靠白天吸收太阳能晚上发光的几十盏路灯仍旧在闪亮。各种声电媒体也很出色。

北京奥运会的建设项目后来瘦身了，提倡的是节俭和环保，这个转变当时让人很高兴，也办出来了北京奥运会的独特个性，现在看来，做到这一点，非常不容易。为什么？论古代文明，人家雅典的古代的残垣断壁都还在，古希腊文明随处都在熠熠生辉。北京呢？不要说城墙已经在二十世纪五十年代消失了，连四合院和胡同，就在我们的眼皮子底下每天都在开发商和地方政府的合谋下快速地消失着。北京还剩下了什么东西？一个故宫、一个颐和园、一条长安街而已。其他的，都破坏殆尽。但最终，北京奥运会成功了，我从此对奥运会也不大关心了。

这次看伦敦奥运会，觉得自己的心态与过去不大一样了，伦敦奥运会的开幕式我很喜欢，觉得他们的开幕式里面有那么多的英国文学和艺术的元素，张扬的都是人的个性美，而不是靠声光电色和“团体操”来取胜。但是，当有些评论说他们的开幕式比我们二〇〇八年北京奥运会的开幕式要好，甚至上升到民主和价值观上来说事儿的时候，我又不开心了，我觉得我们的开幕式，我们的奥运会搞得也非常好，甚至更好，气势宏大、场面梦幻，不过是背后的文化不一样罢了。

过去我很关心金牌数、奖牌数，我们是不是拿了很多奖，这一次，我觉得只要是运动员尽力就可以了，不要给中国运动员那么大压力。我看到报道说，举重选手入选奥运背后有着地方利益博弈，就觉得我们的举国体制发展到今天，问题很大，到了“成者王侯败者贼”的地步，就很有问题。但是，我又看到美国人、英国人也很在意得奖数量，争得也很凶，看到他们对叶诗文带有种族偏见般的怀疑，我觉得，这次金牌比他们白人拿少了的话我还真的不开心。用拿金牌来提振民族自信心和凝聚力，还是管用的，还没有过时，就又觉得我们的举国体制还是优点大大的，要继续完善下去。

再看到羽毛球女子双打运动员被罚取消了比赛资格，我一方面觉得她们利用比赛规则的漏洞，去争取比赛结果有利于自己的国家，完全可以。可是，这么做的确又和体育竞技精神、体育道德相冲突，我又觉得很不合适，应该严厉谴责乃至处罚运动员。但看到有些人站在道德的制高点上，把板子都打到运动员和李永波身上，我又不忿了：你这不是站着说话不腰疼嘛！谁让他们这么制定比赛规则的，有空子可以钻，为了给国家和自己拿奖牌，我当然可以那么干！所以，我很矛盾。

还有乒乓球女子单打决赛，一方面，我为李晓霞的气势如虹、所向披靡的状态而叫好，觉得这次她拿冠军理所当然，同时又为丁宁叫屈：裁判的判罚确实令人恼火，我老妈看到丁宁那么伤心，也都流眼泪了，觉得裁判太离谱了。但丁宁“忘了”和李晓霞握手祝贺，我又觉得丁宁还是要继续历练：你距离女子“乒乓一姐”的大气大度还很远呢。可是，我又想，假如我是丁宁，我又会怎么样？那我也一样是委屈得一塌糊涂泪水涟涟，本来谁第一还真的很难说，也保不齐不想和晓霞握手呢。所以，纠结啊。

就这么，纠结着、矛盾着，看完了伦敦奥运会的比赛了。而体育的竞技之美也肯定要和各类利益、观念与体制继续冲撞，奖牌的背后的故事也会很丰富，而我的纠结与矛盾也是必然的。因为，今天的时代就是那么的丰富和复杂，需要你自己做出判断，怕的就是人云亦云和简单粗暴。无论如何，这奥运会，是世界上最有意思的一个大派对。

木子美

木子美的网上私人日记《遗情书》，变成纸质媒介出版的时候，已经被过滤得没有什么颜色了。这本书的出版，没有了原先在网上的那些性爱内容。一直以来，性都是敏感的出版话题。无独有偶，我听一个刚从巴黎回来的朋友说，最近，巴黎的一些知识分子也是人人自危了，原来，在巴黎一对热衷于搞换妻游戏的中产阶级知识分子夫妇，男的写了一本关于自己的妻子如何与她的那些性伙伴上床的书，封面就是这个女人的照片，涉及的都是真实的人和事，当事人都避之不及，一时热闹非凡。想来，也真是全球同此凉热了。

这使我觉得有趣，木子美的私人日记，出版之后，变成了一个被过滤的文本，为什么她自己还要出版呢？这个被过滤的文本，价值不大。从文学价值上讲，木子美的文字比我看过的很多日本女性私小说家的作品，差得太远。即使是写情色文学，木子美也有很长的路要走。但是如果降格为性爱日记，就没有了文学和美学的判断了，没有了文字的美感，也就是三天热度，她很快就会被无情的读者忘记。

我想，因为她一度造成的热闹效应，这本纸介读物的出版，还是会有人买来看看。其实，谈论木子美是一个相对困难的话题，造成的一时轰动也正在消失，比预想的还要快一些。我就在想，在“木子美”这个事件背后，到底是谁得到了好处。作者木子美当然有了一些名声，她盼望出名，但是这个名声好不好、大不大就另说了。而且，今后，“木子美”这个名字的影响力，我个人觉得可能不会大。明年，后年，还会有人说这个事情吗？我敢打包票，过了今年，谁也不会再提这个事情了。因为每天热闹的事情都在发生着，中国是一个不断出现奇观和奇闻的地方。那么，显然，木子美得到了一点她想要的东西，但她自己也会发现，那些东西少得可怜。

倒是“网络文化”似乎又有所发展了。实际上，我觉得这个有网络时代得益了，要是在前两三年，这个事情出来一定会遭到封杀，仅仅是两三年的工夫，社会已经又开放了一些，正常了一些，宽容了一些，更包容了一些。大家包括一些媒体一时新鲜，谈论一番，一个稍微不太寻常的事情，也就过去了。一个社会的正常，恰恰是要容忍各种各样的不正常，使这种不正常，最后变成一种寻常事物，把奇怪事件变成一种“没什么了不起，没什么大意思”的事情，这样的社会就是值得赞许的社会，显然，中国社会正在变成这样一个社会。

在这种意义上看，“木子美”事件，包括她对男权社会的反抗和自杀式袭击，她的这个被过滤的纸介文本，都是一个值得汲取的标志，有着微妙的文化意义。

赵红尘的绘画

我和赵红尘结缘，已经有二十多年了。但我们第一次见面，却是在今年的三月，在 798 艺术区他举办的多元艺术展《主》的现场。看到清秀中蕴藏着沧桑、执拗和热情的赵红尘的黑红脸庞，我十分兴奋。眼下，都是四十岁以上的成年人了，可我们依稀都从对方的眼睛里，看到了二十年前，我们为了文学写作的那种理想主义狂热的火苗。我记得我当时读到他很多作品，在武汉大学读书的时候，还收到了他那本诗集《公开的情书》，他创作的组诗和长诗《油画农民》《神光》《帝王墓歌》《爱情碑》《天地十四行》《酒神醉了》《自转》等，都是我爱不释手的诗篇。如今，他成了一个画家，而且是那种仿佛横空出世般独具风格的、有着自身强烈符号价值的画家，让我特别好奇。听说，他的画龄到如今只有三四年的时间，当真让人觉得匪夷所思了。

在二十世纪八十年代末期，当时的中学和大学校园里，一拨拨地出现着校园诗人，我和红尘都属于那拨校园诗人群。他的诗风热烈密集，锐利而激情，有着完全不同于岭南文学风格的与北方人相通的爽朗和大气磅礴。

这正是我当时喜欢的风格和气度，因此，我就很注意追踪这个同道的消息。当时，我们经常在一些文学报刊上同时发表作品，大家虽然在天南海北，但发出来的作品后面都有作者地址，我们就互相写起信来了。如此说起来，那我们就是“信交往”的一代。

“信交往”这个戏谑的说法，来自诗人江小鱼的一次饭局上的自嘲。那天，正是赵红尘在798艺术区的创意广场中的香港当代美术馆举办多元艺术展“主”的次日晚上，广东诗人冯桢炯设局，宴请了在京的十多个当年的少年诗人、如今从事着五花八门职业的朋友，在王府井一家饭店里聚会，场面十分热闹。当年的少年诗人，如今的中年人，很多人过去都是“信交往”，二十年不曾见面，见面了，却那么的亲切，仿佛从来都是一起长大的，从来都不曾陌生。这种感情，只有我们这些校园诗人们的内心里才有这种感觉。后来，红尘去了上海复旦大学作家班读书，毕业后继续写作，但突然从事绘画来了，是我们都没有想到的。听说，这就宛如天启一样，二〇〇七年的一天，在朋友胡山的广州画室里，借着酒劲，他就开始画画了，结果一画就令专业画家都感到惊诧，于是，他就一发不可收，开始做美术了。

这一次，在789展出的赵红尘的综合多元媒介艺术个展《主》，是一个非常有冲击力的作品。展览开幕酒会由诗人潘维主持，很多诗人好友和评论家到场助阵。开幕式的结尾，教堂唱诗班现场唱颂了赞美主的圣歌，在旧工厂那高大的厂房里回荡，应和着这天的画展主题。之后，我们徜徉和欣赏着他的这个展览。首先映入眼帘的，是一幅巨大的油画《九五至尊》，两米八宽，两米八长，画的中央，钉着一件真正的雍正皇帝的龙袍。暗红的、蕴藏黄色调的粗笔色彩是龙袍的背景，显示了皇权的森严和波诡云谲。接着，第二幅作品则是油画《信·望·爱》，画面上，被钉在十字架的耶稣基督不同于我看到的无数基督像，他的腰间围着红布，灰白的身体显示了血液已经流尽，表情安详中带着沉思，并无痛苦。第三件作品，则是竖躺在地上的一根原木十字架，据说这根木头来自贵州的雷公山的香杉树，树龄已经超过了一百年。这件装置、材料和雕塑作品，中间裂开了纹路，被刷上了暗淡的冷血一样的几条粗粝的血色，倒在那里，让人看到有一种想躺上去的冲动。第四件作品，是《新十字架》，布面油画的背景是暗灰黑色的地狱一样的颜色，画面的中央则用冥币粘贴出一幅十字架图案。第五件作品《万寿无疆》，是由一个个小的毛主席像章，所组成的一幅硕大的像章，明黄色的颜料背景上，手书的是草书毛主席诗词，类似大海的波涛一样，衬托着毛主席的头像。整个《主》系列的多元媒介作品，就是由这五件分别涉及了绘画、雕塑、观念、装置、材料、实物、拼贴等所构成，带给了每个观赏者以思之震撼。可以说，赵红尘横空出世自有他的绝活，就是一上来，就把人逼到了一个绝境：你怎么看待和正视你自己的历史、人类存在的境遇，以及所面临的历史荒诞与残酷的选择？我是感到了慌乱的，因为在这个系列的作品中，我看到了赵红尘的诗歌作品中的那种挑战甚至是向艺术既有格局的挑衅，也挑战着我们每个人的神经，引发了我们对自身的深刻质疑。这组名为《主》的多元多材质的艺术作品展，也是当下我看到的、最能引发我思考的艺术作品展。

除了这个展览，几年的时间里，赵红尘还画了其他几个架上绘画系列：素画《红眼》系列、油画《小愤青》系列和《愤青》系列，以人物的一只眼闭合，一只眼张开的画面，达成了对青春的解释和对现实的批判，男人和女人的关系，分别被绘成红色和绿色，在他的这个系列里构成了十分微妙的诠释。《怀念》系列中的戴着军人的八角帽的人，都闭着双眼，对生命逝去的感喟和深沉的表达，在作品里隐藏得很深。《梦中人》系列是我很喜欢的作品系列，《稻草人》系列在画布上将丝网般的凌乱线条固定成稻草人的身体形状，黑色的，橘红色的，黄色的，暗红色的稻草人，似乎在那里提示着：不要逾越你不能逾越的边界，又似乎说：过来吧，其实我不是人，我可以和你达成默契。多义与抽象的绘画语言，给我带来的审美愉悦是经常的。

我尤其惊异于他的一些水墨设色的宣纸彩画，画幅都比较大，情绪特别饱满：《荷塘月色》中，黄色月光下的青的荷叶扑面而来，仿佛都在微风中摇曳，《雾中桃林》《桃花诗》《桃花煞》中的桃花那么的璀璨鲜艳，满满地拥挤在画面上，让我有些热泪盈眶了，显示了红尘内心里那种无法被限制的热情。《醉荷》系列则将荷花画的摇曳多姿，简直是疯狂的荷花！《柳燕之约》系列里，柳树的姿态、颜色都是我没有见过的，小巧的燕子飞翔在那茂密的热情的柳树边，这些水墨设色的宣纸作品，赵红尘简直是突破了我对国画的理解，我还在琢磨宋元山水的文人绘画呢，他已经隔山取火，横空出世，把油画中的色彩无比浓烈地运用到宣纸上了，拥挤的颜色元素，显然是因为内心的激情要胀破所有的束缚，达成表达的自由才这么画出来的，看他的这些水墨设色景物画，使我感到他在心灵和情绪上，在热情和激情上，在表达和对万物的颜色的理解上，根本就不输于欧洲那些印象派、后印象派的大帅们，创造出他自己的世界，这个世界，就是去表达他自己的心，一如他的诗一样，大气驳杂地在解构着新的绘画历史。

这一天，和红尘告别，在饭局之前，我还带着打算搞收藏的、在电子企业界做得很好的诗人冯桢炯和《华西都市报》的副总编辑，也是当年的校园诗人赵晓梦一起，穿越了热闹非凡的798艺术区的中心地带，来到了伊比利亚艺术中心，找到了这家美术馆的馆长夏季风。诗人、小说家、策展人夏季风竟然在馆里，他热情地接待了我们这些一见面就似乎有接头暗号写在脑门上的当年的校园诗人们，坐下来，谈到了收藏当代艺术品的种种情况。晚上的聚会，当年的少年诗人们聚集在一起，谈笑风生，仿佛我们从来都在一条小街上长大一样。我想起了红尘画笔下的那些桃花，那么璀璨鲜艳密集和热情，就像我们这些二十年的老友拥挤地坐在一起一样。

画那看不见的东西

高海军是《读者》杂志创刊时的第一任美术编辑，也是当代西北画派的重要画家。他的画作在具象和抽象之间自由游走，黄土地、大漠、戈壁、高山和人，形成了他作品的奇特底色，有着强烈的冲击力和视觉效果。新近，他出版了一本新书《步行者——一个画者对时光的纪录》，我读了，特别喜欢。这本由三联书店出版的散文集，还配了高海军的油画、素描、写生作品多达一百一十幅，可以说是文字和绘画交相辉映，满目琳琅。书的装帧雅气隽永，文字清新细腻舒缓，如同一个老朋友和你一起步行，并行天地间的时候，和你谈论人生艺术和心灵与大地。

我和海军曾是同事，几年前，我看到他创作的一批油画，眼前大亮。他的画作风格粗犷中饱含细腻的笔触，丰富流畅的色彩，还汇合了音乐一般迷人的韵致，所有的画作都在呈现一个主题：生命和时光荏苒的魅力，构成捉摸不清又冥冥之中感受到某种存在的广阔的“时间”语境，正如海军在书里引用惠勒教授的一句话：“时间究竟是什么，没人问我，我倒清楚，有人问我，我想说明，便茫然不解了。”

海军读书很多，他还喜欢音乐，曾主持确立了《读者》的美术设计风格，从创刊初期至杂志的不断发展壮大，他把杂志设计当成艺术和生命的创作媒介，形成了杂志独有的风格面貌。余暇，海军把更大的热情投身于绘画和散文写作。用他的话讲，“我没有专业画家那么多负重和承担，我只是尽心表达自己。”我以为，海军的尽心另有深意，即脱开了媚俗和借助绘画逐利的目的，更多地是趋向生命的自觉，对于生命深层的关怀，是地道的原创性作品。我想，这也是他的作品被列入三联《艺术人文》丛书的原因，几年来，该丛书作者仅六位，分别是：庞薰琹、丁方、朝戈、高海军、李向明、何多苓。海军的散文也如他的画，对于自然的热爱、虔敬、忠诚。

海军勤于思考，为人低调，正如诗人叶舟评价他：“低于草木的姿态”。在西仓记忆一文中，海军写道：“蓝天有了一种静谧悠远的意味。我忘记了周围的存在，全心浸沉在白云和天空构成的空阔里。一个大草坡上，看到一朵巨大的孤云，清晰又真实，仿佛快要落下来，云朵正中央出现一个灰色长衫的人，他朝我‘嗳，嗳’地打招呼，是幻觉吗，我眨巴一下眼睛，又看上去，是真实的，高高的身影就在云端上，叫出的声音似实又虚，平静沉着，不紧不慢清晰地传入我的耳间，那一刻，似乎是在冥冥之中并不突兀的邂逅，并未惊异，心灵间却是一种心若止水般的平静，随着行进中的车子懵懵懂懂地看着孤云远去……”海军曾给我描述他去甘南草原写生时的那段奇遇，并感慨于无限的自然和生命的关联，他也用文字表达了那份感慨：“我默默回想着那一幕，我的确看到了‘他’，他是那么的清晰、真实，难道是生命之外另一个世界的‘人’？我百思不得其解。在我们生命的过程中，可能会有诸多离奇经历，真实的、幻觉的，未知的、疑惑的”。

在这本书中，海军用了涵括了十万字，一百一十幅画作的答卷交出内心，供陈了自己艺术的来路与归途。全书以：“画中之象”“大师的星空”“梦回祁连山”“写生活”“往事八种”“持续的片段”等八个篇章，以多个精短散文和绘画联结构成一道宽阔的阅读风景，读之很是享受。荒原、云朵、残垣、树木、人形，神奇地附着了新的意义，高海军将它们纳入自己的生命秩序，进行着自己的思考和表达以及个体精神的观照，生发内心的热爱、追问、梦幻、神秘……

马塞尔·杜尚说：“我不相信艺术，我只相信艺术家。”高海军膜拜大自然，领受天启，在大西北戈壁草原独自进行着精神上的行走和修炼，并把他的感悟凝固成画布上的形象，和时间一起成了灵魂的肖像。我的好兄弟，艺术将我们联系在一起。

专制人格

我们在批评他人的时候，有没有觉得必须要别人同意自己的观点，如果对方不同意你，你恨不得要把人家除掉才高兴？在今天这个网络化的时代里，在博客上，在微博里，到处都可以看到那种戾气很重的发言。谁都在说话，可是，谁愿意去听别人的并且去尊重别人的想法呢？我觉得不多。而一个公民社会，每个人都是独立的，自由的，宽容的，解放的，和别人不一样的，同时又是守法的，这才是我们社会健康的标志。

但是，我觉得，中国人的人格里面还有着专制的因素。不管是什么话题，争论起来，总是你死我活的，可能是斗争哲学深入人心了吧。有的时候，一个阵营里的，也争得不可开交，即使是“同道”，也是你死我活地斗，根本就容不下别人。那么，这些人持有的冠冕堂皇的观点，就大可怀疑了。说到底，人的动物性控制着人类，嫉妒、自私、自利从来都没有离开过我们。我有一次去武夷山，正赶上当地的猴子争夺领袖地位，结果老猴王失败了，退缩到一边舔身上巨大的伤口，新猴王带着五个抢来的母猴妻妾成群地和一群小猴子安闲地吃东西。一个老杂文家说：小邱，你看，猴子和人类多像啊，你死我活的斗争，胜了就是王，败了就是贼，只好滚在一边了。

再举一个例子，就是刘心武研究《红楼梦》这件事情。本来“红学”这门“学问”就很值得怀疑，可是有些研究“红学”的人，拿着教授的薪水和官僚的工资，像一群寄生在曹雪芹身上的虱子那样搞着“红学”，刘心武作为一个《红楼梦》爱好者，在电视上讲讲《红楼梦》，那些“红学家”就受不了了，不仅给领导写信，要求电视台立即封杀刘心武，还出专刊、开专栏，组织人手，发表文章攻击刘心武，恨不得把他除掉，“红学界”就干净了。结果，外交部邀请刘心武去讲《红楼梦》，那些人才傻眼了。刘心武也不过就是一个喜欢《红楼梦》喜欢到了骨灰级的发烧友罢了，最后，刘心武索性就续一个《红楼梦》，动静更大了，也引来了更多的争议。我本人不喜欢任何续书，我就喜欢残缺美，但是，我坚决地捍卫刘心武续书的权力。可见，封建思想和“文革”流毒所形成的专制人格，仍旧在一些人脑子里盘旋，他们总是容不下不同的声音。

我经不住苦口婆心的网站女编辑劝说，也弄了一个微博，因为网站让每个编辑发展五百个微博，否则他们的工资都受影响，网站真是要把编辑逼疯掉了。我发现，微博的背后，是电信部门和网络部门的一个新营收模式，你用手机发一条，人家就挣一条的钱。微博这东西，信息渠道、观点撒播的快捷方便我不否认，可是微博一百四十个字主要是陈述观点，就像有人站起来就说话，说完就完了，别的根本说不清楚。因此，微博的功能缺乏沉淀，只是一个表达意见的乱哄哄的大广场，和火车站的感觉差不多。

有一天，我发了一条批评法、英、美等国家对利比亚动武、打卡扎菲的微博，结果，有人不赞同，上来就骂我，用了 Fuck 这个词。我怒火万丈，开始和那个网络烂人较劲。其实，卡扎菲和我一点儿关系都没有啊。我也很厌恶美国人、法国人、英国人马上就去轰炸一个主权国家。无非就是那么点利益。所以，我和网络烂人的吵架也持续了几天。忽然，我发现，我自己也是专制人格啊，人家网上 Fuck 你，你就火冒三丈，你什么东西啊？我真的是比那个网络烂人还要糟糕。我自己的身体里就有一个怪物，这个怪物，就叫作专制人格。

仔细地打量周围，我发现有些人，不管他持什么观点，在一些公共平台上发言，只要是观点不一样的，一定要除之而后快。不管你是老左新左自由主义中间派，只要是别人和你不一样，似乎都势不两立，楚河汉界，剑拔弩张，你死我活，分道扬镳，互相谩骂。归根结底，是因为专制人格的烙印太深。在信息爆炸时代里，即使有了网络平台，有了博客和微博，那种正常的、心平气和地表达反而被淹没了，为了吸引眼球，大家都是语不惊人死不休，只要是一上网，语言就变得激烈愤怒，严重扭曲了人们在现实中的情绪。

可以说，如今人们的表达，正在呈现出现实空间、虚拟空间和人格分裂的状态。

为什么会发生这样的状况？这是因为，现实社会还有很多的问题，人们有的还生活在面具下面，人格分裂带来的适应感和不适应感，让他们无所适从，愤懑不已，一旦到网上了，可以用网名、化名和匿名了，人格里的卑琐、恶毒、被压抑的东西，就都冒出来了。这就是为什么我看到网络微博的发言，那么有戾气的原因。

因为有了互联网，今天的表达门槛已经大大降低了，对现实的批判轻而易举，用攻击、谩骂逞一时之快，只会带来非理性气氛。在观点日益多元，表达渠道日益丰富的今天，我们正在努力建设一个公平正义法治的社会，的确需要学习一种新的说话方式，需要和谐的、宽容的眼光和耳朵。

这种说话和倾听的方式，首先要从每个人留心自己的专制人格开始。

生态文学

我出生在新疆乌鲁木齐附近的一个地方。乌鲁木齐是蒙古语，意思是“美丽的牧场”。的确，在新疆，我从小就感受到了生态环境和人的紧密关系。因为，只要走出新疆的任何一座城市几公里，你就会看到荒无人烟的戈壁滩，那里只适合蜥蜴生存。在沙漠戈壁上，人的生存和动植物的生存，都是困难的。能在沙漠和戈壁滩上存活下来的植物很少，也很顽强。整个生态系统非常脆弱，如果你拔掉了一堆草，那么蚂蚁就会遇到死亡的威胁，如果你砍掉一些植物，沙漠就会向人类的居所推进好几米。这使我觉得大自然是具有强大的力量的，有的时候，人是不能随便去改造大自然的。

多年之后，我来到了北京工作，北京是一座丰富而美丽的都城，现在，她已经有接近两千万人了。可是，我最不喜欢的就是北京的春天了。春天，本来是万物生长的好时候，在日本，也是美丽的樱花绽放的时刻。可在北京，经常有沙尘暴和沙尘天气来袭。虽然北京遭遇的沙尘暴是从甘肃、外蒙古和内蒙古一带刮过来的，不是北京本地制造出来的，可是，在沙尘暴和沙尘天气里，是我最难受的时候，呼吸不畅，喉咙发炎，这个时候我就感觉生活在北京，真不是一件幸福的、甚至有些倒霉的事情，我就很想到海边去躲避几天，或者去一个气候湿润的地方休息休息我的肺。而且，北京的机动车也达到了五百多万辆，每天的尾气排放都是一个巨大的数字。

作为一个作家，我也是最近几年才开始关注生态问题的。我想，作为作家，我们理应去创造一种生态文学。现在，人类在地球上的活动过于剧烈，人类的活动几乎覆盖和延伸到地球上的任何一个角落里了，人的活动，不仅改变了地貌，也改变了地球上的动植物生态系统的平衡，反过来，也影响到了我们自身的生存。在中国，这些年由于要发展经济，我们在获得了经济高速发展、人民迅速改变物质生活的同时，也遭受到环境恶化、生态危机的报复。比如，北京的沙尘暴就是一个例子，它在提醒我们，必须要注重生态，否则，我们能否继续生存都是一个问题了。

我知道，日本是最注重生态和环境的国家之一。日本的垃圾处理、地震防灾预备、绿化和环境美化、工业化与环境生态的协调，一直是做得不错的，是中国学习的榜样。日本的作家，我知道，从第二次世界大战结束之后，就有很多作家从遭受"原爆"的创伤出发，书写了一种独特的环境文学和生态文学，比如大田洋子、井伏鳟二、水上勉、石牟礼道子、有吉佐合子、上林晓、野吕邦畅、阿部昭、大江健三郎、黑井千次等作家的作品，都书写了涉及广义的环境和生态的文学，成为日本现代文学中的一个重要的现象。在这方面，作为一个中国作家，我们也有同样的责任，去书写一种汉语的生态和环境文学，并使之成为提醒社会发展和进步的一种响亮的声音。

留有余地

在二〇〇九年下半年，迅速上涨的房价连国有企业都不做主业了，纷纷跑来抢地拿地，不断搞出一些新地王，弄得专业开发商潘石屹这样的人都竞拍不到地，房价让中产阶级都快破产了，这让我觉得事情就很不对劲了。

而且，二〇〇九这一年里，有的地方，钉子户和拆迁者的对抗都到了自焚和用燃烧瓶的地步，城管和商贩之间的“猫和老鼠”的游戏，也经常把人玩死，不是城管打死商贩，就是商贩刺死城管，瞬间就是几个家庭的破裂。新疆乌鲁木齐的暴乱，汉族和其他民族一些无辜的人死伤枕藉，还有东莞那边传来因工致残的工人讨要赔偿不得，结果把三个台湾投资商用刀扎死的新闻。在北京大兴，同一个小区里就连续发生了两起亲人杀死全家老小的事件，真的是骇人听闻，让我感觉，现在的人简直太疯狂了，连父母、老婆、孩子都可以干掉，这些人啊，你们到底都怎么了？

这些事件，不断地刺激着我的大脑，吸引着我的眼球。春节前，又开始有民工要不到工钱，或者被包工头雇人打残，或者是杀伤包工头出逃。这些事情，让我想到，为什么我们人与人之间就不能留点余地？为什么就不给对方留点生路？难道人们对金钱、权力这些东西的贪婪，就没有尽头吗？难道真的是金钱的每一个毛孔里都滴着打工者的血吗？我不知道我的愤怒来自哪里,当我看到“留有余地”这个题目的时候,我感觉这个题目很好，它说出了我要说的话。

现在的确应该是互相给对方留些余地的时候了。退后一步天地宽，为什么要把对方逼到绝境里去？国有企业拿到贷款,能不能好好做你的主业，不要和开发商抢地来推高房价，搞得民怨沸腾？城管，请你给那些商贩一条活路，让人一家老小有个吃饭的机会，你们不要去没收那些三轮车、考红薯和烙煎饼的车子，不要去追抢怀孕妇女卖的一点生活用品，好不好？城市管理者们，是你的市容重要，还是老百姓的活路重要？我觉得肯定是后者重要，老百姓回农村地没有了，在城里受人的欺负，你说人家怎么办？包工头们，给工人的钱该给就给，搞不好会出事，是钱重要还是命重要？当然是生命价最高。

当然，要是说到留有余地这个话题，最深层次的原因，是还没有东西取代旧的伦理道德和价值观。我们关心的是对现世的回报，连佛教强调的都是现世报，你去庙里看看，你不给钱，和尚都不给你撞钟。再一个层面，是法律法规的层面，我说的上述现象，都很极端，但是，人的欲望与邪恶，人性中的贪婪，是可以用契约精神，用法律、法规来规范的。既然大家都自私贪婪，那么好，我们一起来立约，来互相牵制，来互相监督，来谋取我们大家最大的利益，这就是契约精神。可是，这一点，我们有吗？老板不给工人工钱，你用法律惩罚他，搞得他倾家荡产不就完了吗？可是，现在的法律法规做不到。

这是另一个层面的问题。最后，我们每个人在做大事小事的时候，要从个体生命出发，给别人留有余地，这是最低的要求，就等于说我在你的耳朵边唠叨，不要偷窃，不要强奸，不要说谎一样。假如我是市长，我会说：小商小贩是个宝，不要赶得他们满街跑，假如我是包工头，我一定会说：该给你的一定给你，要不然，你去刨我家的祖坟！假如我是拆迁队的，我就说，这个事伤天害理，人家都要自焚了，我不干了！我干别的。我们互相留有余地，就有希望了。

从《博格达》出发

至今我还记得，大概在一九八四年的时候，我第一次买到一本《博格达》当年第三期时的情景，当时，我沿着延安南路一边走，一边贪婪地闻着杂志的那油墨的香气，感觉到那年的春天正在迅速到来。杂志上油墨的味道是那样好闻，那可是文学的味道啊，我的内心激动无比。可以说，是《博格达》引领我进入文学之门。后来我就经常阅读这本再后来改名为《新疆回族文学》、又改名为《回族文学》的刊物。我还记得当时一些小说题目，有一篇是作家齐浩斌的小说《苜蓿花开紫茵茵》，以后我每次路过苜蓿地，我就会想起来这个特别感性的名字。而诗人孙涛的诗篇、作家白练的小说，在那个时候都打动过我的心。

我就出生在昌吉州医院，昌吉这个天山脚下的城市，她对于我来说不仅是物质的故乡，而且还是我在文学上出发的原点。而这个原点，就是延安南路这条大街。我琢磨，可能每个人一开始都生活在一条街上，都有关于一条街的记忆。

在整个二十世纪八十年代里，昌吉似乎就只有一条大街，街上最高的建筑，就是一幢三层楼。这条大街很长，从过去的县电影院一直到电线厂和毛纺厂那边。在这条大街的两边，我还记得半对称地分布着很多单位，公路局、邮局、法院、养路段、毛纺厂、物探大队、黄河车队、电线厂、物资局、电影院、市政府等。距离这条大街两公里的地方，是那条叫作头屯河的季节河。河边上还有一个散发着动物皮毛怪味儿的皮革厂，和一个整天冒着灰色烟尘的水泥厂、一个火葬场和一所老干部休养院，附近还有一大片坟地。我记得，一九八二年之后，城里一些人就开始做小买卖了，夏天里，大街边上的各种小商店和摊点，像是雨后的蘑菇一样冒出来了好多。可能新的时代来了，但是孩子们仍旧浑然不觉，“文革”遗风犹在，我们照样以父母所在单位为群体，整天打群架。由于城市很小，我就整天惦记往外面跑。而最令人心动的景观，就是只要你一抬头，就可以看见海拔 5445 米高的天山雪峰博格达峰，这构成了我少年记忆的基本风景。

等到上高中的时候，我慢慢地就和《博格达》编辑部的人有些往来了，我认识了她的主编大老关和副主编小老关，大老关老师似乎很早就有了一头的白发，而小老关因为是北京的满族人，一口的京腔和儒雅的风度总是让人羡慕；我记得我的小说主要是李志范和王勇两位编辑看的，他们总是给我出很好的修改意见；我还记得编辑沈惠玲和姚金海，姚金海似乎总是对很多事情有着自己独到的见解和言说的激情；而现在的主编李明当时还是一个腼腆厚道的少年，似乎一直面带微笑。二〇〇八年夏天，我再次看到他的时候才发现，我们已经一起进入到中年的阶段里了；我还记得，就是在我上高中的时候，我一边在二中办“蓝星诗社”，油印《蓝星》诗报，一边聚集在诗人陈友胜主编的《博格达诗报》的麾下，激情澎湃地写诗、读诗和品评诗歌，陈友胜老师的酒量奇大，而张侠的笑话讲得最好，总是满脸带着内容丰富的笑意，可如今，张侠已撒手西去，跳动的诗心和诗集成了他生命存在过的明证。

我记得就是那段时间里，我和陈漠、徐庄、张侠、李文鹏、樊荣、江涛、刘河山认识了，而徐庄才从安徽来到新疆不久，正在棉纺厂扛大包，他也刚开始和马玉梅谈恋爱；我记得在江涛的地下室里，我第一次从徐庄的嘴里听到了博尔赫斯，我记得，那些年，《新疆回族文学》每年都举办笔会，而在每次的笔会上，大家的饭量都特别好，都特别能吃，很快就把刚端上来的盘子里的东西吃得干干净净，空盘子迅速地摞起来。我还知道了碧小家、毛梅、北野、严文彬的名字，在一九八七年的笔会上，来自木垒的张中锋在我的笔记本上留言："十年以后，你就像我这么大了，成绩都和山一样，我相信是这样。"中锋，你现在在何方？周新龙给我的留言是"世事洞明皆学问，人情练达即文章"，如今，我已经领悟了他的这个勉励，但是新龙，你在天际还能感觉到我对你的怀念吗？李建给我的留言是："惟陈言之务去"，李建，你拄着拐杖、戴着眼镜的样子，永远留在了我关于一九八七年的记忆里。后来，李建写了长篇小说《木垒河》影响比较大。

在那个时期，《新疆回族文学》可以说以最大的可能性，团结了很多写作的人，尽管最终大家各奔他方，但是《新疆回族文学》对当地作者的团结、扶持和鼓励，是无以复加的。要是没有《回族文学》，那么，我们这些人还会写作吗？

对延安南路那条街，我有很多少的回忆，后来写成了系列短篇小说《街上的血》（《西北偏北》），分别在长江文艺社和山东文艺社出过两个版本。那是一本包含了十八个充满了青春蛮荒和死亡故事的短篇小说集。我在题记中写道：

在一个天山脚下的小城市里，一些人生活着。少年的他们在大地上留下的痕迹如同野草，就像是没有人看见草的生长，命运的苍茫和青春的荒芜，使意义匮乏和消失。唯有记忆使生命进入永恒。

转眼之间，我已四十多岁了。一时间，我在梦境中交替回到从前。我记得，一九八三年到一九八八年，外面的荒野总在召唤我。在我回望过去，我仍旧可以看到一个忧郁不安、骚动不已的少年，在某一年和几个朋友骑着自行车，穿越古尔班通古特沙漠的场景。那是一次难忘的越野经历，大戈壁地平线上的落日，远处狂奔的野黄羊群，驼马的枯骨，废旧古城墙上空盘旋的千百只野鸽子，草原边缘的古代石人，哈萨克人古老的墓地等。这种游历使我感到了生命的拔节生长和苍莽感。下来一场阵雨，浇得我们透心凉。我们还沿着头屯河一路向天山进发，有时候，可以看见遥远的戈壁滩上蜿蜒飞驰而过的火车，很像黑色的蚰蜒爬过大地。

二〇〇八年，我再次回到了延安南路上，可是，当我走在大街上的时候，没有碰到一个熟悉的人，满街走动的都是簇新的面孔，这个时候，我不知道是应该泪流满面，还是应该转身离开。物是人非，只有天山雪峰博格达，依旧头顶白雪的冠冕，沉默地站在那里。我想起来《博格达》的气味，和当年她带给我的感觉。而这里，永远都是我出发的地方。

彩墨的神采

据说王琰两岁的时候就开始画画了，当然，那个时候他是在涂鸦，但是这个人的绘画天分很早就暴露出来了，是确定无疑的。在越来越显示出强烈的创造性的绘画风格中，中国古代文化、戏曲、山川与河流、建筑和人的面孔，全部以特殊的、经过了他的心灵和画笔剪裁与处理过，然后，王琰由此构成了一个非凡的绘画的美学境界。

王琰的彩墨绘画，往远了说，可以直接和唐宋元时期绘画大师们形成一种对话关系，往近了说，他似乎有些横空出世的味道，看不到太多的当代美术家的影响。我似乎看到了后期印象派，看到了保罗•克利，看到了卢梭，但是，他绝对不是他们，他们也绝对不是他，他们之间有着遥远的联系，但是却又彼此隔膜。也许，王琰还在有意识地和当代水墨、彩墨画家，和西方的现代派、后现代派拉开了距离，他想要创造出自己的审美世界。

于是，他以隔代遗传的方法，继承了中国传统水墨和彩墨的优点，但是，在当下生活情态中，他发掘出了一种符号化很明显的特征：半个脑袋的人、点彩般的戏曲人物脸谱和凤冠、徽派建筑的白墙和黑瓦，古怪的、图腾般的符号，这些都暗示了传统民俗和文化符号在他的画笔下的现代再生。

王琰有着一根会舞蹈的画笔，他还有着独特的、桀骜不驯的心灵。他似乎融会了各路技法，在具象和抽象之间，找到了一种平衡。无论表达对古代文化的尊敬，还是对当下世界的批判、亲和与隔阂，他都能够平静地传达出他的心声，都能够在一种凝视中展现来自天籁的力量。

如果用一句恰当的话来形容他，我要说，王琰已经获得了彩墨的神采和青睐，或者，他就是彩墨之神。

他的作品总是在逼视你

我记得，第一次看到黑明拍的照片，我就感到了一种强烈的震撼。他的照片根本就不需要你去观看和欣赏，凝视与把玩，他的照片效果非常强烈，所拍摄的人物简直是自己要立即跳出来一样，来逼视你，甚至是在默默地、挑衅般地和你对视。如此强烈的、主动的、深沉的、粗粝的、质朴的摄影作品，我很少见到过。当那些他的拍摄对象要从照片里面冲出来和我打照面的时候，我感到了害怕，我想退却，可是，我知道，退却是不可能的，我只有和他作品中的人物对视，用目光说话，我不得不试图去理解他的拍摄对象，那些底层生存的人们，和他们沟通，交流，掌握他们的目光要告诉我的，理解他们人生中所包含的全部含义，然后，达成一种和解。看他的作品，我感到我是孱弱的，我是渺小的，我是卑微的，我是猥琐的，我是虚浮的。

我记得，我看到过他的一幅作品，忽然就流出了眼泪。想来我也是一个成年男人，基本也算是铁石心肠了，可是，当我看到那幅照片，我就抑制不住情绪，爽快地流出了眼泪。那是一幅什么样的照片呢？画面上，一家四口，男女老少，在陕北的某个窑洞的门口照的全家福。这一家人，一看就知道他们把自己家全部的好衣服都穿在了身上，搭配得都不协调，着装多少显得有些滑稽，但是滑稽中又包含着全部人的尊严。关键是照片解说词，是一家之主的男人说的：“我最大的愿望是，全家人就这样守在一起不分开，也不得病，我就美死了！”看到了这句话，我就流出了眼泪。因为，我知道，这个男人的愿望是那么卑微而基本，可是在今天这个社会，这么一个基本的生存的愿景，基本的生存的幸福感，是非常容易在一夜之间就被摧毁了的。比如，一场突如其来的疾病，比如，孩子要上学交不起高昂的学费，比如，一场自然灾害毁掉了他们的家园，都会让这个家庭分崩离析。那么，男人的愿望，男人对幸福的营造都会顷刻间土崩瓦解。于是，我感到了瞬间的战栗，也不得不为国人基本的幸福感和这种幸福感的那么容易被毁坏而哭泣。

我记得，美国作家苏珊•桑塔格在《论摄影》中说：

> 收集照片就是收集世界，照片可以提供证据，摄影既是一种确证经历的方式，也是一种否定经历的方式，照片既是虚拟的现实，也是一份缺失的表征。照片可以比移动的形象更具纪念意义，照片的道德内涵其实很脆弱，照片的偶然性证明，万物皆会消亡，摄影家被看作是敏锐的但是置身事外的观察家。摄影被人们普遍地认为是了解事物的工具。正当摄影家们不再讨论摄影是不是一门艺术的时候，一般公众却承认摄影就是艺术。摄影的记录总是一种潜在的控制手段，摄影拥有其他的形象体系从未具有的力量，照片能够直接得到的并不是现实，而是影像。但摄影所提供的不仅仅是一个历史的记录，而且还是面对现实的新方式。摄影并不是简单地再现现实，它还使之再循环。摄影家既巧取豪夺又保存遗迹，既针砭时弊又树立典型，照相机是一种通行证，如今，万物的存在是为了终结于照片。

我试图用这些话来理解黑明，来把握他的作品，我感到，我进入了一个非凡的黑白世界。

二〇一五年，黑明拿出了他拍摄多年的“抗战老兵”系列摄影作品，他为此行程几万公里，还远到日本去拍摄一些活着的日本兵，这个系列里，共产党和国民党的老兵都有，他们活着，活在历史里，活在今天，也将被我们的记忆放在时光的永恒里。

我记得，我和黑明在798工厂的“天下盐”餐馆，和很多艺术家朋友一起吃饭，我们挨着坐，喝了很多酒，然后互相搂着脖子，谈论着他的作品，我的文学，我们迸溅着泪花，说了很多清醒的话、糊涂的话，为了我们心目中共同的理想，拍摄出或者写出杰出的作品而激动，而互相砥砺，那个时刻，我是不是更深地理解了他的影像，而他，也更好地理解了我的动容呢？

大学时光留影

一晃我就从武大毕业二十多年了，想想我在武大读书的时候，还是二十世纪八十年代末到九十年代初那几年。那几年，整个中国社会正在一个迈向市场经济社会的临界点上踌躇徘徊。那是一个思想激烈交锋的年代，也是一个启蒙的年代，俗世世界和市民空间还没有在我们的眼前出现，知识分子们对文化思想、理念理论的这些东西感兴趣，整天都在讨论、论战，那些论题今天看来是宏大又空泛，但是也很理想和活泼。

记得，我在一九八八年刚刚进大学的时候，正在展开关于电视剧《河殇》的大讨论，学校里举行的各种讲座也大体上是关于“中国文化向何处去”的讨论。我也穿梭在校园里，眉头紧皱，摆出来一副忧国忧民的样子，每天想的都是巨大的问题，对自己袜子上的破洞和女朋友的小情绪毫不关心，对糟糕的食堂饭菜也熟视无睹，安之若素。然后，一九八九年之后，整个社会似乎沉闷了好几年，猛然地，在我毕业那一年，一九九二年，邓小平的南行使中国社会义无反顾地进入了一个新的境地。我也来到了北京工作，一直到今天，经历了传统观念的分崩离析和不断重建的新生活，期间的滋味，二十多年的体会，变成了我写的很多文学作品。但我觉得，我仍旧无法传达出来我对这个急剧变革时代的总体感受。也许，需要一部大书来总结，这也是我仍然能够在未来坚持写作的动力和原因所在。

这本散文集收录的散文作品，跨度就是在这变化巨大的二十多年的时间里，由武大的学子们陆续写成的，在校报编辑张海东老师细心和耐心的编辑下，呈现在校报副刊这个我们一代代武大校园作家、诗人们起飞的园地里，成了岁月的见证，成了一个个武大学子生命个体的瞬间留影。

而写作，我想说，它的巨大的意义和功能，首先就在于为你自己经历的岁月留影，为你经历的时代做一个见证。收在这本由武大师兄弟姐妹们写下来的每篇文字，都能使我看到多年来外面世界的复杂和变化，带给他们心灵的震动、困惑与获得，带给他们的感叹和成长的痕迹。我想，学校从来都不是封闭的，都是要受到时代氛围和环境的巨大影响的。而时代的巨大车轮，正在义无反顾地向着一个大概确定的目标前进。在这本书中，我看到，一个个青葱的生命个体，在时代巨轮的轰隆隆巨响中，发出了自己微弱但真切的生命感受。所有的学子们，最后都要被放飞到社会这个复杂的空间里去寻找自己的位置。这个过程是令人极其怀念和伤感的。多少年过去之后，你再来看看这些文字，你有几多的感叹和怀念在心头涌现？

毫无疑问，大学时光将是一个人一生中最值得纪念、怀念和依恋的岁月。我记得，我在刚刚毕业的两年时间里，很难适应社会的复杂多变，特别特别想念大学时光，想念武大的湖山凝重，想念武大的一草一木，想念武大的房子，人，老师，花朵和雨天里繁密活动的蜗牛。我甚至经常在梦中恍惚重新出现在武大的校园里，和早就分开的同学一起漫步与言谈，在校园里的各个地方穿梭与流连。可以肯定，多少年之后，校园生活注定会成为我们每个人生命中鲜活和难忘的记忆，成为我们奋力在生活中拼搏的、从后面投射过来的亲切而遥远深情的一道目光。

一拨拨的武大的学弟学妹们，拿起你的笔来，写下你在这个注定将消逝不见的美好时光里的感受，给你自己的岁月留影，给你未来的回忆增添一笔浓重的鲜亮吧。假如文学不死，你所经历的时光，就将被瞬间定格在你写下的文字里。

消费死亡

阅读陆幼青的《生命的留言》，实际上就是在观看他死亡的过程，这种经验在以往还不曾在大众的阅读经验里出现过，但是今天，我们的新闻媒体和出版单位帮助我们实现了观看死亡、体验死亡乃至消费死亡——我这么说并没有耸人听闻，在这个什么都可以买卖的时代，连死亡也成了消费品，是陆幼青本人也同意了的，是我根本没有想到过的事。

我对陆幼青写作、发表乃至出版他的死亡日记《生命的留言》持一种悲悯之心，毕竟，人的生命的消失是一件令人难过和无奈的事，人的死亡也不是十分热闹和丧失尊严的事情。去年的年末，从报纸的头版新闻和巨幅照片上，我们几乎是看着陆幼青在一天天接近死亡了，包括陆幼青因为癌症而肿胀的脸，那十分清晰的图片就像是视觉暴力一样刺痛了我的眼，而这本《生命的留言》也终于赶在陆幼青去世之前送到了他的手上，之后，一个孩子的好父亲、一个女人的好伴侣，一个对世界无限眷恋的陆幼青，带着多少安慰地离开了人世。这些，都是我们已经知道了的。

但这件事情已经过去好几个月了，我仍旧有一种深深的不安。很简单，死亡是十分残酷的，也是十分可怕的，让每一个人避之不及的。死亡有它的黑暗的深度，是我们每一个活着的人根本不能进入和超越的，一个人一天天在走向死亡的时候，我们的鼻子十分灵巧的报纸、电视、出版社却像是发现了新大陆一样竭力地开发着这个罕见的资源，来为一起本来十分宁静的死亡事件摇旗呐喊，把这样一个悲壮严肃的过程变成了一出由媒体导演的“超级死亡秀”，这样一种现象背后的动因是什么？

对于陆幼青而言，他显然的确是在面对死亡，他已经毫不惧怕，并且从自己生命的衰竭和凋谢的过程中发现了死亡的美丽的诗意，把这人世中最后的感受写成了一本书，这是一个生命的最后安慰和告别了，只要是他本人选择了如此公开地死，是无可厚非的。但是，我必须毫不留情地批评媒体，他们当然地从陆幼青的事件中嗅出了可以利用的资源，于是，几家电视台抢上门去，大牌主持人主持节目，而出版社也因为书的发行量，一起围堵了上去，帮助陆幼青完成了可能连他也没有想到的一场超级死亡秀——媒体表面上的同情和关怀的背后，实际上是对竞争日益激烈的新闻资源的开发和利益的追逐。因为今天早就是一个眼球经济和注意力经济时代了。

可能是我出身于媒体，我对今天的新闻媒体的道德失范感触很深，因此，不知为什么，各家媒体在陆幼青事件上的所作所为，总是让我想起来美国电影《天生杀人狂》，在那部电影当中，一对暴徒在进行杀人的游戏，而媒体为了抢夺新闻，对这一对暴徒进行旁观者般的跟踪采访，直到媒体主持人自己也被暴徒打死——那是一出深刻反思大众媒体时代的媒体暴力的电影。陆幼青是一个平常善良的人，他自然和那部电影的虚构主人公有着本质的不同，可是我觉得，对此推波助澜的媒体是不是应该反思一下——他们滥用读者大众的同情心，但是同时也对大众实施了媒体暴力，其背后对死亡的漠视和麻木与他们表面上的激赏是一样的。

深夜捧读《生命的留言》，我为陆幼青的豁达聪颖、跳跃灵动的文字而叹嘘不已，但我更希望他能够在地下平静地安息，不要一点喧闹，也不要一丝声音。

两本书的世界观

每天都在接触书，一天不摸书手就痒痒的慌。这些天，我重新读了大学时代读过的《熵：一种新的世界观》，觉得真是一本好书。那个时候，中国的市场经济才刚起步，还没有怎么发展，所以对“熵”的概念根本就无法理解。现在，因为经济的快速发展，中国大地上很多地方，环境污染和损害都是一片告急声，加上城市交通堵塞、空气污染，重新来阅读这本书，真是有振聋发聩的感觉。

热力学第一定律告诉我们，世界上的任何东西从一种物质形态到另一种物质形态，只是进行了能量的转化，但是质量是守恒的。热力学的第二定律，则是说任何能量的转化都是由可利用到不可利用的不可逆性转化。简单地说，这本书在于要让我们确立热力学第二定律的世界观，也就是熵的世界观。

熵的世界观告诉我们，世界上的任何不可再生性能源，比如煤炭和石油，经过了人类的使用，都不可逆转地变成了垃圾。而人类的任何活动，都在使一切有用的东西变成没有用的东西，并且很难再被利用。即使可以回收废物再利用，你也要用更大的功来消耗更多的能源和能量才能够完成。熵的世界观明确告诉了我们人类资源的有限性和资源枯竭的可怕前景。这样的世界观会使我们重新看待现在的经济增长模式，以及由此导致的人类生活方式是否合理，是否应该重新确立新的世界观。这本书太有再版的必要了。

另外一本书叫《杂碎》，这本书是我调到了中国青年出版社，担任责任编辑的第一本书。《杂碎》，它也有着自己新鲜的城市世界观。什么是杂碎？在西北生活的人，就经常喝杂碎汤，这个杂碎汤可是很好的东西，一碗汤里面，看似杂乱，实际上都是内脏的精华。因此，杂碎可以说是精粹，不是零碎。这本书本来是一本楼书，是地产商潘石屹为了推广他的新楼盘所做的，我们删掉了里面的广告部分，做出了现在的这本《杂碎》。书名也是潘石屹起的，他是西北人，他给一本背后有他的文化和城市世界观理念的书，起名叫《杂碎》，除了说明他对这本书的喜爱，也暗示了他的味觉乡愁。

《杂碎》这本书，可以说是一本关于当下的都市生活、时尚生活的一个新的世界观展示。里面的信息量无比巨大。这本书告诉我们，城市生活很难有什么中心的趣味、风潮，一切时尚和生活状态，都呈现一种分散开来做相离运动的景象，没有了真正大一统的审美趣味和生活方式。

《杂碎》就像是书名暗示的那样，从表面上看，这本图文书有些芜杂和拼贴感，就像是书名所强调的那样，是一个文化的拼盘、图片的拼接与信息的杂糅，但是，就是以杂碎汤的形式，它特别巧妙地把今天我们当代都市生活的丰富多彩和多元景观，完全纳入了其中，给我们提供了大量的都市信息、提供了很多具有现代精神的图片，和很多作家的奇妙文章。这些文字与图片，共同构成了刚刚过去的一年的一幅全息化的全景图，既是一个文化风景的速写本，又是一个都市生活的备忘录。它用大量当下的信息，拓展了我们的视野，重新建立了一种基于人居文化意义上的新的生活世界观和城市世界观。

另外，从书籍的装帧设计上看，《杂碎》很有冲击力，没有书脊，这样的书是很少见的。像这种没有书脊的设计，中国青年出版社在不久前出版的另外一本书《守望三峡》的时候，就使用过，那本书获得了中国一个书籍装帧设计的最高奖金奖，被评比为“中国最美丽的书”之一。这本《杂碎》的设计是十分新颖的，甚至是有些超前的，多少超越了一般人对图书的理解。暗示了杂碎的世界是绝对不循规蹈矩的。这样一本无论内容还是装帧都非常新颖的一本书，在这个迅速变化和革新的时代的出现，是一种暗示和强调。

两本书，两种世界观互相对应和解释，一种是悲观的，另一种是充满了俗世生活的乐观向上和商业社会的热闹非凡，带给了我们璀璨的期许和炫目感。

鲁院的回忆

二〇一五年四月底，我调到鲁迅文学院工作了，担任负责鲁院教学和培训工作的副院长。我自己也曾经是鲁迅文学院的学生。

我是二〇〇四年举办的第三届鲁迅文学院中青年作家高级研讨班的学员。那一年，我正由《中华工商时报》调到中国青年出版社去。在报社工作超过十年了，多少有些疲惫，另外，到出版社编辑一份文学杂志《青年文学》，对于我来说可能更适合。这个时候，刚好北京作家协会推荐我参加鲁院的高级研讨班的学习，我非常高兴，带着牙刷牙膏就来了。

我对鲁迅文学院一直有着好感，首先在于，她的确是杰出作家的培训基地和摇篮。一所学校，关键还是看出了什么学生，学生不行，那学院的名声就不行。我知道鲁迅文学院的前身是文学讲习所，和丁玲那一代作家有关系。但是再早的历史我就不清楚了。我记得，在二十世纪八十年代末和九十年代年代初，当时最为活跃的作家莫言、王安忆、余华、迟子建、格非、王刚等几十个作家，都曾经在鲁迅文学院学习过，他们那个班人才辈出，名声显赫，直到现在的二〇一五年，很多作家仍旧活跃非凡，成了中国文坛的中流砥柱，使我这个比他们晚一辈的作家，对鲁迅文学院的好感和向往大增。

其实，二十世纪九十年代那些年，我作为青年作家，曾经多次来鲁迅文学院讲过课。那个时候，鲁迅文学院还主要在招收短期的文学培训班，学生大都是文学爱好者，水平良莠不齐，但对文学的热诚和对北京的文化气氛的向往，是他们的特征。我二十多岁，坐在台上讲我自己的创作感受，也算是初生牛犊不怕虎。十多年之后，中青年作家高级研讨班的新疆学员尹德朝就说，当时，他也在一个短训班学习过，还问过我一个问题：越是民族性的，就越是世界的吗？他记得很清楚，我当时回答他，不对，越是民族的就越是世界的，那我们中华民族中汉族的三寸金莲，就是世界性的习俗了。你的民族的东西，只有带有当代的先进性，才可能是世界性的。对此，他印象深刻，以至于过了十多年，他都成为高级研讨班的学员了，还记得我回答他的话。在去夏天的某个夜晚，在克拉玛依市的夜市，我们为了这点关于鲁迅文学院的美好记忆喝了很多酒，直到他把自己都灌醉了。

我们第三届鲁迅文学院高级研讨班的同学有五十多个，有新华社记者出身的小说家程青，她人长得清秀但是说话很有锋芒，有开始进行学者化转向的散文家祝勇，有喜欢被感动和爱哭的乔叶，有憨笑的、实在的、写作非常扎实的鲍十，有心性很高的、班上年龄最小的小说家了一容，有顶着秃脑门的、聪明的散文家刘亮程，有喜欢上课打鼾的班长赵光鸣，有打乒乓球很棒的上海小说家张旻，有喝酒豪爽、为人干练的报告文学和散文家、支部女书记潘小平、有身材高大的吉林的小说家朱日亮，有善良单纯的、才华横溢的徐剑，有短篇小说产量大王徐岩，有质朴实在、为人谦和低调的文清丽，有善于张罗和团结同学的徐迅，有激情内敛、古道热肠的张慧敏、有十分斯文、满肚子学问的杨剑敏，有一声不吭、埋头苦干的邓宏顺，有不像警察像美丽大姐的孙丽萌，有稳重平和、笑靥如花的梅卓，有一喝酒就变成亲兄弟、实际上也是我们的亲兄弟的李成虎等，我脑海里现在一瞬间就想起这些同学来，感觉特别亲切。后来，四个多月的学习结束了，要是外地来京的同学来了，我们还经常举行聚会，请同学吃饭，共叙当年同窗的日子。

那个时候，鲁迅文学院的硬件已经非同小可了，电脑室每人一台电脑，宿舍也是每人一个带浴室的单间，是非常适合学习的。我虽然每天回家，但是从来不逃课。我印象里面，学校请来的老师是非常有意思的，比如请外交部部长讲外交，请经济学家讲经济，请佛教、道教研究者讲宗教，请民俗学家讲民俗，请周汝昌讲《红楼梦》，请刘兰芳、黄宏讲评书和表演，至于文学课就更不用说了。总之，鲁迅文学院的课程安排是天马行空，特别有意思、有学问，对作家的帮助也很大，五行八作的人都来讲，只有这样，学员才可以开阔眼界，因为，文学之道绝对不是狭窄的，是需要庞杂的知识谱系作为支撑的，大家感觉到受益匪浅。

除了学习、交流创作，我记得，我们班还去井冈山探访了当年共产党创立根据地的艰辛，吃到了真正的红米饭、南瓜汤，看到了井冈山的翠竹，感受到了井冈山的秀丽、苍莽的风景。我们还在孙丽萌的带领下，去内蒙古锡林郭勒盟采风。我记得，我们在草原上疯跑，为草场的退化感到揪心，下决心少吃肉，我还捡了一块玛瑙，在没有灯光的晚上，看到了繁密的星星和浩大无边的夜空。这些都是关于我们那个班的点滴回忆。在内蒙古，在毡房里，我写下了下面的几首诗：

在西乌珠穆沁旗

夜的幕布完整地铺下来

展开了它全部犹如一块破布上闪亮的碎钻石，那些星星

面对天空的黑暗浩大和饱满丰盈

我内心只有蒙古包内柔弱的灯光，和草原上的深刻寂静

浑善达克沙地

沙地上红柳的虬爪抓牢了流沙

在深深的僵持中，让我的筋骨发疼

锡林郭勒大草原

连绵不断的绿，连绵不断的青黄

草原的干旱把云朵不断地快速驱赶

似乎没有多少马匹，但是有成群的牛羊

云的阴影覆盖了大地，流泻的线条是雨幕的身形

看不见牧人，也几乎没有房子

草原的概念就是连绵不断的悲哀虚空

内蒙古意象

羊和羊群。手抓肉，烤全羊

蒙古包。张旻买的蒙古刀。

哈达和马奶子酒。姑娘脸上的两朵黑红。

炒粟米和奶疙瘩。蒙古汗城。

牛肉干。沙丘和沙柳。

玛瑙石和煤矿，朱总理视察的治沙的地方

甜奶酪汤。元上都废墟。上都电厂

多伦的南沙梁水库啊，廷·巴特尔的家

篝火晚会。潘小平的醉。

大家怎么蹦跳也不累

喝多了草原王子酒，我的玛瑙丢了

既然肯定不是老朱，那到底是谁拿的?

哎呀，锡林郭勒呀!

站在鲁院在文学馆路的新大楼门前的台阶上，我就想到了这些。那是二〇一五年的四月二十八日早晨，然后，我就走了进去，我将在这里开始我的一段新工作了。

岁月不是一把杀猪刀，是一坛好酒（代后记）

花了一段时间整理这本散文集，一边整理，一边生出一些感慨：岁月不是一把杀猪刀，是一坛好酒！

收录在这本散文集里的文章，前后创作的时间跨度是二十年，从二十世纪九十年代的中期到现在，大部分都写于上二十世纪的最后几年。因为那个阶段里我时间充裕，在报纸编辑副刊，因此，也为其他报刊撰写文章，就写下了不少散文。而最近一些年，写的书评和游记比较多，也和工作状态有关。

这些散文都具有一些私人生活和对外部观察的特征。起先，以《私人笔记本》为名，出版过一个小册子，收录了几十篇短文，现在，十多年过去了，我决定以《时光漫步》为名，再度收集我这些散文，算是给自己的岁月留下一坛封存起来的美酒。这些年去了一些酒厂参观，看到那些好酒生产厂家，在封存酒的时候，有藏到山洞里的，有藏在地底下的，有放在河边悬崖下的库房里的，总之，好酒的酿造和缓慢的自我滋长，是需要时间的，也需要微生物和细菌的作用。

那么，我将这本《时光漫步》放在这里，也是为了给未来的我，留下一坛酒，等我老了，再打开这个笔记本，我会生出多少感慨？

对于散文，我觉得只要是随手写下一种心情、心态的感悟，就很好了。因此，这本散文集，收录了一百二十篇文章，每一篇文章看上去，都像是一帧帧的照片，定格了我在那一时间刻度上的所思所感。有的现在看来甚至是可笑的，我也保留在这里，因为，这就是岁月的见证。

感谢百花洲文艺出版社的朋友，促使我编辑整理了这本对于我有着特殊纪念意义的散文集，要知道我的创作主业是小说，不是散文。但我的散文自有它的特点，那就是，以一种语调推动诗意的表达，将个人生活观感，纳入对大千世界的反应中。

岁月不是一把杀猪刀，是一坛好酒。